人民共和國文化與文學叢書

十一編

李 怡 主編

第 5 冊

性別想像的共同體
——1990 年代以來海峽兩岸暨港澳女性文學研究(上)

王 豔 芳 著

花木蘭文化事業有限公司

國家圖書館出版品預行編目資料

性別想像的共同體—— 1990 年代以來海峽兩岸暨港澳女性文
學研究（上）／王豔芳 著 -- 初版 -- 新北市：花木蘭文化事
業有限公司，2023〔民112〕
目 2+184 面；19×26 公分
（人民共和國文化與文學叢書 十一編；第 5 冊）
ISBN 978-626-344-372-3（精裝）
1.CST：女性文學 2.CST：中國文學史 3.CST：文學評論
820.8　　　　　　　　　　　　　　　　112010205

特邀編委（以姓氏筆畫為序）：

吳義勤　孟繁華　張　檸
張志忠　張清華　陳思和
陳曉明　程光煒　劉福春
（臺灣）宋如珊
（日本）岩佐昌暲
（新西蘭）王一燕
（澳大利亞）鄭　怡

ISBN-978-626-344-372-3

人民共和國文化與文學叢書
十一編　第 五 冊　　　　　　　ISBN：978-626-344-372-3

性別想像的共同體
—— 1990 年代以來海峽兩岸暨港澳女性文學研究（上）

作　　者　王豔芳
主　　編　李　怡
企　　劃　四川大學中國詩歌研究院
總 編 輯　杜潔祥
副總編輯　楊嘉樂
編輯主任　許郁翎
編　　輯　張雅淋、潘玟靜　美術編輯　陳逸婷
出　　版　花木蘭文化事業有限公司
發 行 人　高小娟
聯絡地址　235 新北市中和區中安街七二號十一三樓
　　　　　電話：02-2923-1455 ／傳真：02-2923-1452
網　　址　http://www.huamulan.tw 信箱 service@huamulans.com
印　　刷　普羅文化出版廣告事業
初　　版　2023 年 9 月
定　　價　十一編 12 冊（精裝）台幣 30,000 元　　版權所有 · 請勿翻印

性別想像的共同體

——1990 年代以來海峽兩岸暨港澳女性文學研究（上）

王豔芳　著

作者簡介

王豔芳，南京大學文學博士，臺灣大學臺灣文學研究所、新加坡南洋理工大學中華語言文化中心訪問學者，現為江蘇師範大學文學院教授、江蘇省高校「青藍工程」中青年學術帶頭人、江蘇省臺港暨海外華文文學學會副會長、中國世界華文文學學會副秘書長。主要研究領域為臺港澳暨海外華文文學、女性文學，著有《女性寫作與自我認同》《異度時空下的身份書寫》《千山獨行》《大眾傳媒視域中的女性文學》等。

提　　要

　　1990 年代以來，海峽兩岸暨港澳的女性寫作遇合併交融於全球化背景下的文學時空和文化場域，並以各自不同的文學形象和敘事風格建構了中國文學的女性主義聲音。同一而多元的文化生態和政治語境孕育了紛繁多姿的文學內容和表現形式，近 30 年海峽兩岸暨港澳女性寫作在主題形態、文化訴求和敘事策略上各有側重，但其女性寫作之經驗主體、思維主體、審美主體和言說主體始終在場，並在頻仍的文化交流和影響中保持著各自鮮活的文學異質性。從男尊女卑的性別文化傳統出發，展現出漫長而沉重的、高度壓抑的性別文化變遷中，女性書寫所能抵達的性別解放的不同程度和多維向度；從個體生存的感知和體悟出發，對女性物質和精神生存的困境和出路、身體和心靈的悖論和掙扎進行了最大限度的探索和自白；最終在衝破既有文化束縛、構建性別主體的過程中尋繹到文學書寫、性別政治和話語權力之間的某種象徵性關聯。在此性別想像的共同體中，一眾女性書寫者關於文化記憶、身份建構的多聲部言說，既意味著通往未來新家園道路的開闢，同時也給後來者留下探索前行的時代印記。

當代歷史與「文學性」——《人民共和國文化與文學叢書‧十一編》引言

李 怡

　　2023 新年伊始，近年來活躍於批評界的《當代文壇》雜誌推出專欄，再度提出「文學性」的問題。《為何要重提「文學性研究」》一文中這樣開宗明義：「為什麼要重提『文學性研究』？這看起來像是一個假命題。什麼是文學性研究？世界上有一種純粹的、有明確界限的、專門意義上的、排他性的文學性研究麼？顯然沒有，如果有的話，至多也就是『文學研究的文學性』這樣一個問題；還有，如果換一個角度看，或許文學性研究又是一直存在的——假如它不是被理解得那麼絕對的話。從來沒有消失過，又何談『重提』？」〔註1〕這裡的表述小心而謹慎，尚沒有高調亮出新的理論宣言，就首先重述了二十年前那場「文學性」討論的許多重要議題：究竟有沒有純粹的文學性？舊話重提理由何在？能不能真正解決一些棘手的問題？這種小心翼翼的立論似乎在提醒我們，那場出現很早、持續時間不短的討論其實餘波未平，其中涉及的一系列關鍵性的命題——如文學性的含義、文學與非文學的邊界、突破文學性研究的學術價值等等都對學界有過重大的衝擊，並且至今依然具有廣泛的影響，因此新的討論就得小心謹慎、周密穩妥。在我看來，今天的文學性討論，的確應該也有可能接受多年來相關探索的實際成果，將各種方向的思考納入我們的最新建構，進一步深化我們對於文學與文學性的理解，特別是要揭示它們在中國現代文化語境中的歷史真相。

〔註1〕張清華：《為何要重提「文學性研究」》，《當代文壇》2023 年第 1 期。

一

　　中國當代文學批評界提出討論「文學性」的問題已經是二十年前的事情了。引發那一次討論的余虹和陶東風的論文最早都出現在 2002 年。余虹的《文學終結與文學性蔓延》刊登在《文藝研究》2002 年第 6 期（次年再有《白色的文學與文學性》刊發於《中外文化與文論》第 10 輯），陶東風的《日常生活的審美化與文化研究的興起——兼論文藝學的學科反思》出現在《浙江社會科學》2002 年第 1 期（數年後的 2006 年再有《文學的祛魅》刊登在《文藝爭鳴》2006 年第 1 期）。余虹提出，後現代的轉折從根本上改變了「文學」的狀況，它將狹義的「文學」——作為一種藝術門類和文化類別的語言現象推及邊緣，同時卻又將廣義的「文學性」置於中心，傳統屬於「文學」的修辭和想像方式開始全面滲透在了社會生活與文化行為之中，形成了獨特的悖反現象：文學的終結與文學性的蔓延。陶東風以「我們在新世紀所見證的文學景觀」為依據，揭示了「在嚴肅文學、精英文學、純文學衰落、邊緣化的同時，『文學性』在瘋狂擴散」〔註2〕，並以此論及了「日常生活的審美化與文化研究的興起」，將這一歷史性的變化視作當代文藝學最重要的「學科反思」。這樣的判斷引起了中國學界的爭論，質疑之聲不斷。有人認為在後現代時代，「文學性」不是擴展而是消散了，或者說在這個時代，語言文學的獨特意義恰恰是疏淡了，輕言「文學性終結或者擴散」的人，其實缺乏對「文學性」的明確界定〔註3〕。當然，也有學者對語言文字的審美的「文學」和日益擴張的「文學性」作出區分，重新定義「文學」性與文學「性」，從而為「後現代時代」的多元研究打開空間。〔註4〕

　　從歷史語境看，中國學者在新世紀初年的這場討論源自 1990 年代市場經濟全面推進以後當代中國文學日益邊緣化、同時所謂的「圖像時代」降臨的客觀事實。當然，就如同當代中國文藝思想的總體發展一樣，所有這些中國內部的「思潮」、「論爭」也與西方文藝思想的運動有著密切的聯動關係。嚴格說來，中國關於「文學性」的論爭發生在新世紀之初，但對「文學性」問題的重視和強調還有過一次，那就是新時期文學蓬勃生長的年代。這內涵有別的兩次思潮都可以辨認出來自西方思想的啟發和推動。

〔註2〕陶東風：《文學的祛魅》，《文藝爭鳴》2006 年第 1 期。
〔註3〕參見王岳川：《「文學性」消解的後現代症候》（《浙江學刊》2004 年第 3 期）、
　　　　吳子林：《對於「文學性擴張」的質疑》（《文藝爭鳴》2005 年第 3 期）等。
〔註4〕劉淮南：《「文學」性≠文學「性」》，《文藝理論研究》2006 年第 2 期。

事實上，西方文藝思想界的「文學性」議題也先後出現過兩次。

第一次是在 20 世紀初期到中葉，先後有 1915～1930 年間俄國形式主義的興起，他們反對實證主義與社會批評，主張將文學研究與社會思想其他領域的研究區分開來，突出文學的獨立自主性和自身規律；形成於 1920～1950 年間的英美新批評，他們劃分了「文學的內部研究」和「文學的外部研究」，把文學研究的真正對象確定為文學的內部研究；1960 年代形成於法國的結構主義，包括施特勞斯的文學人類學與神話模式研究、羅蘭・巴特的結構主義批評理論以及熱奈特和格雷馬斯的結構主義敘事學理論，他們都迷信一種獨立自足的語言結構，滿懷著對潛藏於語言、文本中的深層結構的信賴。這三種思潮雖然各有側重，但都傾向於將文學的本質認定為一種獨特的語言現象和符號系統。儘管這種對語言結構的偏執的探尋並不一定切合中國當代文學發展的歷史訴求，但是他們對「文學自足」的強調卻在很大程度上鼓勵了 1980 年代新時期文學擺脫政治干擾，謀求獨立發展的要求，所以 1980 年代中國文學的「自主」之路和中國文學研究的「純文學」理想都不難發現這三大思潮的身影，雖然我們對其充滿了誤讀和偏見。

第二次就是 20 世紀中後期，隨著解構主義的出現，西方思想界開始質疑和挑戰傳統思想中關於中心、本質的基本思維，雅克・德里達的理論就是致力於對整體結構的打破。同時，後現代社會中大量的「泛文學」現象的湧現也挑戰了傳統對「文學性」的迷戀。美國後現代理論家大衛・辛普森認為文學已經泛化於多個社會領域，實現了廣泛的「文學的統治」，另一位解構主義者卡勒也發現文學性在非文學中的普遍存在，以致「文學可能失去了其作為特殊研究對象的中心性，但文學模式已經獲得勝利」〔註5〕。這就是「文學性終結或者擴散」之說的明確來源。與 1980 年代的太多的誤讀不同，這一回中國社會的市場經濟的發展似乎帶來了中西文學命運的驚人的相似，於是辛普森和卡勒的這一見解引起了國內學術界的濃厚興趣。先有余虹等人的譯介，再有眾多學人的跟進立論，一時間，終結和擴散的問題便躍居文藝學界的中心，成為新世紀初年中國文藝理論領域最大的焦點。

當然，我們也看到，在當年的討論中，文藝理論界的學者和從事當代文學批評的學者都有參與——當代中國知識領域的生成發展在 1980 年代以後讓這

〔註5〕〔美〕喬納森・卡勒：《理論的文學性成分》，余虹等主編《問題》第 1 輯，第 128 頁，中央編譯出版社 2003 年。

兩個領域的學者有了較多的知識分享，因而在涉及當代文學現象方面常常可以看到他們攜手前行的步伐——不過，因為關注焦點的差異，我們也發現，他們各自的側重和態度也並不相同。從事文藝理論研究的學人主要致力於方法論的檢討與更新，焦點是「文學」、「文學性」的基本觀念及其歷史過程；而從事當代文學批評的學人則最終將問題拉回到了對當前文學發展的評估之中：究竟我們應不應該繼續堅持對「文學性」的要求？或者說建立在「文學性」理想之上的當代文學批評還是不是有益的，也是有效的？這裡不乏來自當代文學批評界的憂慮之聲：

> 關於「文學性」之爭，實際反映了一個敏感而重大的問題：在政治與市場的雙重壓迫之下，還需不需要堅持文學創作的文學性？真正的文學性體現在哪裏？人類生活中既然有情感活動，有幻想，有堪稱越軌的心理衝動，那麼文學還要不要想像力？它應該只是「日常生活」原封不動的照搬嗎？除此之外是否還應該有生活的奧義、情感的傾訴、美感而神秘的藝術結構和展現的形式？〔註6〕

> 讀圖時代的到來，讓一些人開始討論「文學的終結」。百年中國文學還是很年輕的，但它怎麼就老了，到了終結的時候？當影視及新媒體出現，和傳統文學連在一起的時候，網絡文學又宣布「傳統文學的死亡」。但是新世紀的文學確實是多元格局，不只是70後、80後，更年輕的更多五花八門的東西出現了……「新世紀文學」確實有著多樣的內容。我關注的依然是傳統文學、經典文學的脈絡，當然它不可能終結。〔註7〕

二

從新世紀之初以降，關於當代中國文學研究中的「文學性」理想問題，其實一直都在延續，不過，越往後走，人們面對的就不僅僅是大衛·辛普森和卡勒的原初結論了，而是文化研究、歷史研究之於文學審美研究的巨大衝擊。從思想脈絡來說，文化研究、歷史研究本來與文學研究有著明顯的差異，前者屬於社會科學，而後者屬於廣義的藝術，前者更依據於科學的理性，而後者更依

〔註 6〕程光煒：《拒斥文學性的年代》，《山花》2001 年第 4 期。
〔註 7〕陳曉明、李強：《「無法終結的」當代文學——陳曉明先生訪談錄》，《新文學評論》2018 年第 4 期。

賴藝術的感性。但是，就是在「文學性擴散」之後，科學的研究之中也滲透了文學的感性，反過來，則是文化研究、歷史研究的方法開始向文學滲透。兩者的學術界限變得模糊不清了。

對於「文化問題」的關注始於 1980 年代，但那個時候提出「文化」還是為了沖淡社會政治批評的一家獨大，「第一，不能將『政治學』庸俗化，變成庸俗社會學；第二，不能侷限於政治學的角度。一個作品的思想內容，不僅指它的政治傾向性，還有哲學的、倫理學的、心理學……的多種內涵，因此，在理論上用『文化』這個概念來概括，路子就會寬得多。」〔註8〕所以，文學審美依然是新時期文學研究的中心。「文化研究」源於英國學者雷蒙‧威廉姆斯（Raymond Williams）、霍加特（Richard Hoggart），它在 1990 年代以後進入中國，逐漸增強了自己的影響。這便開始了將文學研究拉出「文學文本」的強有力的進程。「當代文化研究討論的問題涉及的是整個的當代生活方式及其各種因素間的關係，遠遠超出了文本的範圍。」〔註9〕文化研究首先也是在文藝理論界得到了充分重視，甚至被當作審視文藝學自身問題的借鏡：「客觀地說，因意識到文藝學的自身缺陷而走向文化研究，或因文化研究而進一步看清了文藝學自身的缺陷，其思路具有很大程度的合理性。」〔註10〕緊接著，在 1990 年代中後期，文化研究的思路也為中國現當代文學研究所借鑒，形成了兩個重要的方向：對文學背後的社會歷史的闡發成為一時的潮流，「文學周邊」的問題引來了更多的關注，壓縮了文學文本的闡釋；對歷史文獻空前重視，史料的搜集、發掘和整理成為「顯學」，文學研究的主體常常就是文獻史料的辨析和考訂。

在這個過程之中，文化研究、歷史研究的理性和嚴整似乎剛好彌補了文學感性的飄忽不定，帶來了學術研究的獨特的魅力，在為社會生活的不確定性普遍擔憂的時候，這樣的彌補慢慢建立起了某種學術的「效力」，展示了特殊的「可信度」。當然，問題也來了：這個時候，除了不斷借用歷史學的文獻，不斷引入社會學的方法，我們的文學批評家還有沒有自己獨特的學術素質呢？顯然，這是一種新的學術危機，而危機則來自於文學研究基本自信和價值獨立

〔註 8〕陳平原語，見陳平原、錢理群、黃子平：《文化角度》，《讀書》1986 年第 1 期。
〔註 9〕汪暉：《九十年代中國大陸的文化研究與文化批評》，《電影藝術》1995 年第 1 期。
〔註10〕趙勇：《關於文化研究的歷史考察及其反思》，《中國社會科學》2005 年第 2 期。

性的動搖。

現在，我們又一次提出了「文學性」的問題。與新世紀之初的那場討論大為不同的是，我們的討論已經不再是西方思潮輸入之後的興奮，不是對一種外來思想的擁抱和接納，而是基於我們自身學術現狀的反思和提問。簡單地說，我們必須回應來自文化研究和歷史研究的「覆蓋式」衝擊，必須在其他有價值的學術道路上尋找自我，為我們作為研究者的不可替代性「正名」。這就是當代文學學者張清華所承受的壓力：「問題是有前提的，相對的，歷史的。讓我們來說說看，問題緣於何處。從最現實的角度看，我以為是緣於這些年文學的社會學研究、文化研究、歷史研究的『熱』。這種熱度，已使得人們很少願意將文學文本當作文學看待，久而久之變得有些不習慣了，人們不再願意將文學當作文學，而是當作了『文化文本』，當作了『社會學現象』，當作了『歷史材料』，以此來維持文學研究的高水準的、高產量的局面，以至於很少有人從文學的諸要素去思考問題了。」「人們在談論文學或者文本的時候，要麼已經不顧及所談論文本的文學品質的低下，只要符合文化研究的需要，便可以拿來『再經典化』，眼下這樣的研究可謂比比皆是；要麼就是根本不願意討論其文學品質，將文化與歷史的考量，變成了文學研究的至高訴求，這也是我們如今所經常面對的一種情形。」〔註11〕

其實，對文化研究、歷史研究在中國現當代文學研究中的暢通無阻，學界早已經開始了質疑，我們也可以據此認為，「文學性」問題的再次提上議程並非始於 2023 年，它是中國現當代文學始終不斷追問不斷反思的重要結果。2004 年，還在上一次由文藝理論界開啟的「文學性終結與擴散」討論進行得如火如荼之際，就有現代文學學者提出了質疑：「到處只見某種讖緯式的政治暗示與政治想像的話語大流行，文學研究重新成為翻烙餅式的一個階段對另一個階段的簡單否定，其自身的根基與連續性蕩然無存。」〔註12〕這裡提出的「自身的根基」問題極為重要。

對於跨出文學文本剖析進入歷史、文化與思想領域的趨勢，也有學者一針見血地指出：「人家原來幹本行的可能並不認同外來的闖入者，在他們專業訓練標尺的檢驗下，文學出身的思想史寫作總是難於得到行家的喝彩。這已經是

〔註11〕張清華：《為何要重提「文學性研究」》，《當代文壇》2023 年第 1 期。
〔註12〕郜元寶：《「價值」的大小與「白心」的有無——也談現代文學研究新空間的開創》，《中國現代文學研究叢刊》2004 年第 1 期。

近年來學界的一種景觀。」〔註13〕在這裡，學者陳曉明的介入和反省特別值得我們注意。他原本是文藝理論專業出身，很早就廣泛閱讀了西方後現代論著，又是新世紀之初「文學性終結」討論的重要參與者。有意思的在於，他的學術領域卻在後來轉入了中國當代文學，從西方文藝理論的引進到中國文學現象的進入，會如何塑形我們自己的文學思想呢？我注意到，越到後來，對文學現象本身的看重越是成為了他的選擇：「文學史敘事，根本方法還是回到對文學作品文本的解釋，『歷史化』還是要還原到文學文本可理解的具體的美學層面。終歸我們要回到文本。」〔註14〕

在以上的案例中，我們似乎可以梳理出中國當代學術的一種可能：當我們的目光回到文學的現象本身，他者的理論流行不再是左右我們判斷的標尺，那麼「文學性」的問題就首先還是一個現象學的問題，是現當代中國文學發生發展的歷史現象要求我們提出匹配性的解釋和說明，而不是移用其他的理論範式當作我們思想操練的工具。

三

現象學的考察，就是通過「直接的認識」描述現象的研究方法，即通過回到原始的意識現象，描述和分析觀念（包括本質的觀念、範疇）的形成過程，獲得研究對象的實在性的明證，它反對的就是從現象之外的抽象的觀念出發來判定現象。中國文學的「文學性」有無、界限、範圍不能根據西方文學理論的觀念加以認定，它應該由中國文學發展的歷史現象來自我呈現。在回顧、總結「文學性」的討論之時，已經有文藝理論的學者提出了這樣的猜想：「可以肯定，解構主義所揭示的文學向非文學擴張的趨勢，並非文學恒常的、惟一的、不變的價值取向，毋寧說這只是一種權宜之計，而不是長久之計。這一取向的形成固然取決於文學自身性質的常數，同時也取決於文學外部意向的變數。解構主義提出的『文學性』問題乃是一個後現代神話，與特定的時代、環境、習俗和風尚對於文學的需要、看法和評價相連，這與另一種『文學性』在當年俄國形式主義手中的情況並無二致。因此解構主義所倡導的文學擴張並非普遍的常規、永恆的公理，指不定哪天外部對文學的需要、看法和評價變了，文學與非文學的關係又會呈現出另一種格局、另一種景象。」〔註15〕這種開放的文學

〔註13〕溫儒敏：《談談困擾現代文學研究的幾個問題》，《文學評論》2007 年第 2 期。
〔註14〕陳曉明：《中國當代文學主潮》，第 22 頁，北京大學出版社 2009 年。
〔註15〕姚文放：《「文學性」問題與文學本質再認識──以兩種「文學性」為例》，《中

性認知其實就是對文學現象的一種尊重，它提醒我們有必要將結論預留給歷史發展的無限的可能，文學性定義的可能性將以文學歷史的豐富現象為基礎。

　　沿著這樣的現象學考察方式，我認為「文學性」的問題起碼可以有這樣幾個破解之道。

　　其一，文學寫作者的情志和趣味始終流動不居，他們與讀者的互動持續不斷，因此事實上就一定會有各種各樣的「文學」誕生。我這裡並不是指文學在風格上的多姿多彩，這樣的現象當然無需贅述，我說的就是完全可能存在一種針鋒相對的「文學性」——在某些時代完全不能接受的形態也可能在另外的時代堂皇登上文學的殿堂。例如我們又俗又白的初期白話新詩在國學大師黃侃教授眼中不過就是「驢鳴狗吠」，豈能載入史冊，然而歷史的事實卻最後顛覆了黃侃教授的文學觀，淺白的新詩開闢了一個全新的時代，被以後一百年的中國讀者奉為經典。那麼，中國新詩是不是從此步上了一條淺白之路呢？也並非如此，胡適等人的嘗試很快就遭到象徵派詩人的痛斥，新一代的詩人決心視胡適為「中國新詩最大的罪人」，另走他途，完成中國新詩的藝術化建構，從新月派、象徵派到現代派，中西詩歌合璧，新詩的審美改弦更張，一直到二十世紀末，這條看似理所當然的藝術構建之路又一次遭遇挑戰，新的俗與白捲土重來，口語詩已經成為時代不可抗拒的存在，公然與高雅深邃的知識分子寫作分庭抗禮，其詩歌美學與藝術標準也日益成熟，在很大範圍內傳播、壯大，衝擊著我們業已習慣的文學定理。這就是文學的流動性。其實，所謂的「文學性」本身就一直在流動之中，等待我們——作者與讀者不斷賦予它嶄新的內容。

　　其二，既然歷史上「文學」現象層出不窮，千變萬化，作為文學的研究者，我們已經不可能再將「文學」限定於某一規範形態的樣板了。正如古代中國長期秉持「雜文學」的觀念，而與近代西方的「純文學」觀念判然有別，近代中國引入西方的「純文學」理想，實現了文學理念的自我更新，然而，歷史發展的需要卻又讓超出「純粹」的文學持續生長，例如魯迅雜文。晚清民初的魯迅，曾經是純文學理想積極的倡導者，力陳「由純文學上言之，則以一切美術之本質，皆在使觀聽之人，為之興感怡悅。文章為美術之一，質當亦然，與個人暨邦國之存，無所繫屬，實利離盡，究理弗存。」〔註16〕然而，人生體驗與現實

國社會科學》2006 年第 5 期。

〔註16〕魯迅：《墳・摩羅詩力說》，《魯迅全集》第 1 卷，第 71 頁，人民文學出版社 1981 年。

思想的發展卻讓魯迅越來越走到了「純文學」之外，在雜言雜感的形式中自由表達，道出的是自我否定的選擇：「我以為如果藝術之宮裏有這麼麻煩的禁令，倒不如不進去；還是站在沙漠上，看看飛沙走石，樂則大笑，悲則大叫，憤則大罵，即使被沙礫打得遍身粗糙，頭破血流，而時時撫摩自己的凝血，覺得若有花紋，也未必不及跟著中國的文士們去陪莎士比亞吃黃油麵包之有趣。」〔註17〕他越來越強調自己的雜文和那些所謂「藝術」、「文藝」、「文學」、「創作」等等毫不相干。面對這樣變化多端的文學現象，任何執於一端的文學定義都是狹隘無比的，我們只能如1918年的文學史家謝无量一樣，順勢而為，及時調整自己的「文學」概念，在「大文學」的視野上保持理論的容量。

其三，我們對「文學性」變量的如此強調並不是一種巧滑的託辭，而是可以具體定性和描述的存在。對於中國新文學而言，百年前的「新青年」羅家倫所作的界定依然具有寬泛的有效性。在他看來，文學就是「人生的表現和批評，從最好的思想裏寫下來的，有想像，有感情，有體裁，有合於藝術的組織」〔註18〕。這樣一種寬泛的描述其實就包含了一種開放的、流動的文學屬性，晚清魯迅理想中的純文學──「摩羅詩」具有文學性，民國魯迅固執己見的雜文學也具有文學性，因為它們都是「人生的表現和批評」；同樣，無論是典雅的知識分子寫作還是粗獷的民間口語寫作，都可以假借想像、情感和體裁建構「藝術的組織」。

其四，既然「文學性」可以在歷史的流動中賦予具體的內容和形式，那麼有力量的文學研究也就完全有信心取法別的學科，包括文化研究與歷史研究。何以能夠做到取法他者而又不被他人吞沒呢？我想，這裡的關鍵就在於我們不是因為取法文化研究而讓文學成了文化現象的注腳，也不是因為借鑒歷史研究而讓文學淪為了歷史運動的材料，我們必須借助豐富的文化考察接通文學精神再塑形的內涵，就是說在文學研究的方向上，社會文化的內涵並不是現實問題的說明而是文學精神的一種組成方式，不同的社會文化內涵其實形成了文學精神的深刻差異，挖掘這樣的精神才能真正抵達文學的深處，正如不能洞察佛家文化之於魯迅的存在就無從體味他蘊藏在尖刻銳利之中的悲天憫人，不能剖析現代金融文化之於茅盾的存在也無從感受他潛伏於心的對於現

〔註17〕魯迅：《華蓋集‧題記》，《魯迅全集》第3卷，第4頁，人民文學出版社1981年。

〔註18〕羅家倫：《什麼是文學──文學的界說》，1919年2月《新潮》第1卷第2號。

代都市文明的由衷的激情。在另外一方面，所謂的「文學性」也的確不僅僅是詞語自身的組合與運動，甚至也不純然是個人話語方式的權力顯現，它也是綜合性的社會文化的結果，對於現代中國文學而言，尤其包括了國家—民族力量全面的作用。在這個意義上，也是在文化研究和歷史文獻的輔助下，我們才可以更加準確地把握和認定種種國家—民族之於文學話語的塑造功能，例如爭取國家獨立、民族解放的自由話語，受制於威權統治的話語定型和個人表達的騰挪、閃避、隱晦修辭等等，總之，文化研究與歷史研究可望繼續為文學語言的定性提供思路和啟示，在這裡，至關緊要的不是文學研究與文化研究、歷史研究爭奪空間，而是它們的聯手與結合，當然，這是在努力辨析文學的藝術個性方向上的對話與合作，最終抵達的是藝術表達的深度。

緒　論

一、研究對象與目標

　　早在 20 世紀 80 年代，隨著海峽兩岸暨港澳文學關係的疏通與加強，中國現當代文學研究就已獲得「整體觀」〔註1〕的文學史學術視野和思維框架，但遺憾的是，迄今為止，多數中國現當代文學史著中的臺港澳文學部分不是文學史敘述中末尾一章的點綴，就是章節體例編撰中類似於補白的強行安插，學界致力頗多的是中國現當代文學史在時間脈絡上的縱向打通，而橫向的不同區域文學史的有機整合較為薄弱。早在 20 世紀 90 年代，臺港澳文學研究業已在「整合兩岸　兼容雅俗」〔註2〕的研究觀念上取得共識，在海峽兩岸暨港澳文學研究的空間／地域打通方面進行了富有成效的探討並相繼推出系列研究成果。但直到現在，也還沒有做到在文學史的發展脈絡中將臺港澳文學融匯並整合進相應的思潮和流派，從而進行真正意義上的整體的觀照、梳理和貫通，即不能將臺港澳文學的發展真正滲透到中國現當代文學史的骨骼和血脈之中進行文化研究意義上的實質性打通和融合。

　　21 世紀以降，朱雙一、張羽的《海峽兩岸新文學思潮的淵源和比較》〔註3〕，黃萬華的《中國和海外：20 世紀漢語文學史論》〔註4〕等一如既往致力於

〔註 1〕陳思和：《新文學史研究中的整體觀》，《復旦學報》1985 年第 3 期。
〔註 2〕曹惠民：《兼容雅俗　整合兩岸——二十世紀中國文學之我見》，《世界華文文學論壇》1998 年第 3 期。
〔註 3〕廈門大學出版社 2006 年版。
〔註 4〕百花文藝出版社 2006 年版。

華文文學的比較和整合。同時，跨區域的整體研究也在起步，劉俊較早地在《從臺港到海外──跨區域華文文學的多元審視》〔註5〕和《「跨區域華文文學」論──界定「臺港暨海外華文文學」的新思路》〔註6〕中，提出用「跨區域華文文學」的概念取代「臺港暨海外華文文學」，強調世界華文文學的內在整體性、跨文化性和互動性。更將在此之後推出的專著命名為《世界華文文學整體觀》〔註7〕，有意識地將世界性的華文文學作為一個整體進行綜合觀照。黃萬華在《潛性互動：五十年代後大陸、臺灣、香港、海外華文文學的關係》中指出：「各地區華文文學間的多向輻射、雙向互動關係開始形成，從而提供了民族新文學的一種新的整體性。梳理清這種關係，有可能獲得構建五六十年代中華文學史的新視角。」〔註8〕從 1950 年代文學的個案論證新文學的整體性，在《「重寫」二十世紀中國文學史視野中的香港文學》〔註9〕中，則從香港文學個案深入剖析了其文學多元形態對 20 世紀中國文學史書寫所具備的多重意義，方忠的《臺港澳文學如何入史》〔註10〕則從經典性原則和互補性原則兩個方面追問和探討了臺港澳文學入史的具體書寫策略。特別需要提到的是，朱壽桐的《漢語新文學通論》〔註11〕創造性地提出了「漢語新文學」這一涵蓋和整合「中國現當代文學」「臺港澳文學」和「海外華文文學」並使之一體化的最具可能性的學術概念；尤其王德威主編的《哈佛新編中國現代文學史》（上下）〔註12〕更是將其「華語語系文學」概念付諸文學史寫作實踐，其所指也不限於中國大陸以外的各區域華文文學，亦不與以國家為定位的中國文學牴牾，從而成為兩者之外廣闊視野中的另一界面。由此可見，從海峽兩岸文學的整合研究到海峽兩岸暨港澳文學的整體觀、再到全球華語文學的整體審視，宏觀視域的中國文學史研究仍然具有偌大的學術延展空間。

就女性文學而言，盛英、喬以鋼的《二十世紀中國女性文學史》〔註13〕，

〔註 5〕花城出版社 2004 年版。

〔註 6〕《江蘇社會科學》2004 年第 4 期。

〔註 7〕人民文學出版社 2007 年版。

〔註 8〕《世界華文文學論壇》2001 年第 4 期。

〔註 9〕《南方文壇》2009 年第 1 期。

〔註 10〕《文學評論》2010 年第 3 期。

〔註 11〕生活‧讀書‧新知三聯書店 2018 年版。

〔註 12〕四川人民出版社 2022 年版。

〔註 13〕天津人民出版社 1995 年版。

喬以鋼、林丹婭的《女性文學教程》〔註14〕，任一鳴的《中國當代女性文學簡史》〔註15〕等都為近年中國現當代女性文學史力作，對臺港女性文學皆有相當程度的觀照，但也沒有將臺港女性文學融進現當代女性文學史的整體論述之中，只是將其作為一個必要的補充。到目前為止，也還沒有研究成果從時間、空間和文化的多重視域對近 30 年海峽兩岸暨港澳女性寫作進行貫通性和整體性的研究。近年來，臺港女性文學研究的重要成果有樊洛平的《當代臺灣女性文學史論》〔註16〕，樊洛平、王萌合著的《海峽兩岸女性小說的歷史流脈與創作比較》〔註17〕以及劉紅林的《臺灣女性主義文學新論》等〔註18〕；主要論文有曹惠民的《出走的夏娃──試論臺灣女性寫作敘述主體的建立》〔註19〕、方忠的《當代海峽兩岸女性散文整合論》〔註20〕等；主要課題有林丹婭的《臺灣女性文學史》、王敏的《世紀之交海峽兩岸女性文學的比較研究》和樊洛平的《兩岸女性小說創作形態比較研究》等。這些研究成果或著眼於臺港澳女性文學史，或致力於海峽兩岸女性文學比較，或提出海峽兩岸女性文學整合研究的觀念，顯示了從女性文學這一創作思潮角度進行臺港澳文學和海峽兩岸文學整合研究的逐漸深入態勢。

　　本研究正是在此基礎上提出近 30 年海峽兩岸暨港澳女性文學整體觀的研究，強調海峽兩岸暨港澳女性文學在歷史時間上的貫穿、地域空間上的打通以及文化語境上的影響互動。以近 30 年海峽兩岸暨港澳女性寫作整體作為研究對象，將 1990 年代以來大陸、臺灣、香港和澳門的女性寫作視為一個同源流、共創化、彼此影響和接受的文學發展整體和現實存在的開放整體。在文學歷史現場的還原中追溯其女性寫作發生的中西方理論資源和本土話語環境，在具體文本的解讀中探討其女性寫作的主題表現形態、精神文化訴求、文學敘事策略以及不同區域間的差異性和多元化等問題。因此，本研究不是常規意義上的海峽兩岸文學的比較，也不是一般意義上的海峽兩岸文學的整合，而是著眼於中國現當代文學史書寫和研究的瓶頸狀態，希圖以近 30 年海峽兩岸暨港澳的女性文學為切入點，進行文學史意義的時間、空間和文化貫通性上的必要追

〔註14〕　河北教育出版社 2007 年版。
〔註15〕　廣西師範大學出版社 2009 年版。
〔註16〕　河南人民出版社 2005 年版。
〔註17〕　人民出版社 2014 年版。
〔註18〕　臺海出版社 2005 年版。
〔註19〕　曹惠民：《他者的聲音》，南京：江蘇人民出版社 2005 年版，第 47 頁。
〔註20〕　《中國文學研究》2002 年第 3 期。

問、發掘、還原、揭示、辨析和論證，為方興未艾的臺港澳文學研究、日益成熟的女性文學研究、不斷深入的中國現當代文學史書寫以至世界華文文學整體觀的具體實施進行有益的嘗試。

需要指出的是，1980年代以降，西方文化思潮逐漸過渡到後現代主義階段，幾乎就在同時，後殖民主義思潮開始發酵並蔚為大觀。作為後現代主義思潮構成的理論形態之一，後殖民主義理論在全球化風潮的鼓譟中越來越證明了其理論和實踐的自足性。對於大陸、臺灣、香港和澳門的女性文學創作來說，後殖民的文化境遇進一步強化和豐富了其同質性。儘管大陸在1949年之前並沒有全面淪為西方列強的殖民地，但是，多國侵略者在中國的幾大城市設有租界，1937年之後大部國土淪為日本侵略者的佔領區，直到1945年日本宣布投降並退出中國，淪陷區才結束了其被直接殖民的歲月。臺灣在1895年中日甲午戰爭後被割讓給日本，經歷了整整50年的殖民歲月，直到1945年被國民黨部隊接收，也才結束了其被殖民的歷史。香港被殖民的時間更為久遠，始自1840年鴉片戰爭失敗後被割讓給英國，直到1997年才通過「一國兩制」的方式以「中華人民共和國香港特別行政區」的名義回歸中國。在海峽兩岸暨港澳的不同區域，經受殖民統治歷史最長的是澳門。1557年葡萄牙在澳門獲得居住權，1887年葡萄牙佔領澳門，澳門成為葡萄牙的殖民地，直到1999年澳門才以「中華人民共和國澳門特別行政區」的名義回歸中國，結束其被殖民的歷史。但是，形式上的殖民統治時代的結束更多地意味著殖民政治統治的結束，而殖民宗主國對原有被殖民地在經濟、思想尤其是文化上的影響卻遠遠沒有結束。即便是1949年中華人民共和國成立，很長一段時間內，大陸和蘇聯之間特殊的政治經濟文化關係也不能不說帶著某種後殖民的症候。以上海為代表的曾經的租界城市，則表現出較為顯明的殖民統治的影響和後殖民文化色彩。

而臺灣的情形更加複雜，儘管日本統治者已經撤出臺灣，但其對臺灣政治經濟文化的影響直到今天也還存在。何況，戰後的臺灣受到美國的庇護，無論是在政治經濟文化還是軍事方面都得到美國的援助和支持，「親美」成為戰後很多年裏臺灣的國際關係標籤。陳映真曾經明確指出：「由於在經濟上對於『美援』的依賴，臺灣在政治、外交上成為美國反共政治的附庸，在軍事上成為美國遠東反共戰略的前沿，在文化、思想、文學、藝術各個方面都從屬於美國。」〔註21〕

〔註21〕陳映真：《關於「臺灣社會性質」的進一步討論——答陳芳明先生》，《聯合文學》2000年第9期。

在某種程度上，這正是殖民宗主國政治統治策略的一種改變：為了獲取更大的利益，殖民宗主國給予前殖民地政治形式上的獨立主權，同時利用宗主國和被殖民國之間的政商關係，與新的政治權貴和資產精英迅速結盟並合作共事，事實上更加鞏固了宗主國對前殖民地在經濟、文化、軍事甚至政治意識形態方面的控制。陳映真稱之為「新殖民主義」，並針對陳芳明的錯誤論斷，一針見血地指出「一九五○後的臺灣社會，不是什麼被國府集團『再殖民』的社會，而是美帝國主義下的新殖民社會」〔註22〕。因此，儘管海峽兩岸暨港澳曾經的被殖民時間長短有異，殖民宗主國有別，結束殖民統治的時間有早有晚，所受到的殖民文化的影響有輕有重，但是，它們都毫無例外地具備後殖民文化的一般特徵。

　　那麼，當「去中心」的時代到來，臺灣社會究竟是屬於後殖民還是後現代？——遂成為學界爭論的焦點。陳芳明認為：「從歷史軌跡來看，兩種說法都有根據。如果是屬於後殖民，那是因為臺灣社會脫離了長期的高度權力支配，使多元思維雜然並陳。如果是屬於後現代，則是因為臺灣社會被全球化的浪潮所席捲，消費社會與信息社會都同時成立。對品牌的崇拜，對品味的耽溺，幾乎與國外任何都市沒有兩樣。這樣的爭論，既是後殖民的特徵，也是後現代的現象。」〔註23〕而在陳映真看來：「後殖民理論主要地是一種文化批判的理論，這種文化批判和文學批評又集中焦點於對於過去的殖民主義和當前的新殖民主義對被殖民者造成的心靈、文化、思想、意識形態、自我認同所造成的被害、壓抑和損毀的揭破、反省與糾彈。」〔註24〕事實上，後殖民和後現代理論提出的歷史出發點不同，觀照視域的著眼點不同，所依據的理論也不同，但這兩種理論在用於解釋當下社會的問題和矛盾時卻都具備合理性和可行性，也就是說，在不同的觀察和詮釋視角下，這兩種理論可以並行不悖。女性主義文學研究者喬以鋼認為：「後現代對於一元論的反叛和顛覆，還意味著對於某種『文化霸權』的消解……後現代文學正是新一代作家力圖跳出『文化霸權』的陰影，面對開放的未來重作文化選擇的一個產物。它迥異於粗糙的模擬論寫實主義，也與孤芳自賞的一元論現代主義截然不同。而在反叛的同時，它又分別吸

〔註22〕陳映真：《關於「臺灣社會性質」的進一步討論——答陳芳明先生》，《聯合文學》2000 年第 9 期。
〔註23〕陳芳明：《臺灣新文學史》（下），臺北：聯經出版 2011 年版，第 609 頁。
〔註24〕陳映真：《陳芳明歷史三階段論和臺灣新文學史論可以休矣》，《聯合文學》2000 年第 12 期。

收了現實主義和現代主義的某些東西，如現代主義的前衛實驗精神，現實主義對現實的反映和批判等。因而這是一種既有否定又有吸收的『揚棄』。後現代文學帶著這種『混雜』而走向多元化，將文化霸權化解於無形」。〔註 25〕故而，後現代和後殖民的理論價值都存在於對長期以來的文化霸權的某種解構之中，而且它們不約而同地採取了以混雜的多元文化形態來對抗之前單一的文化霸權的理論和實踐策略。

後殖民主義不僅具有強烈的批判性，並且涉及到多種研究對象。就連陳芳明也不得不承認：「沒有開放的社會，命名為後殖民或後現代的臺灣文學，就不可能誕生。那是累積多少族群的智慧，彙集多少世代的結晶，才使得世紀末的文學生態進入前所未有的盛況。文學是靜態的，藝術是流動的，歷史閘門打開之後，各種記憶與技藝紛然陳現。『臺灣文學』一詞，已經不是特定的意識形態或特定的族群所能規範。所謂後殖民，不能誤解成窄化的受害意義，而應該昇華寬闊的對話空間。真正的後殖民精神，一方面嚴肅反省過去的受傷記憶，一方面則生動接受歷史所遺留的痛苦與甜美。」〔註 26〕確實，關於後殖民主義並沒有一個固定的概念，但有一個說法被大家普遍接受，即「一、作為一個歷史分期概念，它只是西方殖民之後的歷史分期；二、作為殖民話語的反話語，它代表一種針對殖民主義的抵抗與顛覆；三、作為一種獨特文化再現形式，它指謂文學研究與文化批評領域的後殖民現象；四、在全球化理論體系中，後殖民即後殖民狀況，它指向後殖民民族國家所面臨的文化經濟矛盾」。〔註 27〕此概念所列舉的四個方面能夠充分地表現出後殖民主義理論主要的研究內容和研究對象。後殖民主義理論體現了文學主題的多元化特徵，既有對自身文化的反思，又有對身份認同的尋求和建構，因而，「後殖民文化理論是一種應用前景廣闊的理論形態，將後殖民批評移植到具有典型中國文化色彩的臺灣文學中，有利於為後殖民理論融入新的獨特的文學批評經驗，可以進一步瞭解臺灣文學的文化構成，推動臺灣文學研究在文化的多元共存與互補中向縱深發展」。〔註 28〕

相對於臺灣典型的後殖民主義文化狀況，香港則處於非典型的尷尬狀態：「在文化身份上，香港處於尷尬的境地。如果說，大陸可以『中國』本土身份

〔註 25〕喬以鋼：《多彩的旋律》，天津：南開大學出版社 2003 年版，第 288 頁。

〔註 26〕陳芳明：《臺灣新文學史》（下），臺北：聯經出版 2011 年版，第 795 頁。

〔註 27〕陶家俊：《後殖民》，《外國文學》，2005 年第 3 期。

〔註 28〕方忠：《多元文化與臺灣當代文學》，北京：文化藝術出版社 2011 年版，第 263 頁。

對抗西方，臺灣可以營造『臺灣』本土身份對抗『中國』，回歸中國的香港則一無所有，至多有一個『西化的中國』的稱號。然而，這樣一個曖昧的位置，卻無意中成就了香港『邊緣』的政治。」〔註29〕香港作家西西曾經在她的小說《我城》中創造性地提出了香港人的「城籍」說法，這是對香港獨特文化身份的形象說明。但是，邊緣性的文化身份恰恰為香港文學贏得了相對充裕和自由的言說空間。對於澳門來說，其文化身份的邊緣性就更加明顯，也更容易被研究者所忽略。在相對漫長的殖民歲月中，香港和澳門在接受宗主國政治經濟文化影響的同時，也在一定程度上保存著本土的民間文化，例如民俗和宗教文化等，呈現了文化上的多元化特徵。在後殖民時代，它們則進一步延續和豐富了這種雜糅的混搭的多元性文化。事實上，混雜也恰恰是後現代文化的重要特徵之一。

　　但是，出於個人的臺灣文學本土化理論建構的需要，陳芳明卻認為：「對臺灣來說，『光復』以後的國民黨政權是和日本統治者同類的殖民政權，它以中華民族主義對臺灣進行殖民統治。」這裡，陳芳明以所謂「中國殖民主義」取代美、日殖民主義，公然重新解讀以「鄉土文學論戰」為代表的臺灣新殖民主義批評的歷史，明顯地混淆了矛盾，將本民族內部的問題等同於異族的侵略，這也正如趙稀方所分析的：「陳芳明對於臺灣人與中國人對立的強調，可能正好落入了後殖民理論所批評的狹隘本土主義。臺灣本土論者沒有認識到文化傳統是開放和發展的，既沒一個可以追溯的源頭，也沒有一個固定不變的本質。一味向前追溯傳統，只能像剝洋蔥一樣，到頭來一無所有。臺灣本是大陸移民社會，如果一定要強行剝離作為臺灣主體中的『中國性』的話，那麼真正的臺灣人人概只剩下了原住民，陳芳明等本土論者也將被排除出臺灣人的行列。」〔註30〕因此，陳芳明的這一立場不攻自破。

　　顯然，陳芳明承認後殖民史觀開放的歷史態度，認為它一方面檢討在權力支配下，社會文化所受到的傷害，另一方面則反省如何批判性地接受文化遺產的果實。「具體而言，臺灣歷史的受害與受惠，都成為一九八〇年代以後，文化生產力的養分，以更開放而寬容的立場，允許文化多元與文化差異的存在。一個新的主體已重新建構起來，讓社會內部的族群、性別、階級，都有其各自的生存方式。共存與並置的文化價值，成為臺灣社會的主流思想。從前單一壟斷的文化內容，次第被繁複豐饒的生產力取代。臺灣意識與臺灣認同，有了全

〔註29〕趙稀方：《後殖民主義》，北京：北京大學出版社2009年版，第238頁。
〔註30〕趙稀方：《後殖民主義》，北京：北京大學出版社2009年版，第224頁。

新的意義，本土化不再只是以受害的在地族群為主要論述。掌控最高權力者的後裔，晚期移民的族裔，人口最多的福佬客家族群，以及受到雙重殖民的原住民，都以旺盛的文化生產力重新定義什麼是本土化運動。」〔註31〕從這裡可以看出，陳芳明又以實證的方式拋棄或者說違背了自己上述的臺灣文學後殖民史觀。總之，臺灣的後殖民運動，是聯合併透過實際的民主運動、女性運動、農民運動、工人運動、同志運動、原住民運動等從而凝聚成沛然莫之能禦的新認同。於是，各種腐朽的沙文主義，在歷史改造中紛紛退潮。

　　如上所述，海峽兩岸暨港澳的女性文學創作不僅置身於後殖民文化的影響之下，同時還受到傳統文化中潛在和顯在的男權思想的影響。換句話說，女性文學的創作面臨著對兩種迫壓力量的反抗：一是後殖民，二是男性霸權。後殖民視野中的女性主義理論也是本研究依據的核心理論之一：「後殖民主義理論家，從馬克思、法儂到薩義德等等，主要由男性構成，他們在批判西方殖民主義的時候，常常忽視了女性的視角，這一點自然會受到女性主義的批評，這種批評構成了女性主義後殖民主義的另一個領域。」〔註32〕因此，「以女性主義身份加入後殖民主義，其主要火力是從後殖民角度批評西方女性主義，不過它同時又轉過身來批評後殖民主義本身的男性主義，這恐怕是男性後殖民理論家所沒有預料到的。」〔註33〕故而，本研究正是在後殖民主義、後現代主義、女性主義的理論視野下，全面觀照近 30 年海峽兩岸暨港澳女性文學的狀貌與肌理、外在特徵與內在意蘊。

　　黃子平曾在《香港文學史：從何說起》一文中闡釋一般文學史敘述的理論困境，在一一列舉種種文學史的開頭——或標誌性文學事件、或大作家大作品、或文學社團文學雜誌的出現、或某一歷史事件之後，認為：「這正是一般按『時序』來敘述文學史所面對的共同困境。在一種黑格爾式的時空完美同一體中講述歷史的進化，一切無法納入這整體的就作為『歷史的渣滓』被拋棄了。這種敘述無可避免地，會如成為本雅明所說的獻給『勝利者』的貢品，或者如拉康所說的用來填補分裂的主體之缺口的『崇高客體』。這困境在敘述像『香港文學史』這樣『不純』的對象時，暴露得更為充分。」〔註34〕由此，論者提出是否有可能用一種「另類」的「以空間性壓倒時間性的方式」來講述

〔註31〕陳芳明：《臺灣新文學史》（下），臺北：聯經出版 2011 年版，第 608～609 頁。
〔註32〕趙稀方：《後殖民主義》，北京：北京大學出版社 2009 年版，第 99 頁。
〔註33〕趙稀方：《後殖民主義》，北京：北京大學出版社 2009 年版，第 102 頁。
〔註34〕黃子平：《香港文學史：從何說起》，《香港文學》2003 年第 1 期，總第 217 期。

香港文學史：「香港文學以『作品的關係網絡』的形式呈現，討論的將是文學空間的切割、分配與連通。文學史的『編寫』轉換為文學地圖的『測繪』」〔註35〕，這種深刻而新穎的見解，將有效地避免「影響」、「發展」、「流派」、「思潮」等使其不再佔有支配性能指的地位。文章發表多年，且是針對香港文學史而言，但對研究者的文學史思維理念有深度啟發。本研究也將借鑒此文學史觀點，力圖藉由時間、空間以及時空網絡的切割所規範出的文化現象進入海峽兩岸暨港澳的女性文學論述。

需要說明的是，由於本研究的視域和體量過於宏大，前期研究成果以大陸女性文學和香港女性文學為主，故本整合研究將臺灣女性文學作為主要的個案考察對象，以大陸女性文學作為整體參照，同時兼及香港女性文學和澳門女性文學。除此之外，本研究所涉及的女性文學的文體則以小說為主，部分章節涉及到散文，海峽兩岸暨港澳女性文學中的詩歌和話劇作品暫付闕如。

二、國內外研究現狀

有關本研究的國內外研究主要體現為兩個方面：其一，海峽兩岸暨港澳文學的整合性研究，以及與之相關的臺港文學、海峽兩岸文學的比較和影響研究，臺灣、香港文學史及其史論研究；其二，海峽兩岸暨港澳女性文學的專題性研究，其中涉及歷史書寫、自傳書寫、家族書寫、地方書寫、旅行書寫、民俗書寫、飲食書寫、自然書寫、生態倫理、性別論述、同志書寫等方面，以及代表性的女性文學作家作品研究。這裡將其歸納並提煉為以下四個主題逐一進行論述。

（一）華文文學的整合研究

早在 1995 年，曹惠民就在其論文《世界華文文學與「20 世紀中國文學」》中表明整合兩岸文學的觀念：「『20 世紀中國文學』從時間向度上，『世界華文文學』從空間維度上，交叉縱橫地拓展了『中國現代文學』的既定內涵與外延。二者的結合，將賦予此一特定時空內中國文學新的質素品格，極大地拓寬學術視野，具有鮮明的『跨世紀』的學術氣派，展現了宏偉的學術前景。」〔註36〕這種文學研究的理念，在其 1997 年由華僑出版社出版的專著《多元共生的現代

〔註35〕黃子平：《香港文學史：從何說起》，《香港文學》2003 年第 1 期，總第 217 期。
〔註36〕曹惠民：《世界華文文學與「20 世紀中國文學」》，見《他者的聲音》，南京：江蘇人民出版社 2005 年版，第 16 頁。

中華文學》〔註37〕中得到了進一步闡述：「在我看來，在 20 世紀，通俗文學與純文學從對峙到並存，臺港文學與大陸文學由分流到整合，既是一種趨勢和格局，也凸顯了其多元共生共存的突出特徵。」這一「整合兩岸，兼容雅俗」的學術理念在《1898～1999 百年中華文學史論》〔註38〕中有較為全面和從容的展開，其「學術思路的創造性」得到學界肯定，被認為「一種整合性的研究……開拓了兩岸三地文學研究的新空間，為……中華文學的學術思考注入了新靈感。」〔註39〕在其《他者的聲音：曹惠民臺港華文文學論集》〔註40〕中，收入了有關這一學術理念的多篇文章：《整合兩岸　兼容雅俗──「20 世紀中國文學」之我見》《地緣詩學與華文文學研究》《整體視野與比較研究》《香港文學與兩岸文學一體觀》等，是「整合兩岸」文學史觀最早的提出者和實踐者。

　　劉俊則繼承並發揚了這種文學史觀，不僅整合兩岸，而且將整個世界華文文學看成一個有機的整體。儘管論文集《世界華文文學整體觀》〔註41〕中並沒有專門的文章來探討整體觀的理念，但這一題名囊括了其有關大陸、臺港和海外文學研究的多篇論文。正如論者在《前言》中所說：「不再侷限於中國現當代文學，而是將世界性的華文文學（中國大陸文學以及臺灣、香港、東南亞、北美等不同區域的文學）作為一個整體，進行綜合觀照。」〔註42〕其體例一如《從臺港到海外──跨區域華文文學的多元審視》〔註43〕和《跨界整合──世界華文文學縱論》〔註44〕兩專著的結構形態：以散點透視的方式，形成某種不無整體意味的論域。《復合互滲的世界華文文學》〔註45〕則在此基礎上繼續強化了從現代到當代的歷史延伸、從「外島」到「特區」的臺港兼容以及從南洋到北美的區域跨越觀念。

　　古遠清則採用整合研究的觀念致力於兩岸文學的關係研究。他在《前言：重建文學史的政治維度》中強調：這不是一本兩岸文學創作史，也不是兩岸文

〔註37〕曹惠民：《多元共生的現代中華文學》，北京：華僑出版社 1997 年版。
〔註38〕陳遼、曹惠民主編：《1898～1999 百年中華文學史論》，上海：華東師範大學出版社 1999 年版。
〔註39〕古遠清：《香港文學研究二十年》，《香港文學》2001 年第 10 期。
〔註40〕曹惠民：《他者的聲音：曹惠民臺港華文文學論集》，南京：江蘇人民出版社 2005 年版。
〔註41〕劉俊：《世界華文文學整體觀》，北京：人民文學出版社 2007 年版。
〔註42〕劉俊：《世界華文文學整體觀·前言》，北京：人民文學出版社 2007 年版。
〔註43〕花城出版社 2004 年版。
〔註44〕新星出版社 2005 年版。
〔註45〕花城出版社 2014 年版。

學論爭史或思潮史，而是一部兩岸文學的關係史。同時，這不是兩岸文學發生的重大事件或運動的彙編，或兩岸文學關係的簡單相加，而是以臺灣文壇為主，把主要目光放在臺灣，而作者站在大陸立場，用大陸視角寫作。確切地說，這部著作「是從文學關係史切入的另類歷史敘事，是一部非傳統型的文學史，寫作的著力點不在為作家作品定位，不以作家作品分析評價為主，不以建構典律為目標，而是抱著回顧與解讀的態度，審視兩岸文學關係從對立到親和的發展過程，用大敘事與小細節相結合的筆調描述，不追求體系的嚴謹和完整性。……使兩岸文學史真正成為一部多視野、多角度的多元共生的文學史。」〔註46〕因此，該著作在其文學史理念指導下，將兩岸文學關係史分為四個時期：軍事主宰時期兩岸文學關係的對抗與隔絕；和平對峙時期兩岸文學交流的開啟與曲折發展；民間交流時期兩岸文學的互動與衝突；「阿扁時代」兩岸文學關係的封鎖與突圍。

有關海峽兩岸女性文學比較研究的最新成果當屬樊洛平、王萌合著的《海峽兩岸女性小說的歷史流脈與創作比較》，該著作分為上下兩編：上編為「兩岸女性小說發展的歷史流脈」，根據兩岸女性文學的發生發展狀況將其發展歷程切分為七個階段；下編為「兩岸女性小說創作形態論」，針對兩岸女性小說中的女性人物、女性意識、創作模式與敘事學等問題分別進行研究。著者在《緒論》中說：「臺灣女性文學作為中國女性文學不可分割的組成部分，她的萌生和發展與大陸文壇息息相關。早在20世紀20年代初期，受到祖國大陸新文化運動與現代女性文學主潮的強力影響，臺灣女性文學創作在日本殖民地的環境中艱難萌生，並得力於臺灣婦女解放運動和新文學運動的召喚，向世人發出她最初的聲音。從思想方向與文學路線上看，兩岸女性文學作為五四新文學的組成部分，共同確立了反帝反封建、喚起民眾特別是啟蒙婦女的歷史使命。從反對文言文、嘗試白話詩文的語言革命，到反對舊文學、倡揚新文學的文學革命，兩岸女界共同經歷了中國文學的現代轉型。」〔註47〕這種言說部分採用了臺灣文學受大陸文學影響並構成其必要部分這一傳統觀念。事實上，臺灣女性文學無論從其發生源頭還是演變軌跡，都與大陸女性文學存在諸多的差異性，儘管它們曾經擁有類似的思想資源以及文學生態。而且，臺灣女性主義文學的

〔註46〕 古遠清：《前言：重建文學史的政治維度》，《海峽兩岸文學關係史》，福州：福建人民出版社2010年版。

〔註47〕 樊洛平、王萌：《海峽兩岸女性小說的歷史流脈與創作比較·緒論》，北京：人民出版社2014年版，第1～2頁。

產生要比大陸女性主義文學發生得早，就其深度和多樣性來說，也遠遠超越大陸女性文學。

　　該著認為，1949 年之後兩岸社會制度、意識形態的分野，造成文化體制和文學環境的差異，縱觀文學發展的歷史流脈，兩岸女性文學在其演進過程的每個階段都有著源流影響和背景互動。「以文學發生學的角度看，兩岸當代女性小說在不同的社會制度與文藝生態環境中，經歷了不同的演變過程，形成相異的創作形態。但我們必須看到的是，女性在男權中心歷史傳統中的邊緣生存位置，女性文學在整個文壇中的非主流格局，又讓兩岸女性文學在生存方式、表現形態和文學經驗方面，有著相似的邊緣化的境遇。」〔註48〕所以，從整體上看，無論是作家陣容，還是創作成就與文學態勢，1917 年至 1949 年的兩岸文壇上，大陸女性小說作為源流性的存在，走在了兩岸女性文學創作的前列。不過，20 世紀 50 至 70 年代，在兩岸關係隔絕對峙的情況下，由於不同的文學制度和文學生態，兩岸女性小說創作產生了「分流」與「變異」。

　　相對於大陸女性女文學，「臺灣的女性小說雖然受到官方意識形態話語的侵入，並被西方現代主義思潮所席捲，但在大陸遷臺女作家、學院派女作家、本土女作家的共同努力下，較多地保持了女性小說的獨立形象，且有諸多女性主義意識強烈的文本問世。」進入 80 年代，在兩岸關係解凍並逐漸升溫的背景下，女性文學又從「分流」逐漸走向「整合」，尤其是兩岸在女性主義思潮的影響下，都出現了女性主義小說群體的崛起。臺灣的新女性主義文學、新人類文學、女性言情小說、網絡文學、旅行文學、生態文學等創作現象影響甚至一時風靡大陸文壇。90 年代以後，兩岸女性文學出現了眾聲喧嘩的局面：「既有抗衡公共領域的個人慾望描寫，也不乏充滿人文關懷的歷史、土地、家族、女性命運省思；彷彿『百無禁忌』的女性寫作突圍，卻在有形無形中被商業社會『收編』，或落入男性『他看』的欲望化陷阱。」〔註49〕充分顯示出臺灣女性小說創作的獨特性及其與大陸女性文學創作的差異性。

　　在海外，對海峽兩岸暨港澳文學進行整體性觀照的當推王德威，早在其著作《閱讀當代小說：臺灣‧大陸‧香港‧海外》〔註50〕中就已經將大陸、臺港

〔註48〕樊洛平、王萌：《海峽兩岸女性小說的歷史流脈與創作比較‧緒論》，北京：人民出版社 2014 年版，第 2 頁。

〔註49〕樊洛平、王萌：《海峽兩岸女性小說的歷史流脈與創作比較‧緒論》，北京：人民出版社 2014 年版，第 3 頁。

〔註50〕遠流出版 1991 年版。

與海外並置。其後出版的《跨世紀風華：當代小說 20 家》〔註 51〕以及《如此繁華：王德威自選集》〔註 52〕分別收入其關於三地或三城文學的論文，儘管作家作品分布於不同的區域和城市，但研究者採用的卻是參差對照的文學的整體觀視野，而且這種研究已經自成體系，並漸漸發展成為對整個華語語系文學的整體性研究。統觀海峽兩岸暨港澳女性文學，不得不承認這樣一個同質性的文學存在：且不說海峽兩岸暨港澳作家對張愛玲文學傳統的傳承，單是作家彼此之間創作風格的互相影響、創作內容的交疊以及人物故事的穿插呼應都成為一種頗有意味的象徵。

（二）臺港澳文學史研究

　　就臺灣文學史的研究而言，葉石濤 1987 年出版的《臺灣文學史綱》是臺灣文學史寫作的開拓之作。史綱一共分為七章，按照時間順序論述文學發展歷程，第一章「傳統舊文學的移植」，第二章「臺灣新文學運動的展開」，第三章「四〇年代的臺灣文學」，第四章「五〇年代的文學文學」，第五章「六〇年代的臺灣文學」，第六章「七〇年代的臺灣文學」，第七章「八〇年代的臺灣文學」，最後附有較為詳細的臺灣文學年表。作者在《序》中這樣說：

> 　　臺灣的新文學運動也曾受到五四文學革命的刺激。日據下的臺灣新文學作家大多數也和大陸作家一樣，用白話文寫作，保持了濃厚的民族風格。儘管在一九三〇年代日本統治者禁止臺灣作家用漢文寫作，因此，一部分臺灣作家不得不改用統治者的語文——日文去寫作，且達到了可與日本作家一較長短的文學水準，但作品所反映的，仍是被壓迫的臺灣民眾悲慘的生活現實。臺灣作家共同背負了臺灣民眾苦難的十字架，跟臺灣民眾打成一片，為反日抵抗的歷史留下嚴肅的證言。〔註 53〕

　　關於臺灣文學的獨特性，即其受到歐美文學和日本文學的影響所形成的與大陸文學的差異性，史綱有這樣的論述：

> 　　臺灣歷經荷蘭、西班牙、日本的侵略統治，它一向是「漢番雜居」的移民社會，因此，發展了異於大陸社會的生活模式和民情。特別是日本統治時代的五十年時間和光復後的四十年時間，在跟大

〔註 51〕麥田出版 2002 年版。
〔註 52〕天地圖書 2005 年版。
〔註 53〕葉石濤：《臺灣文學史綱・序》，高雄：文學界雜誌社 1987 年版。

陸完全隔離的狀態下吸收了歐美文學和日本文學的精華，逐漸有了較鮮明的自主性性格。現代臺灣文學的重要課題之一，便是如何在傳統民族風格的文學中，把西方前衛文學的技巧熔於一爐，建立具有臺灣特質及世界性視野的文本。〔註54〕

以上論述既強調了臺灣文學的特質，當然也沒有忽略它和五四新文學的聯繫。尤其值得注意的是，突出了臺灣文學與歐美文學、日本文學之間的聯繫，這當然是不可忽略的事實，但亦不能因為外來的影響而忽略了臺灣文學的中國文學本質。除此之外，臺灣文學史方面的著作還有日本學者藤井省三的《臺灣文學這一百年》〔註55〕和臺灣學者宋澤萊的《臺灣文學三百年》〔註56〕，前者運用了安德森「想像的共同體」和哈貝馬斯「公共領域」理論，從皇民文學的論述出發，認為臺灣作家的日文創作構成了臺灣文學的民族主義，這一觀點引發了海內外、島內外、尤其是臺灣、大陸和日本研究者出自不同立場的討論；後者則運用了海登‧懷特、弗萊的文學理論，根據對臺灣本土作家作品的討論，將臺灣文學分成傳奇文學時代、田園文學時代、悲情文學時代、諷刺文學時代以及新傳奇文學時代，被認為完全是站在臺灣文學立場的一部文學史著。

孟樊的《文學史如何可能：臺灣新文學史論》〔註57〕論述的對象主要集中於成書的文學史專著，包括葉石濤、彭瑞金、趙遐秋、呂正惠、劉登翰、洪子誠、古繼堂、徐學等人的著作，如第一章《新歷史主義的臺灣文學史觀》、第五章《中國的臺灣新詩史觀》、第七章《臺灣散文的系譜史觀》，其論述文字也是最典型的「文學史論」。第六章《臺灣小說的接受史觀》則在探討「接受史觀」問題時，將檢視的對象聚焦於相關的文學現象上，畢竟文學現象原本就在文學史涵蓋的範圍內，遂成為文學史論的探討對象。至於第二章《戰後臺灣通俗文學史的考察》、第八章《戰後臺灣新詩集出版史的考察》、第十章《臺灣同志書刊出版文化史的考察》，名為「考察」，其實是以夾敘夾議的方式來撰寫，加重了「考察」的分量，並將考察的對象從作品擴及社會及出版現象。第八章與第十章的考量亦同，唯獨最後一章「史」的敘述已退居背景位置，凸顯的主要是「論」的部分，考察對象自然也不再侷限於文學作品或現象。

〔註54〕葉石濤：《臺灣文學史綱‧序》，高雄：文學界雜誌社1987年版。
〔註55〕藤井省三著、張季琳譯：《臺灣文學這一百年》，臺北：麥田出版2004年版。
〔註56〕宋澤萊：《臺灣文學三百年》，新北：INK印刻文學2011年版。
〔註57〕孟樊：《文學史如何可能：臺灣新文學史論》，臺北：揚智文化2006年版。

　　確切地說，邱貴芬的《後殖民及其外》〔註58〕是一本探討臺灣文學史問題的論文集，其中又分為兩個部分，前者針對臺灣文學史研究的方法論，包括《臺灣（女性）小說史學方法初探》《從戰後初期女作家的創作談臺灣文學史的敘述》《落後的時間與臺灣歷史敘述——試探現代主義時期女作家創作裏另類時間的救贖可能》《後殖民之外——尋找臺灣文學的「臺灣性」》《文學影像與歷史——從作家紀錄片談新世紀史學方法研究空間的開展》等篇，後者則是針對作品和現象的探討，包括《塗抹當代女性二二八撰述圖像》《〈日據以來臺灣女作家小說選讀〉導論》以及《「後殖民」的臺灣演繹》。同樣地，陳芳明的《後殖民臺灣——文學史論及其周邊》〔註59〕從後殖民立場出發，探討「解嚴」後臺灣社會的性質究竟屬於後殖民或者後現代，從而進一步觀察文學史書寫所面臨的關鍵思考。論著認為戰後臺灣文學史的發展，較諸日據時期還要複雜，不僅牽涉到戒嚴文化下所產生的族群與性別問題，也牽涉到外來強勢文化的干涉。

　　該書特別論述了張愛玲和現代主義之間的關係，並試圖釐清歷史遺留問題，建構張愛玲在臺灣文學史上的地位。除此之外，對「解嚴」後的女性書寫也給予特別的關注，另有《挑戰大敘述——後戒嚴時期的女性文學與國家認同》《女性自傳文學的重建與再現》兩篇專門探討女性文學。作者認為：「從臺灣殖民史的角度來看，在這個社會所產生的文學，應該是殖民地文學。如果這個說法可以成立，則今天的文學盛況，就很難定位為後現代性格。因此，要討論八〇年代臺灣文學盛放的景象，與其使用後現代文學一詞來概括，倒不如以後殖民文學一詞來取代還較為恰當。」〔註60〕陳芳明企圖用後殖民來否定後現代的方式，達成其臺獨觀念的言說，顯然，他將國民黨在臺灣的統治等同於日本在臺灣的殖民的觀念是非常荒謬的。

　　這一後殖民觀點在他的《臺灣新文學史》〔註61〕中繼續保留下來。儘管如論者所說，這是一部立論有誤的文學史，缺點非常明顯，除了立論偏頗之外，其對90年代臺灣文學史的把握和描述也顯示出令人難以接受的簡陋和粗疏。但無論如何，這畢竟是幾十年以來對臺灣文學進行較為詳盡地梳理的一部臺

〔註58〕邱貴芬：《後殖民及其外》，臺北：麥田出版2003年版。
〔註59〕陳芳明：《後殖民臺灣——文學史論及其周邊》，臺北：麥田出版2002年版。
〔註60〕陳芳明：《後殖民臺灣——文學史論及其周邊》，臺北：麥田出版2002年版，第24頁。
〔註61〕陳芳明：《臺灣新文學史》（上下），臺北：聯經出版2011年版。

灣新文學史，所以，其在作家作品資料的搜集、論述以及展開方面也不是沒有可以借鑒的地方。全書共分為上下兩冊，凡二十四章。第一章是總論，主要談論臺灣新文學史的建構與分期，首先確立了其後殖民史觀，然後在此基礎上對臺灣新文學史進行分期，並提出重新建構臺灣文學史的策略。最後一章是對整個 20 世紀臺灣文學史的回顧以及對新世紀文學的展望。內中的第二章一直到第二十三章則就臺灣文學發展的歷史脈絡進行逐次論述，包括初期臺灣新文學觀念的形成、啟蒙實驗時期的臺灣文學、臺灣文學左傾與鄉土文學的確立、一九三〇年代的臺灣文學社團與作家風格、臺灣寫實文學與批判精神的抬頭、皇民化運動下的一九四〇年代臺灣文學、殖民地傷痕及其終結、戰後初期臺灣文學的重建與頓挫、二二八事件後的臺灣文學認同與論戰、反共文學的形成及其發展、一九五〇年代的臺灣文學侷限與突破、橫的移植與現代主義之濫觴、現代主義文學的擴張與深化、一九六〇年代臺灣現代小說的藝術成就、現代詩藝的追求與成熟、臺灣女性詩人與散文家的現代轉折、臺灣鄉土文學運動的覺醒與再出發、臺灣鄉土文學運動中的論戰與批判、一九七〇年代臺灣文學的延伸與轉化、一九八〇年代臺灣邊緣聲音的崛起、眾聲喧嘩的臺灣文學多重奏、臺灣女性文學的意義等，基本上是以十年為一個論述段落，同時結合當時的文學主潮並兼顧各種文體創作的情況進行論述。分期中將日據殖民時期分為三個階段，戰後「再殖民」時期分為五個階段，而「解嚴」後的「後殖民」時期則以「多元蓬勃期（一九八七～）」一節草草帶過 30 年的文學歷程，將至少應該佔有四分之一份額的文學歷史和文學創作以九分之一的篇幅進行了武斷的縮水處理，卻還說：「無可懷疑的，解嚴十年的文學生產力，幾乎可以與戒嚴 30 餘年的文學成就等量齊觀。」〔註 62〕可惜，其文學史論述完全不能與其先入為主的文學史觀達成互相證明的關係，造成其內部邏輯關係的斷裂。

特別值得注意的是，陳芳明在《序言：新臺灣・新文學・新歷史》中進行的開篇立論：「所謂新，指的是現代的到來。島上住民開始迎接現代文化的降臨，完全不是出自主觀願望，而是因為淪為日本殖民地而被迫接受。因此，『現代』一詞所具備的意義，比起西方現代的崛起還要複雜。」〔註 63〕也正是因為這個原因，「從一九二〇年代發軔的臺灣新文學運動，先天就帶有強烈的

〔註 62〕陳芳明：《臺灣新文學史》（上），臺北：聯經出版 2011 年版，第 39 頁。
〔註 63〕陳芳明：《臺灣新文學史》（上），臺北：聯經出版 2011 年版，第 5 頁。

抵抗與批判,而且也與生俱來就是要追求自由與開放。」〔註64〕新文學史的書寫與建構其實也是在解決書寫者自己內在的矛盾與分裂,以至於幾度擱筆,但最終為歷史和文學的書寫找到支持,那就是他對「本土」的重新理解和詮釋:「本土不應該是神聖的人格,也不應該是崇高的信仰。它其實是一個開放的觀念,所有在歷史之河漂流的族群,所有在現實之鏡映照出的移民,選擇在海島停泊時,他們的情感與美學也都匯入了本土。臺灣原是一個流動的空間,除了原住民之外,所有的族群都是移民的後裔。臺灣文學是一張拼圖,也是一塊拼布。每個世代、每個作家都致力於裁剪的藝術,注入他們最好的想像,運用他們最好的手法,為的是使這個海島變成無懈可擊的美好圖像。」〔註65〕

　　陳芳明將臺灣新文學認定為是 20 世紀的產物,長期殖民統治刺激下的產物,並將之分為戰前日文書寫與戰後中文書寫兩大歷史階段。正是在「臺灣既然是個殖民的社會,則在這個社會中所出生的文學,自然就是殖民地文學」這一推論的基礎上,將臺灣新文學史區分為:殖民時期、再殖民時期與後殖民時期三個階段。殖民時期指的是一八九五至一九四五,日本帝國主義的統治階段;再殖民時期指的是一九四五到一九八七;後殖民時期則是指一九八七年以後。此文學史分期貌似非常合理,實則謬誤之至。論述亦充滿了令人難以置信的混亂:「就像日據時期官方主導的大和民族主義對整個社會的肆虐,戰後彌漫於島上的中華民族主義,也是透過嚴密的教育體制與龐大的宣傳機器而達到囚禁作家心靈的目標。這樣的民族主義,並非建基於自主性、自發性的認同,而是出自官方強制性、協迫性的片面灌輸。因此,至少到一九八〇年代解嚴之前,臺灣作家對民族主義的認同就出現了分裂的狀態,認同中華民族主義的作家,基本上接受文藝政策的指導;他們以文學形式支持反共政策,並大肆宣揚民族主義。這種文學作家,可以說是屬於官方的文學。另一種作家,則是對中華民族主義採取抗拒的態度。他們創造的文學,以反映臺灣社會的生活實況為主要題材,對於威權體制則進行直接或間接的批判諷刺。這是屬於民間的文學。」〔註66〕而事實上,官方和民間的文學形態在任何體制的國家都普遍存在。

　　且不說這中間立論的荒謬、邏輯的混亂以及概念的偷換,單說接下來的推論就令人啼笑皆非:「通過鄉土文學論戰之後,民間文學開始獲得臺灣社會

〔註64〕陳芳明:《臺灣新文學史》(上),臺北:聯經出版 2011 年版,第 6 頁。
〔註65〕陳芳明:《臺灣新文學史》(上),臺北:聯經出版 2011 年版,第 8～9 頁。
〔註66〕陳芳明:《臺灣新文學史》(上),臺北:聯經出版 2011 年版,第 26 頁。

的首肯。無論這樣的民間文學在此之前，稱為鄉土文學也好，或是稱為本土文學也好，在論戰之後都正式以『臺灣文學』的名稱得到普遍的接受。」〔註 67〕這完全不符合「臺灣文學」所指的應有之義。在此之前著者所堅稱的反抗主題，在接下來的論述中毫無緣由地失去了其合理性：「進入解嚴時期之後，臺灣文學主體性的議題才正式受到檢討。這個階段的文學主體，就再也不能停留在抗爭的、排他的層面。沒有任何一個族群、階級或性別能夠居於權力中心。在臺灣社會裏，任何一種文學思考、生活經驗與歷史記憶，都是屬於主體。所有的這些個別主體結合起來，臺灣文學的主體性才能浮現。因此，後殖民時期的臺灣文學，應該是屬於具有多元性、包容性的寬闊定義。不論族群歸屬為何，階級認同為何，性別取向為何，凡是在臺灣社會所產生的文學，便是臺灣文學主體的不可分割的一部分。」〔註 68〕進入解嚴時代，並不意味著臺灣文學就永久地不再出現抗爭和排他的主體，而所謂殖民時代和再殖民時代的臺灣文學，又怎麼不能夠以多元性、包容性的寬闊定義來界定呢？其中的自我矛盾不攻自破。

大陸學者撰寫的臺灣文學史，則有包恒新的《臺灣現代文學簡述》〔註 69〕，王晉民的《臺灣當代文學》〔註 70〕，白少帆的《現代臺灣文學史》〔註 71〕，古繼堂的《臺灣新詩發展史》〔註 72〕、《臺灣小說發展史》〔註 73〕和《臺灣新文學理論批評史》〔註 74〕，古遠清的《臺灣當代文學理論批評史》〔註 75〕，而劉登翰主編的《臺灣文學史》（上下）〔註 76〕則是資料最為齊全、體例最為完備的臺灣文學史。專門的臺灣文學研究近年來有長足的發展，黎湘萍的《文學臺灣：臺灣知識者的文學敘事與理論想像》〔註 77〕對臺灣文學進行文學敘事和文學審美研究。該著作分為三編：第一編「知識者的文學敘事」，分別從兩岸

〔註 67〕陳芳明：《臺灣新文學史》（上），臺北：聯經出版 2011 年版，第 26～27 頁。
〔註 68〕陳芳明：《臺灣新文學史》（上），臺北：聯經出版 2011 年版，第 29 頁。
〔註 69〕上海社會科學出版社 1988 年版。
〔註 70〕廣西人民出版社 1986 年版。
〔註 71〕遼寧大學出版社 1987 年版。
〔註 72〕人民文學出版社 1989 年版。
〔註 73〕春風文藝出版社、遼寧教育出版社 1989 年版。
〔註 74〕春風文藝出版社 1997 年版。
〔註 75〕武漢出版社 1994 年版。
〔註 76〕海峽文藝出版社 1991、1993 年版。
〔註 77〕人民文學出版社 2003 年版。

現代文學的發生、臺灣日據時期、戰後上海與臺北文學、現代消費社會、新生代文學五個歷史段落和文學代季來論述兩岸文學中的文學敘事；第二編「知識者的理論想像」主要從語言美學的角度對知識者的文學敘事進行深入闡釋。古遠清的《當代臺港文學概論》〔註78〕是一本圖文並茂的臺灣文學研究著作，分別從文學思潮、寫實小說、現代小說、新詩、散文、通俗文學以及戲劇等方面對 60 年來的臺灣、香港文學進行了詳實的介紹和獨到的評析。曹惠民、司方維著《臺灣文學研究 35 年（1979～2013）》〔註79〕則是迄今為止最全面的臺灣文學研究史綱。這部學術研究史是在整合兩岸的文學史理念指導下進行的，共分為進程篇、專題篇、學者篇、史料篇等六個部分。該書亮點不僅在於專題研究全面、史料搜集詳盡，還在於學者篇中對 60 年來致力於臺灣文學研究的學者的研究成果進行了精到的評析。

作為一個自足的研究課題，香港文學研究直到 20 世紀七、八十年代才漸具雛形〔註80〕。較早的幾部香港文學史著，如謝常青的《香港新文學簡史》〔註81〕，潘亞暾、汪義生的《香港文學概觀》〔註82〕，王劍叢的《香港文學史》〔註83〕和《二十世紀香港文學》〔註84〕等部分涉及香港女性作家的作品，但篇幅較小，作家的選取也帶有一定的隨機性。隨著 1990 年代幾部有影響的香港文學史著面世，如劉登翰的《香港文學史》〔註85〕、袁良駿的《香港小說史》〔註86〕、施建偉的《香港文學簡史》〔註87〕以及曹惠民的《臺港澳文學教程》〔註88〕陸續出版，才為大陸學界揭開了香港文學的面紗，從心理上驅除了香港「文化沙漠」的無知和荒誕成見，也才使廣大讀者一窺香港女性文學的真正面目。儘管這些著作都帶有強烈的史著眼光和明顯的開拓意識，並以各自的體例優勢和著者的主體意識取勝，但毋庸諱言，由於其受制

〔註78〕高等教育出版社 2012 年版。
〔註79〕江蘇大學出版社 2015 年版。
〔註80〕張美君、朱耀偉主編：《香港文學@文化研究・導論》，香港：牛津大學出版社 2002 年版。
〔註81〕謝常青：《香港新文學簡史》，廣州：暨南大學出版社 1990 年版。
〔註82〕潘亞暾、汪義生：《香港文學概觀》，廈門：鷺江出版社 1993 年版。
〔註83〕王劍叢：《香港文學史》，南昌：百花洲文藝出版社 1995 年版。
〔註84〕王劍叢：《二十世紀香港文學》，濟南：山東教育出版社 1996 年版。
〔註85〕劉登翰：《香港文學史》，北京：人民文學出版社 1999 年版。
〔註86〕袁良駿：《香港小說史》，深圳：海天出版社 1999 年版。
〔註87〕施建偉：《香港文學簡史》，上海：同濟大學出版社 1999 年版。
〔註88〕曹惠民主編：《臺港澳文學教程》，上海：漢語大詞典出版社 2000 年版。

於既定的文學史編寫體例或教材寫作規範，對作家作品的討論侷限於單純的個人生平介紹和簡短的寫作歷程評述，深刻貫通的問題意識難以彰顯；又因為受制於主導的文學研究理論方法，對香港文學的價值審視也難免片面和偏頗〔註 89〕，某些問題的認定或文本的解析甚至成為意識形態差異下的話語「誤讀」〔註 90〕。最為明顯的，對女性創作群體整體上的不夠重視，又由於這些文學史的寫作大多起始於香港回歸之前，彼時香港與內地文化交流、信息傳輸上的一定侷限，也在某種程度上增加了研究資料獲得的難度，以至許多作家的作品只能憑藉間接方式或二、三手資料的方式獲得，種種遺憾之處在所難免。

但也正是在這些文學史家篳路藍縷的拓荒基礎上，新的研究成果漸次出現，趙稀方的《小說香港》〔註91〕和蔡益懷的《想像香港的方法》〔註92〕可作為其中代表，最明顯的突破表現為問題意識的加強和研究方法的更新。趙稀方在《小說香港》之《前言》中離析了小說香港敘事中的「中原心態」和「本土聲音」的差異之後，明確指出：「國內大同小異的香港文學史確已不少，這裡並不打算再提供類似的一本。本書的興趣在於觀看香港想像及敘述本身，並嘗試從小說與都市的互動關係中提出自己敘述香港文學的框架。」〔註93〕而在具體的論述過程中則刪繁就簡，從後殖民理論的高度提煉出香港文學的研究框架。對於女性小說家的討論佔據近半篇幅：「島與大陸」的關係之「中國香港」部分涉及張愛玲的小說《秧歌》和《赤地之戀》，「中原心態」部分再次論述到張愛玲、王安憶的作品；而在論述「香港意識」的章節中以絕大的篇幅著重探討了西西、李碧華、黃碧雲和施叔青的小說文本；「文學的都市性」則從現代

〔註89〕古遠清：《內地的香港文學研究》（《湖北社會科學》1998 年第 5 期）中有對大陸的香港文學研究冷靜而客觀的分析：一是資料搜集的困難導致資料錯誤；二是研究對象選取的偶然性和隨意性，使得學術水平無法提升；三是用內地的文學觀點去套香港文學，用內地的文學標準去批判香港作家作品；四是個人關係和人情稿代替了嚴肅的學術批評。此文的發表時間雖早於這些文學史著，但有些觀點至今或可借鑒。

〔註90〕陳岸峰《李碧華小說中的情慾與政治》一文就曾對《香港文學史》中將李碧華的小說定位為「詭異言情小說」、「邊緣性」等提出異議。見陳國球：《文學香港與李碧華》，臺北：麥田出版 2000 年版，第 220～222 頁。

〔註91〕趙稀方：《小說香港》，北京：生活·讀書·新知三聯書店 2003 年版。

〔註92〕蔡益懷：《想像香港的方法》，北京：中國社會科學出版社 2005 年版。

〔註93〕趙稀方：《小說香港·前言》，北京：生活·讀書·新知三聯書店 2003 年版，第 13 頁。

香港故事的視角分析了施叔青的《香港的故事》，並將鍾曉陽和李碧華的作品作為香港現代性反省的例證；梁鳳儀和亦舒的作品中所表現的「香港的情與愛」則用以闡述香港文學的大眾文化空間。《小說香港》標誌著大陸學者對香港文學研究問題意識和方法創新層面的提升和突破。

同樣，蔡亦懷的《想像香港的方法》亦強調研究的問題視角和方法論，「我已經不滿足於那種由作家傳記和社會學考察及零散的情感批評拼湊成的大雜燴式研究，而是力求把這個時期的香港小說當做一個整體來加以研究，分析作品中的意象、隱喻，力圖發現香港小說家共同的創作心結、規律及香港小說中特有的創作元素。」〔註94〕該著作的上編為《香江浪子傳奇——戰後 25 年香港小說人物形象論》，以大量的作家作品人物譜系的研究，展現了香港文學的形象系列與特有的敘事方式。該著的下編為《港人敘事——八九十年代香港小說中「香港形象」與敘事範式》，則以大量的女性小說文本的細緻分析，歸納並論證了香港女性小說所建構的「都市寓言」、「私自囈語」、「麗人告白」、「市井喧囂」、「家族私語」、「塘西殘夢」、「百年滄桑」以及「家國想像」等，雖然這些主題的提煉因繁多而顯出稍許的紊亂，但一定程度上顯示了香港女性小說創作主題的豐富性和多義性。值得欣喜的是，這些專著所論述的香港女性小說不再總是那些在大陸讀者群中過度熱銷的亦舒、嚴沁、岑凱倫、李碧華、梁鳳儀、林燕妮、張小嫻等的作品，而將一些優秀的嚴肅文學作家如西西、吳煦斌、鍾曉陽、黃碧雲、陳慧、謝曉紅、韓麗珠等的作品帶進了讀者視野。

除此之外，王豔芳的《異度時空下的身份書寫——香港女性小說研究》致力於香港女性小說的身份書寫研究，從香港女性小說概念和範疇的界定、研究成果的梳理和歸納出發，客觀分析香港女性小說生成的話語空間與精神資源，借助於後殖民主義、新歷史主義、通俗文化理論、消費文化觀念以及性別文化理論，從各個向度對 1970 年代以來的香港女性小說的身份書寫進行全面的考察和剖析。該著作認為，帶有強烈性別意識和自省意識的香港女性小說，賦予身份書寫更多的隱喻意義和象徵意蘊：「從香港意識的萌生到香港歷史的鈎沉，從城市地圖的繪製到異度空間的創造，從物質主義文化的展覽到性別身份的論述，從現實主義的摹寫到超現實主義的想像，香港女性小說以沉實厚重的內容和新奇強烈的風格為香港身份進行了多元化詮釋，從而將身份的建構

<hr>

〔註94〕蔡益懷：《想像香港的方法》，北京：中國社會科學出版社 2005 年版，第 9 頁。

呈現為開放的格局。」〔註 95〕是研究香港女性小說的身份書寫的最新成果。

　　或許因為身處其中的原因，香港學者對香港文學的研究反而持一種非常審慎的態度，被稱為「香港新文學史的拓荒人」的小思（盧瑋鑾）從 1977 年開始，多年來致力於香港文學史料的搜集、爬梳和整理，先後出版有《香港文縱》〔註 96〕《香港故事》〔註 97〕《香港文學散步》〔註 98〕以及合著《追跡香港文學》等，但迄今為止只是就香港文學史料的局部細節和個別問題發幽探微，如 20 世紀 30、40 年代的香港文學活動情況、「南來作家」問題、20 世紀 50、60 年代散文問題、香港淪陷時期的作品等〔註 99〕，但畢竟是「自有香港文學以來第一次較具規模的史的研究」。〔註 100〕黃維樑也是較早從事香港文學研究的香港學者之一，著有《香港文學初探》〔註 101〕《香港文學再探》〔註 102〕以及《活潑紛繁的香港文學》〔註 103〕。此外，還有黃繼持、鄭樹森、梁秉鈞、王宏志、陳炳良、劉紹銘等，不斷有香港文學研究方面的專著、編著或論文集問世。〔註 104〕香港學者之不輕言寫史在黃子平的《香港文學史：從何說起》中可見一斑，論文闡明了香港文學史敘述的理論困境，認為「這正是一般按

〔註 95〕 王艷芳：《異度時空下的身份書寫——香港女性小說研究》，北京：中國社會科學出版社 2015 年版，第 17 頁。

〔註 96〕 盧瑋鑾：《香港文縱》，香港：華漢文化事業公司 1987 年版。

〔註 97〕 盧瑋鑾：《香港故事》，濟南：山東友誼出版社 1998 年版。該著非純學術文章，分為四輯：第一輯「香港故事」收錄散文 40 篇，第二輯「承教小記」收錄散文 14 篇，第三輯「葉子該哭」收錄散文 18 篇，第四輯「香港文縱」收錄研究文章 9 篇，涉及女作家的有《十里山花寂寞紅——蕭紅在香港》。

〔註 98〕 盧瑋鑾：《香港文學散步》，香港：商務印書館 1991 年版。

〔註 99〕 黃繼持、盧瑋鑾、鄭樹森：《追跡香港文學》，香港：牛津大學出版社 1998 年版。

〔註 100〕 古遠清：《香港文學研究在香港》，《貴州社會科學》1999 年第 1 期。

〔註 101〕 黃維樑：《香港文學初探》，北京：中國友誼出版公司 1987 年版。

〔註 102〕 黃維樑：《香港文學再探》，香港：香江出版有限公司 1996 年版。

〔註 103〕 黃維樑：《活潑紛繁的香港文學》，香港：香港中文大學出版社 2000 年版。

〔註 104〕 古遠清：《香港文學研究在香港》，《貴州社會科學》1999 年第 1 期。此文不但仔細爬梳了香港學者的香港文學研究，而且將研究者分為學院派和非學院派，儘管這種區分不一定非常準確，但基本上歸納和羅列了香港文學研究的眾多成果，而且對內地和香港的香港文學研究進行了差異性對比，提出了個人的意見。王劍叢的《香港學者的香港文學研究》（《學術研究》1998 年第 11 期）也對這一研究情況進行了梳理。這方面的重要文章還有錢虹的《香港文學：由「棄嬰」到「公主」——1979～2000 年的香港文學研究述評》（發表於《華東師範大學學報》2004 年第 4 期），對香港文學研究亦有較為密切的關注。

『時序』來敘述文學史所面對的共同困境。在一種黑格爾式的時空完美同一
體中講述歷史的進化，一切無法納入這整體的就作為『歷史的渣滓』被拋棄
了。這種敘述無可避免地，會如成為本雅明所說的獻給『勝利者』的貢品，或
者如拉康所說的用來填補分裂的主體之缺口的『崇高客體』。這困境在敘述像
『香港文學史』這樣『不純』的對象時，暴露得更為充分。」由此，論者提出
是否有可能用一種「另類」的「以空間性壓倒時間性的方式」來講述香港文學
史：「香港文學以『作品的關係網絡』的形式呈現，討論的將是文學空間的切
割、分配與連通。文學史的『編寫』轉換為文學地圖的『測繪』」〔註105〕，這
種深刻而新穎的見解，將有效地避免「影響」、「發展」、「流派」、「思潮」等因
素使之不再佔有支配性能指的地位。

特別值得提出的是，2002 年牛津大學出版社推出「香港讀本系列」，包括
《閱讀香港普及文化 1970～2000》等 12 本書，其中與香港文學研究密切相關
的有潘毅、余麗文合編的《書寫城市：香港的身份及文化研究》和張美君、朱
耀偉合編的《香港文學@文化研究》兩種，這是香港文學和文化研究者根據自
己的閱讀體驗和研究積累，就香港文學研究而選取的最具代表性的研究文章，
可以稱之為近年來香港文學研究的集大成者。前者共分為五個部分，涉及文學
和社會學等多方面的論述。第一部分：理論與實踐之間；第二部分：文化書寫
與歷史流程；第三部分：公共空間與社區故事；第四部分：性別與女性歷史；
第五部分：文化空間與身體建構。後者也分為五個部分：1. 香港故事、2. 全
球／本土、3. 城市想像、4.「雅」與「俗」、5. 性別與寫作，連導言在內共收
入香港文學研究論文 30 篇，從各個面向對香港文學進行了考察和思辨，其中
專門論述香港女性作家的文章有近 10 篇，而涉及到香港女性小說的論文則在
大半以上。由於選編者的意圖並不在於就作品談作品，而是從文化研究的角度
來考察香港文學和香港身份書寫，因此，這些選文充分體現了香港女性小說與
香港文化研究之間的重要關聯及其在其中扮演的重要作用，表明香港女性小
說的價值和意義已經得到了研究者的正視和相當程度的重視。

王宏志、李小良、陳清僑合編的《否想香港──歷史‧文化‧未來》〔註106〕
是一本有關香港文學史和香港文化論述的文集。「否想」香港不是「不想」香

〔註105〕黃子平：《香港文學史：從何說起》，《香港文學》2003 年第 1 期。
〔註106〕王宏志、李小良、陳清僑：《否想香港──歷史‧文化‧未來》，臺北：麥田
　　　　出版 1997 年版。

港，更不是重蹈殖民思潮的窠臼，對著這個島嶼硬作非非、或非分之想。「否想」香港企圖批判傳統香港論述，並由此建構香港的過去與未來想像。藉由文學、電影、文化史等媒介，本書作者托出香港的位置，總浮游在歷史與虛構、恒常與過渡之間。是這樣一種位置使香港自外於大（中國）歷史之外，成就它獨特的過去，也承諾它獨特的未來。本書分為三輯，第一輯「大陸與小島」分別論述中國人說的香港故事和中國人寫的香港文學史；第二輯「殖民的歷史想像」分別論述了重構過去與消解歷史、「我的香港」——施叔青的香港殖民史、邊緣寫入中心——李碧華的「故事新編」以及揉性的身份認同；第三輯「愛己與愛國」則分別論述了否想未來和幾部當代香港武俠電影中的希望喻象及江湖想像。

（三）海峽兩岸暨港澳女性文學綜合研究

臺灣學者梅家玲主編的《性別論述與臺灣小說》選擇了 12 篇有關性別論述的論文，並將之分為四輯。輯一「性別與空間閱讀」以「空間閱讀」為切入點，進而探析相應而生的女性書寫政治，這裡的空間可以是實存的地理位置，是家，是國，也可以是文本，身體，以及文化空間。輯二「從鄉土想像到國族歷史」旨在由空間想像逐步推展至時間敘述，呈現女性小說家在面對鄉土、國族和歷史議題時的關懷思考。輯三「同志書寫與身體政治」討論同志愛欲書寫與身體政治的錯綜關係。愛欲啟動於身體而落實為書寫，因此同志書寫是「身體」與「文體」的糾纏錯雜，是「敘述的欲望」與「欲望的敘述」交相激蕩。輯四「女作家、女性書寫與文化生產」探討女作家的書寫活動如何在與外部文化機制相牽互動下，進行小說書寫的創化互生。認為「生產」意味了在某一特定空間中，從孕育到產生的歷時性能動過程，無論是生物性的生殖繁衍，抑是文化性的綿延更新，女性的身體／文本，都將是新生命的孕育場域。

編者在論文集的導言《性別論述與戰後臺灣小說發展》中指出，這些性別論述「一方面來自於小說本身，它以或隱或顯、或自覺或不自覺的內在意識，行構出各自的想像世界。另一方面，更來自評論者對性別理論的操演實踐。」相關論述始於兩性間的對應互動，隨著思辨向度的展開及深化，同性愛欲、家國想像、階級認同等議題也成為關注要點。尤其「交錯於男女夫婦、家庭國族間的種種輾輆，遂成為探析臺灣小說中性別論述的主要關目。其間曲折，遂可循由『男性家國觀念下的性別建構與解構』、『女性與家國鄉土歷史想像的重

塑』、『個人愛欲與家國論述的頡頏交鋒』等方面予以掌握。」〔註107〕其內容包括生理性別、社會性別及性傾向等多方面議題。

　　伍寶珠的《從反思到反叛：八、九零年代臺灣女性主義小說探究》〔註108〕則是一本專門研究臺灣女性主義小說的專著。全書分為四章。第一章就八零年代以前臺灣女性小說發展進行概觀論述。第二章就八零年代女性主義小說進行深入論述，以廖輝英、袁瓊瓊、施叔青、李昂小說為例說明女性主義小說對傳統男尊女卑觀念的反思，以廖輝英、蕭颯、李昂、蘇偉貞小說為例來論證資本主義社會中的女性處境。第三章側重九零年代女性主義小說的多元情慾文化研究，集中論述朱天文《荒人手記》、邱妙津《鱷魚手記》、陳雪《惡女書》中的性別意識，並以李昂《迷園》《北港香爐人人插》為例來談女性主義書寫中的性與政治的關係。正如陳炳良先生在《代序》中所說：「本書優勝之處在於除女性的自省外，還討論『同志』問題和性別政治問題。」〔註109〕最後一章對臺灣女性主義小說發展的新方向進行了展望和思考。

　　邱貴芬《（不）同國女人聒噪——訪談當代臺灣女作家》〔註110〕選取利格阿拉樂·阿𡠄、陳雪、李昂、朱天心、陳燁和蔡素芬等六位當代臺灣女作家進行訪談。作者的意圖在於為資料稀薄的臺灣女性文學史料增添一些研究資源，亦想藉此勾勒臺灣當代女性小說的圖像。因此，為了展現臺灣當代女性創作的多元性，同質性較高的作家只挑其中較具代表性的一位訪談。同時，也考慮到臺灣女性文壇資源分配不均的問題，分別就原住民女作家、女同志作家、福佬裔作家、外省二代作家，以及新近引起臺灣文壇矚目的作家等類別進行訪談。何春蕤《不同國女人：性／別、資本與文化》〔註111〕則從性別差異、資本運作與文化建構的視角對臺灣女性文學進行更為深入的解讀。

　　陳明柔主編的《遠走到她方——臺灣當代女性文學論集》〔註112〕緣於

〔註107〕梅家玲主編：《性別論述與臺灣小說》，臺北：麥田出版 2000 年版，第 14 頁。
〔註108〕伍寶珠：《從反思到反叛：八、九零年代臺灣女性主義小說探究》，臺北：大安出版社 2001 年版。
〔註109〕陳炳良：《代序》，伍寶珠：《從反思到反叛：八、九零年代臺灣女性主義小說探究》，臺北：大安出版社 2001 年版。
〔註110〕邱貴芬：《（不）同國女人聒噪——訪談當代臺灣女作家》，臺北：元尊文化 1998 年版。
〔註111〕何春蕤：《不同國女人：性／別、資本與文化》，臺北：自立晚報 1994 年版。
〔註112〕陳明柔主編：《遠走到她方——臺灣當代女性文學論集》（上下），臺北：女書文化 2010 年版。

2006 年 9 月 30 日至 10 月 2 日，靜宜大學陳明柔和楊翠共同籌劃舉辦的「臺灣女性文學學術研討會」。該論文集分上下兩冊，選取了 14 位作家的作品及其兩篇評論文章結集成冊。這 14 位女性作家分別是：季季、李昂、陳燁、陳雪、鍾文音、陳玉慧、周芬伶、廖玉蕙、利格拉樂·阿𡠄、蓉子、杜潘芳格、利玉芳、朵思、江文瑜，體裁涉及小說、詩歌和散文，其中小說家 5 位，散文家 4 位，詩人 5 位。李瑞騰主編的《評論 30 家：臺灣文學 30 年菁英選 1978～2008》〔註 113〕叢書基本反映出 1978～2008 年臺灣文學的表現及其成就，整套文集按照文類分為詩歌、散文、小說、評論四卷。其中，《評論 30 家》涉及到臺灣女性文學研究的篇章有陳芳明《張愛玲與臺灣文學史的撰寫》、何寄澎《孤寂與愛的美學——綜論簡媜散文及其文學史意義》、應鳳凰《戰後臺灣新疆題材小說——潘人木五〇年代之異地與異族書寫》、彭小妍《林海音的〈城南舊事〉》、廖炳惠《悶燒的豪放——臺北的都市文學舉隅》、劉亮雅《九〇年代女性創傷記憶小說中的重新記憶政治——以陳燁〈泥河〉、李昂〈迷園〉與朱天心〈古都〉為例》以及范銘如《逃離與依違——〈何日君再來〉的空間、飲食與文化身份》，是精選的研究者的作家研究的代表作。

周芬伶的《芳香的秘教：性別、愛欲、自傳書寫論述》〔註 114〕是一本論文集，主要探討有關性別、欲望和自傳書寫的問題。所關注的女性作家有張愛玲、張秀亞和邱妙津，相關論文有《移民女作家的困與逃——張愛玲〈浮花浪蕊〉與聶華苓〈桑青與桃紅〉的離散書寫與空間隱喻》《夢之華——張秀亞詩小說與散文詩的文體實驗》《芳香的秘教——張愛玲與女同書寫》《邱妙津的死亡行動美學與書寫》，分別就其文學主題、文體和美學問題等進行研究。世界女記者與作家協會中華民國分會編著《誰領風騷一百年：女作家》〔註 115〕共收入百年來 65 位女作家的簡論，其中《新世代文學女性》又介紹了 10 位女作家。儘管並不是有關臺灣女性文學的專論，但提供了較為鮮活的新銳作家資料，其中關於「新世代作家」說法的來源有一定參考價值：

> 「世代」是有別於「流派」的一個研究文學社會學的視角。文學世代概念的形成是近二十年的事，林海音寫《婚姻的故事》、郭良蕙寫《心鎖》、華嚴寫《智慧的燈》時，她們並未想到將來會有人把

〔註 113〕李瑞騰主編：《評論 30 家：臺灣文學 30 年菁英選.1978～2008》（上下），臺北：九歌出版.2008 年版。
〔註 114〕麥田出版 2006 年版。
〔註 115〕天下遠見出版 2011 年版。

這些人，這些作品當作五十年代閨秀文學的一部分，而在現代文學的研究方面，著重作家作品的個別表現，也多於討論一群作家或一個文學社群。直到七十年代，一些五十年代出生、活躍於七十年代文壇的作家們，開始呼籲「我們要自成一代」、「我們書寫當代也創造當代」，於是一種有別於「前世代作家」的「新世代作家」的說法宣告成立。〔註116〕

　　周英雄、劉紀蕙合編《書寫臺灣：文學史、後殖民與後現代》〔註117〕則在序言《書寫臺灣的兩難策略》中拋出問題：「從常識的觀點來說，書寫臺灣不外乎把臺灣經驗（包括臺灣的歷史與社會形構等等）用語言文字加以呈現；也就是用文字來再現現實，寫作的程序與目標也都相當清晰明白。可是什麼是書寫？而何謂臺灣？相信說法可就眾說紛紜、莫衷一是了。至於書寫與臺灣兩者之間的關係，那麼問題可就更加錯綜複雜了。這個集子的文章呈現的正是這種多元並存、彼此對話、甚至相互矛盾的批評生態。」〔註118〕論文作者分別來自臺灣、大馬、大陸、美國以及以色列，全書起論自四〇年代後殖民文學的萌芽，止於世紀末後現代現象的勃發。五〇年代的現代詩集及現實主義小說創作，六、七〇年代的鄉土／現代主義對話，八、九〇年代的種種解嚴及結構實驗，盡皆在論述範圍之內。論文集共分兩輯，輯一「臺灣文學史現象重探──後現代、後殖民與國族想像」是對於文學史理論問題的探討，輯二「臺灣文學作家及作品專論」則涉及對具體作家作品的研究。有關女性文學的篇章有廖朝陽的《歷史、交換、對向聲──閱讀李昂的〈迷園〉、〈北港香爐人人插〉》，廖咸浩的《「只可」哥哥，「害的」弟弟──〈迷園〉與〈第凡內早餐〉對身份「國族（主義）化」的商榷》，王斑的《呼喚靈韻的美學──朱天文小說中的商品與懷舊》，徐鋼的《復活的意義，無聲的陰影，及寫作的姿態──閱讀蘇偉貞小說的戲劇性》，唐小兵的《〈古都〉‧廢墟‧桃花源外》以及周英雄的《從感官細節到易位敘述──談朱天心近期小說策略的演變》。

　　李漢偉的《臺灣小說的三種悲情》〔註119〕在梳理和論述臺灣小說的寫實

〔註116〕羅茵芬：《新世代文學女性》，見《誰領風騷一百年：女作家》，臺北：天下遠見出版 2011 年版，第 319 頁。

〔註117〕麥田出版 2000 年版。

〔註118〕周英雄、劉紀蕙編：《書寫臺灣：文學史、後殖民與後現代》，臺北：麥田出版 2000 年版。

〔註119〕李漢偉：《臺灣小說的三種悲情》，臺北：駱駝出版社 1997 年版。

精神的基礎上，分三個層面探討臺灣小說的寫實悲情及其表現模式。一是窮困之悲，二是女性之悲，三是政治之悲。其中，女性之悲涉及女性鄉土小說的論述，如蕭麗紅的《千江有水千江月》、陳燁的《牡丹鳥》，總體上來說，該著作涉及作品有限，論述也稍顯簡單。張翰璧的《扶桑花與家國想像》〔註 120〕是關於眷村研究的專書。作為特定歷史時段的產物，眷村已經成為臺灣社會和臺灣歷史的必要構成部分。或許每個人都可以從不同的立場和視角闡述關於眷村的經驗，眷村圍籬的拆除意味著臺灣地理和歷史空間中「眷村」的拔除，隨著第一代眷村人的衰老與凋零，作為具體符號的眷村正在加速消失。本專書正是在尊重歷史細節、銘記庶民生活元素的基礎上，對「眷村」和「眷村生活」以及「臺灣」和「臺灣生活」的重要呈現。無論「想像眷村」、「眷村生活的多樣性」，還是「變遷中的家園」，作者們都基於不同的學科背景、不同的書寫方式，描述、說明或建構了「眷村」的意涵，儘管他們並不都具有眷村生活經驗，也不盡然屬於外省族群，他們只是從個人關懷與不同的學科立場出發來描述他們眼中的「眷村」。其中，「想像眷村」部分有兩篇是跟文學相關的研究：一是吳忻怡《昨日的喧嘩：眷村文學與眷村》，二是曾意晶《記憶與遺忘：朱天心與利格拉樂·阿媽文學創作裏的「眷村」》。

王鈺婷的《身體、性別、政治與歷史》〔註 121〕係其碩士論文基礎上的整理出版，該書以平路的《行道天涯》和李昂的《自傳の小說》為考察對象，認為平路和李昂一方面質疑過去解嚴時期的單一歷史觀和意識形態，介入國族論述與歷史記憶，凸顯臺灣歷史情境中的性別議題；一方面重新書寫「政治名女性」宋慶齡及謝雪紅，以女性獨特生理和心理經驗為題材，詮釋女性的庶民生命經驗史、身體情慾和女性中心的書寫等。該專書圍繞「國族記憶與女性生命的纏繞」、「性別中的歷史」、「男性之眼──民族國家下女性的演繹場景」、「建立『她』的歷史──談書寫策略的異同」四個層面探索了男性集體記憶的消融、政治神話的解構、民間傳說的顛覆以及女性書寫的情慾之路。卓慧臻的《從〈傳說〉到〈巫言〉──朱天文的小說世界與臺灣文化》〔註 122〕是關於朱天文小說的專論，基本遵循時間脈絡，從朱天文的文學家庭背景、到眷村生活桃花源式的詠唱，到與臺灣新電影結盟，再到 1990 年代朱天文創作的重要

〔註 120〕張翰璧：《扶桑花與家國想像》，臺北：群學出版 2011 年版。
〔註 121〕王鈺婷：《身體、性別、政治與歷史》，臺南：臺南市立圖書館 2008 年版。
〔註 122〕卓慧臻：《從〈傳說〉到〈巫言〉──朱天文的小說世界與臺灣文化》，北京：中國旅遊出版社 2009 年版。

轉型，梳理並論述了朱天文的創作脈絡；並集中論述了她最具代表性的長篇小說《世紀末的華麗》《荒人手記》和《巫言》，意在探討朱天文寫作中的中國傳統、臺灣意識、女性主義等的身份表達和文學價值。

　　特別需要提到的是，陳芳明的《臺灣新文學史》給予臺灣女性文學論述足夠的篇幅和深入的討論，不僅從文學史的鏈條上揭示了臺灣女性主義小說產生的時間、代表作品，還對其特徵進行了分析：「正是在一九八三年，有三本小說值得注意，那就是李昂的《殺夫》、廖輝英的《不歸路》，以及白先勇的《孽子》。如果有所謂女性主義的文學，則李昂與廖輝英在《聯合報》分別得獎的小說，正是雄辯的證詞。在現代主義運動時期，縱然歐陽子、曹又方、於梨華都在小說中觸及女性的身體，但是並沒有表現出抗議與批判的姿態。她們已經具備濃厚的女性意識，卻只是圍繞著女性情慾受到封鎖的狀態。她們都同時描寫身體內部的情慾流動，但苦悶、壓抑、挫折的情緒並未找到宣洩的空間。必須要到一九八三年，李昂的《殺夫》正式出版之後，才真正感受女性累積已久的憤怒。」〔註123〕著者之所以認定李昂與廖輝英小說的出現預告女性意識蔚然崛起，是因為「在這歷史階段，女性同時獲得知識權與經濟權，她們才能在現代主義營造的基礎上，再一次去召喚囚禁在內心世界的女體。整個社會條件發生鬆動之際，暗潮洶湧的女性情慾終於破土而出。李昂與廖輝英小說中的女性，固然還未脫離弱者的位置，卻已具備能力透視詭譎的男性文化，還進一步拒斥沙文主義的加害。故事中的女性，能夠表達自己的價值觀念，或者以行動捍衛主體，並且揭穿男性的自私與蠻橫，不再接受傳統的宿命觀，也不再隱忍地壓抑自我的聲音。這正是後來無數女性作家將繼續堅持下去，並不斷開拓的全新格局。」〔註124〕

　　有關臺灣女性文學崛起的原因分析，除了以上所說的思想文化條件外，著者認為還和當時的出版生態密切相關：臺灣女性文學在80～90年代的繁榮，和兩大報的《聯合副刊》《人間副刊》創刊、並設置相關創作議題營造出新的文學生態有關，當然也和女性小說被大量地改編成電影電視劇帶來巨大的社會影響有關，從而對既有的文學生態形成重置。「臺灣女性文學的出現，帶來多重層面的影響。首先對於原來的男性文化霸權，不辭辛勞地展開挑戰，進而對於國族議題也開始表現高度懷疑。在龐大的體制壓力下，許多女性作家都從自己的身體出發。唯有女性外在喜怒哀樂的情緒，與內在洶湧浮動的情慾獲得

〔註123〕陳芳明：《臺灣新文學史》（下），臺北：聯經出版2011年版，第613～614頁。
〔註124〕陳芳明：《臺灣新文學史》（下），臺北：聯經出版2011年版，第618頁。

解放，才能建立自主的感覺。以身體去衝撞國體，似乎是從一九八〇年代跨越到九〇年代，令人難忘的女性風景。」〔註 125〕並對以往男性批評家的輕視進行了批判，對女性文學創作的價值進行了重新定位，認為臺灣女性作家如星群一般浮現，她們各具特殊的風格，也充滿個人色彩的技巧，使整個文學景觀變得深邃而開闊，絕非「閨秀文學」一詞所能涵蓋：「因為這群女性作家的創作，並不止於一九八〇年代，進入世紀末的十年，她們的筆已經可以干涉政治與歷史，絕對不是『閨秀』一詞就可概括。……那是一個終結的開始，女性知識分子在公共領域所佔的位置，已經超越歷史上的任何一個時期。與此現象相互呼應的，便是女性作家所關心的議題，再也不是愛情或情慾所能限制。她們以小說填補歷史解釋，以故事重建文化認同。那種凜然的姿態，已經與男性作家無分軒輊。」〔註 126〕

相對而言，大陸學者這方面的研究還比較薄弱。樊洛平的《當代臺灣女性小說史論》〔註 127〕是第一部完備地對臺灣女性小說進行研究的專著，按照歷時性的線索將臺灣女性小說的發展歷程按照每十年一編、五個十年共五編的體例進行詳盡的梳理和論證，每編之中亦按照歷時性線索，區分為不同文學主題進行專門論述。在臺灣小說創作中有一定影響的女作家幾乎都專設一節進行深入論述。劉紅林的《臺灣女性主義文學新論》〔註 128〕被認為是第一部大陸學者研究臺灣女性主義文學的專著，運用女性主義理論對臺灣女性文學作品進行了全新的文本解讀和理論闡釋。

除此之外，研究香港女性作家的專著近年來也頗有斬獲。大陸學者凌逾的《跨媒介敘事——論西西小說新生態》〔註 129〕、王豔芳的《異度時空下的身份書寫——香港女性小說研究》〔註 130〕都是關於香港女性文學研究方面的專著。香港學者的著作居多，有陳燕遐的《反叛與對話：論西西的小說》〔註 131〕、陳潔儀的《閱讀肥土鎮——論西西的小說敘事》〔註 132〕、余非的《長短章：

〔註 125〕陳芳明：《臺灣新文學史》（下），臺北：聯經出版 2011 年版，第 731 頁。
〔註 126〕陳芳明：《臺灣新文學史》（下），臺北：聯經出版 2011 年版，第 732 頁。
〔註 127〕樊洛平：《當代臺灣女性小說史論》，鄭州：河南人民出版社 2005 年版。
〔註 128〕臺海出版社 2005 年版。
〔註 129〕人民出版社 2009 年版。
〔註 130〕中國社會科學出版社 2015 年版。
〔註 131〕陳燕遐：《反叛與對話：論西西的小說》，香港：華南研究出版社 2000 年版。
〔註 132〕陳潔儀：《閱讀肥土鎮——論西西的小說敘事》，香港：牛津大學出版社 1998 年版。

閱讀西西及其他》〔註133〕以及西西、何福仁合著《時間的話題》〔註134〕，都是研究西西及其作品的重要文獻。陳國球的《文學香港與李碧華》〔註135〕則是李碧華小說研究的論文集。陳麗芬在《現代文學與文化想像：從臺灣到香港》〔註136〕中論述到的香港女性小說家有西西、李碧華和吳煦斌。以上作家作品研究的專著在文本細讀和敘事分析方面都頗見功力。

　　伍寶珠的《書寫女性與女性書寫——八、九十年代香港女性小說研究》〔註137〕則是從女性主義的理論視角對香港女性小說進行的專論，不僅結合具體作品分析了香港女性小說中兩性關係的複雜現象，論證了女性自我意識的蘇醒、追尋、困境以及覺醒後的出路問題，同時針對香港女性小說中的身體與情慾的正視、書寫、宣洩、「看」與「被看」的易轉進行了深入的剖析，除此之外，還從女性主義敘事學的角度對女性小說的敘事視點、文本的敘事策略等進行了條分縷析，強調了香港女性小說對女性歷史話語權的建構和女性形象的重構。黃念欣的《晚期風格：香港女作家三論》〔註138〕則在借鑒薩義德「晚期風格」理論的前提下，選取了鍾曉陽、鍾玲玲和黃碧雲三位極具典型性的女性小說家的晚期作品進行細緻論述，同時對三位女作家筆下的「互相凝視」現象進行了發掘，是文本細讀研究的典範。

　　香港女性小說研究的單篇論文或訪談文章，大多散見於香港各報章雜誌及作家作品集的序言和附錄部分：如劉紹銘的《寫作以療傷的「小女子」——讀黃碧雲小說〈失城〉》、黃念欣的《花憶前身——黃碧雲 V.S 張愛玲的書寫焦慮初探》〔註139〕與《一個女子的尤利西斯——黃碧雲小說中的行旅想像與精神家園》〔註140〕、南方朔的《七罪世界的圖錄》〔註141〕、楊照的《人間絕望物語》〔註142〕，對作品內涵都有比較深入的解讀。顏純鉤的論文《香

〔註133〕余非：《長短章：閱讀西西及其他》，香港：素葉出版社 1997 年版。

〔註134〕西西、何福仁：《時間的話題》，香港：素葉出版社 1995 年版。

〔註135〕陳國球：《文學香港與李碧華》，臺北：麥田出版 2000 年版。

〔註136〕陳麗芬：《現代文學與文化想像：從臺灣到香港》，臺北：書林出版 2000 年版。

〔註137〕伍寶珠：《書寫女性與女性書寫——八、九十年代香港女性小說研究》，臺北：大安出版社 2006 年版。

〔註138〕黃念欣：《晚期風格：香港女作家三論》，香港：天地圖書 2007 年版。

〔註139〕此兩篇皆收於黃碧雲：《十二女色》，臺北：麥田出版 2000 年版。

〔註140〕《當代作家評論》2006 年第 1 期。

〔註141〕黃碧雲：《七宗罪・序》，臺北：大田出版 1997 年版。

〔註142〕黃碧雲：《突然我記起你的臉・序》，臺北：大田出版 1998 年版。

港女作家的天地因緣——李碧華、鍾曉陽、亦舒、黃碧雲》〔註143〕同時論述到四位香港女作家,並將其分別概括為:亦舒——世故與透徹、李碧華——傳奇與情慾、鍾曉陽——才情與避世、黃碧雲——蒼涼與絕望,其把握和提煉很有針對性,也比較透徹到位,但僅止於總體風格,沒有更為深入的理論探討。

對香港女性小說著墨頗多、而且很有個人研究特色的是著名學者王德威的文章,其涉及香港女性文學的專論計有:《香港——一座城市的故事》《腐朽的期待——鍾曉陽論》《暴烈的溫柔——黃碧雲論》《香港,我的香港——論施叔青的〈香港三部曲〉》《香港情與愛——回歸後的小說敘事與欲望》〔註144〕《異象與異化,異樣與異史——施叔青論》等〔註145〕;此外,還有涉及香港女性小說作品的評論多篇,計有《陰森的仿古愛情故事——鍾曉陽的〈愛妻〉》《以理御情——西西的〈手卷〉》《都市風情——西西的〈美麗大廈〉》《冰雕的世界——西西的〈母魚〉》等〔註146〕,因屬新作快讀類的文章,又侷限於單篇作品,屬於總體印象式或主題把握式的點評。許子東的評論文章《論「失城文學」》《「後殖民小說」與「香港意識」》《「無愛」的新世紀》《長篇短評:李碧華的〈煙花三月〉》〔註147〕等也多以香港女性小說家西西、李碧華、黃碧雲、謝曉紅、韓麗珠等的作品為評論和分析對象。王豔芳的論文《異度時空:論香港女性小說的文化身份想像》〔註148〕則從「異度時空」的問題視角對香港女性小說的身份書寫進行了整合性研究。

由以上研究所潛移默化並實質催發的臺灣研究者對香港女性文學研究的興趣不容小覷,而且適逢 1997 回歸前後香港小說關於身份認同與歷史建構想像的高漲之時,活躍的臺灣女性主義研究者以此為契機,對香港的女性小說

〔註143〕劉紹銘、梁秉鈞、許子東:《再讀張愛玲》,濟南:山東畫報出版社 2004 年版,第 339 頁。
〔註144〕此五篇論文曾單獨發表,亦分別收入各種選本。《如此繁華:王德威自選集》(香港:天地圖書有限公司 2005 年版)第一部分「香港篇」悉數收入。
〔註145〕王德威:《跨世紀風華:當代小說 20 家》,臺北:麥田出版 2002 年版。共收入論大陸、臺灣和香港小說家的 20 篇專論,其中涉及香港女作家的有第三章鍾曉陽論、第十三章施叔青論和第十五章黃碧雲論。
〔註146〕王德威:《閱讀當代小說:臺灣·大陸·香港·海外》,臺北:遠流出版 1991 年版。
〔註147〕許子東:《香港短篇小說初探》,香港:天地圖書 2005 年版。
〔註148〕王豔芳:《異度時空:論香港女性小說的文化身份想像》,《文學評論》2008 年第 6 期。

掀起了一波解析熱潮，其中最有代表性的專書當推劉亮雅的《情色世紀末》
〔註149〕和郝譽翔的《情慾世紀末》〔註150〕，此二著將香港女性小說研究納入
性別文化、情色文化的理論範疇，不啻是為香港女性寫作研究打開了新的天地
和增添了新的質素。前者以《愛欲在香港：黃碧雲〈烈女圖〉中的女性與香港
主體》深入探討了「烈女」所象徵和開闢的香港歷史；後者對黃碧雲的小說
《十二女色》《無愛記》以及西西的作品《旋轉木馬》《拼圖遊戲》有著犀利而
獨到的闡釋。這兩部著作同時也論及臺灣女性文學的情色書寫以及身份認同
等問題。另有一些香港女性小說的研究文章散見於研究者的論文集，如《蝴蝶、
石榴與黃玫瑰——黃碧雲小說中的（後）殖民論述與女性救贖》〔註151〕《祖
母臉上的大蝙蝠——從鹿港到香港的施叔青》〔註152〕，陳雅書的《何謂「女
性主義書寫」？——黃碧雲〈烈女圖〉分析》〔註153〕等，但顯然地，她們關
注的重心還是臺灣的女性寫作。

　　廖子馨的《論澳門現代女性文學》1994年由澳門日報出版社出版，這是
目前能夠看到的專門研究澳門女性文學的第一本專著。該著作分為四輯：第一
輯「論澳門現代女性文學」是本書的主體，第二、三輯分別收入了作者的多篇
論述臺港澳文學的論文。本專書首先是將澳門女性文學的發展置放在五四文
學運動的影響之下，認為其應和著大陸文學的節奏而發展，甚至一些作家是從
對大陸女性作家作品的模仿開始。其次，在具體的論述過程中分析了大陸女性
文學、臺灣女性文學以及香港女性文學對澳門女性文學的影響，並將澳門女性
文學與以上三地的女性文學在發展和特質方面進行了異同對比。最後得出結
論：「綜觀大陸、臺、港、澳女性文學，人性善惡的描寫是一大主題，而澳門
女性文學在這方面表現出單向的創作特點，即對於人性思考未能做到全面深
入的哲學思索，未能將人性的善惡相混進行分析，而較多的侷限於性善或性惡
的單向描述中。」〔註154〕譬如，林惠對於人性美和愛的贊許，周桐愛情小說
中的偏於人性善的歌頌，這些創作的特色都會對作品內涵的深入挖掘產生侷

〔註149〕劉亮雅：《情色世紀末》，臺北：九歌出版2001年版。

〔註150〕郝譽翔：《情慾世紀末》，臺北：聯合文學出版社2002年版。

〔註151〕簡瑛瑛：《女兒的儀典》，臺北：女書文化2000年版。

〔註152〕張小虹：《自戀女人》，臺北：聯合文學出版社1996年版。

〔註153〕范銘如主編：《挑戰新趨勢——第二屆中國女性書寫國際學術研討會論文
　　　　集》，臺北：臺灣學生書局2003年版。

〔註154〕廖子馨：《論澳門現代女性文學》，澳門：澳門日報出版社1994年版，第75
　　　　頁。

限性。總體來說，這部著作對澳門現代女性文學進行了梳理，但是由於澳門女性文學本身數量和質量的限制，再加上論者文學史觀的侷限，使得這部專著缺少應有的深度和創見。隨著澳門回歸祖國，大陸學者對於澳門文學的研究逐漸深入，代表性的著作有饒芃子、莫嘉麗合著的《邊緣的文學解讀：澳門文學論稿》〔註 155〕。

（四）海峽兩岸暨港澳女性文學的專題研究

其一，民俗書寫研究。大陸對臺灣女性作家民俗書寫研究的重點在於民俗記憶以及民族情結的呈現。李雪梅的《優美典雅的懷舊情結——評蕭麗紅的兩部長篇小說》〔註 156〕認為蕭麗紅通過復活民風民俗再現了生動的古典文化，並在民俗的意義上分析了「中國的舊式女子」和「中國的舊文化」。趙銘善的《情之一字維繫乾坤——讀蕭麗紅長篇小說〈千江有水千江月〉》〔註 157〕認為蕭麗紅小說裏的民俗是對傳統文化的一種淨化，並透過其筆下的民俗書寫彰顯了中華文化的情義內涵，而且從美學的角度對民風民俗的意象和意境進行了分析。吳迪的《尋找精神原鄉——從〈桂〉、〈千〉、〈白〉三部長篇看蕭麗紅文化身份呈現》〔註 158〕以蕭麗紅的三部長篇《桂花巷》《千江有水千江月》《白水湖春夢》作為觀照對象，並將其置放在 1970 年代臺灣鄉土文學思潮、1980年代臺灣「解嚴」以後追憶「二二八」事件等文化語境下去考察，認為蕭麗紅從女性命運的書寫、人生出路的探詢、風俗色彩語言文化的追本溯源等方面來尋找並重建精神原鄉，重點在通過鄉土的尋根來尋找新潮衝擊下被人們遺失的有價值的傳統，從而呈現出與五千年歲月光陰裏的血緣親人一致的文化身份。趙園的《蕭麗紅的小說世界——讀〈桂花巷〉、〈千江有水千江月〉》〔註 159〕認為蕭麗紅的小說不僅肯定了中華傳統文化的全面價值，而且指出小說的美學價值在於水月清澄的文化寧靜。

〔註 155〕饒芃子、莫嘉麗：《邊緣的文學解讀：澳門文學論稿》，北京：中國社會科學出版社 2008 年版。

〔註 156〕李雪梅：《優美典雅的懷舊情結——評蕭麗紅的兩部長篇小說》，《海南師院學報》1998 年第 4 期。

〔註 157〕趙銘善：《情之一字維繫乾坤——讀蕭麗紅長篇小說〈千江有水千江月〉》，《名作欣賞》1992 年第 1 期。

〔註 158〕吳迪：《尋找精神原鄉——從〈桂〉、〈千〉、〈白〉三部長篇看蕭麗紅文化身份呈現》，《華文文學》2006 年第 1 期。

〔註 159〕趙園：《蕭麗紅的小說世界——讀〈桂花巷〉、〈千江有水千江月〉》，《當代作家評論》1990 年第 6 期。

隨著解嚴之後臺灣政治、文化的鬆綁，女性主義理論的崛起，對女性作家的研究更傾向於女性主義理論視域下的女性民俗研究。例如，劉亮雅的《鄉土想像的新貌：陳雪的〈橋上的孩子〉、〈陳春天〉裏的地方、性別、記憶》〔註160〕、劉小佳的《臺灣當代鄉土小說的世俗精神——蕭麗紅創作論》〔註161〕等都探討了女性視野中的臺灣風土民情。文化風俗影響著一代又一代臺灣女性，並在家庭和庶民社會中不斷傳遞，以至於有的女作家作品為這些民俗塗抹上了頗為浪漫的色彩和人性化的觀照，研究者則從反思或批判的角度對這些流行於民間的文化傳統進行研究，林雲鈿的《蔡素芬長篇小說女性主體書寫研究》〔註162〕運用女性主義理論分別探究了《鹽田兒女》《橄欖樹》和《姐妹書》中不同時代的女性在父權文化影響下的不同心態和反應，論證了女性主體書寫的發展軌跡。李宛臻的《論〈千江有水千江月〉與〈鹽田兒女〉女性意識》〔註163〕則論述了處於傳統和現代的文化夾縫中兩位女性為擺脫命定的桎梏，走向獨立自主的女性新思維。李宜樺的《王瓊玲小說集〈美人尖〉中的臺灣鄉野民俗書寫》〔註164〕則將小說中的臺灣民俗進行了分類，探討了民俗書寫對於推衍小說情節、突出主題和塑造女性人物的作用及其意義。

　　作為一種特有的文化符號，「媽祖」頻繁出現於臺灣女性作家的作品中，媽祖信仰是臺灣民俗文化的重要組成部分，引起了研究者的注意。陳美霞的《從民俗描摹到國族認同——當代臺灣小說中媽祖書寫的變遷》〔註165〕論述了不同時期的作家對媽祖信仰書寫的變遷，認為大致經歷了從民俗描摹到歷史認同、國族建構的嬗變過程，並指出施叔青《行過洛津》中的「海神媽祖」在移民扎根臺灣、建構地方認同的過程中起到了重要的作用，而陳玉慧的《海

〔註160〕劉亮雅：《鄉土想像的新貌：陳雪的〈橋上的孩子〉、〈陳春天〉裏的地方、性別、記憶》，《臺灣研究集刊》2012年第4期。

〔註161〕劉小佳：《臺灣當代鄉土小說的世俗精神——蕭麗紅創作論》，《西安航空技術高等專科學校學報》2010年第4期。

〔註162〕林雲鈿：《蔡素芬長篇小說女性主體書寫研究》，《中華文化與地域文化研究——福建省炎黃文化研究會20年論文選集（第四卷）》，廈門：鷺江出版社2011年版。

〔註163〕李宛臻：《論〈千江有水千江月〉與〈鹽田兒女〉女性意識》，《當代作家論壇》2010年第3期。

〔註164〕李宜樺：《王瓊玲小說〈美人尖〉中的臺灣鄉野民俗書寫》，《國立新竹教育大學語文學報》2011年第11期。

〔註165〕陳美霞：《從民俗描摹到國族認同——當代臺灣小說中媽祖書寫的變遷》，《福建論壇》2012年第5期。

神家族》選擇「媽祖」作為家族圖騰，暗示了作者對傳統男權思維和身份認同的顛覆，有著強烈母系家族歷史和文化建構的企圖。

最後，在民俗書寫的審美意蘊方面，李秉星的學位論文《文學書寫中的民俗記憶》〔註166〕以蕭麗紅及其長篇小說為例，論述了民俗記憶產生的生活基礎和時代影響，以及民俗記憶對於集體、族群意識的建構作用，並闡釋了民俗記憶對於個人生命體驗的啟悟，考察日常的禮俗在蕭麗紅的文學書寫中如何具備了一種禮樂的理想並寄寓了一種國族的隱喻作用。張羽的《轉眼繁華等水泡——〈行過洛津〉的歷史敘事》〔註167〕借由沉鬱的鹿港建築空間論述、傳統戲曲《荔鏡記》的歷史流變等民俗更迭來反襯鹿港繁華與落寞的今夕命運。相關地，鄉土文學創作中也有一些涉及到民俗場景、民俗傳統或民俗文化，其獨特的女性鄉土想像、包括民俗書寫，在某種程度上拓展了後鄉土文學的書寫空間；或者重點雖然在鄉土敘事，但其女性鄉土經驗的表達也顯示出不同的女性民俗觀念。

其二，旅行書寫研究。散文家、學者鍾怡雯在 2006 年主編的《二十世紀臺灣文學專題：創作類型與主題》中，強調在新媒體時代，文學類型不是經由文學史緩慢發展而成，而是由外力「操作」，以旅行為主題的創作本是一個次文類，然而到了 20 世紀 90 年代，由於大眾媒體與旅行文學獎的合力作用，旅行書寫在臺灣形成風潮。鍾怡雯分析了旅行書寫盛行的原因，但並未對具體的作家作品進行研究。而其於 2013 年發表的《臺灣現代散文縱論（1949～2012）》〔註 168〕則從宏觀的角度梳理了一個甲子臺灣散文的發展脈絡，其中旅行與飲食被視為新興的散文創作主題。她的《跨界之必要，書寫之必要——從「旅行」到「旅行書寫」》〔註169〕專門論述當代臺灣旅人如何建構旅行，並由此整合出旅行書寫的意義。

較早的研究始於葉益任的《三毛文學現象研究》〔註170〕，這篇論文是對個人創作風格極為強烈的女作家三毛的旅行文本進行研究，從而對三毛的個

〔註166〕李秉星：《文學書寫中的民俗記憶》，復旦大學碩士論文，2010 年。

〔註167〕張羽：《轉眼繁華等水泡——〈行過洛津〉的歷史敘事》，《臺灣研究集刊》2008 年第 1 期。

〔註168〕鍾怡雯：《臺灣現代散文史縱論（1949～2012）》，《華文文學》2013 年第 4 期。

〔註169〕鍾怡雯：《跨界之必要，書寫之必要——從「旅行」到「旅行書寫」》，《世界華文文學研究》第 4 輯，合肥：安徽大學出版社 2007 年版。

〔註170〕葉益任：《三毛文學現象研究》，臺灣師範大學碩士學位論文，2003 年。

人旅行所引發的文學現象進行原因探析。許婉婷的《五〇年代女作家的異鄉書寫：林海音、徐鍾佩、鍾梅音、張漱菡與艾雯》〔註 171〕主要研究 20 世紀 50 年代渡海遷臺的女作家對原鄉與異鄉的認同問題，探究其移居遷臺的心境轉折，對研究新世紀臺灣女作家的旅行文本有很大參考價值。此外還有王信為的《游牧主體　靈魂返鄉——陳玉慧書寫中存在意義之辯證》則通過引用馬斯洛的「需要層次理論」論證出陳玉慧到處旅居遊歷是因為成長經歷中「愛的企求與匱乏」〔註 172〕所導致。

　　更多的旅行書寫研究以代表作家鍾文音作品研究為主，兼及其他作家。如郭伊貞的《影像繪畫書寫的幾種化身——鍾文音及其作品》〔註 173〕就鍾文音兼為畫家這一身份，對其旅行書寫中圖像建構進行研究，雖然研究對象是旅行文本最為豐富的女作家鍾文音，但因其切入角度是繪畫書寫，故涉及旅行但比重不大。林大鈞的《心遊於物：席慕蓉、舒國治、鍾文音的旅行書寫》〔註 174〕則選取席慕蓉、舒國治、鍾文音這三位代表性的旅行作家，從他們作品的主題、題材、形式和語言風格方面進行研究，側重分析這三位作家旅行書寫中對「內心風景」的關注。黃恩慈的《女子有行——論施叔青、鍾文音女遊書寫中的旅行結構》〔註 175〕中，從「離與返」的旅行結構出發，通過「文化原鄉」與「心靈原鄉」這兩個角度，分析了施叔青的代表作《驅魔》《心在何處》《兩個芙烈達‧卡羅》與鍾文音的代表作《寫給你的日記》《my journal》系列、《廢墟裏的光陰》，總結出這兩位女作家旅行書寫的異同。鄭翰林的《旅行的女人——以鍾文音、陳玉慧、黃寶蓮的旅行書寫為對象》〔註 176〕通過分析這三位女作家的旅行作品，認為不斷的追求，如同生命必須經由不停地出走方能得到意義，經由藝術與書寫解釋了旅人漂泊追尋的歸處。林秀蘭的《創作者的孤獨之旅——

〔註 171〕許婉婷：《五〇年代女作家的異鄉書寫：林海音、徐鍾佩、鍾梅音、張漱菡與艾雯》，清華大學碩士學位論文，2001 年。

〔註 172〕王信為：《游牧主體　靈魂返鄉—— 陳玉慧書寫中存在意義之辯證》，靜宜大學碩士論文，2010 年。

〔註 173〕郭伊貞：《影像繪畫書寫的幾種化身——鍾文音及其作品》，臺灣中山大學碩士學位論文，2005 年。

〔註 174〕林大均：《心遊於物：席慕蓉、舒國治、鍾文音的旅行書寫》，臺灣政治大學碩十學位論文，2006 年。

〔註 175〕黃恩慈：《女子有行——論施叔青、鍾文音女遊書寫中的旅行結構》，成功大學碩士學位論文，2007 年。

〔註 176〕鄭翰林：《旅行的女人——以鍾文音、陳玉慧、黃寶蓮的旅行書寫為對象》，中興大學碩士論文，2009 年。

──論鍾文音的旅行書寫（以 My Journal 系列為討論主軸）》〔註177〕則選取鍾文音的系列旅行書寫為研究範疇，重點剖析鍾文音旅行書寫的藝術特色。張淑棉的《掙扎禁錮的女聲──論鍾文音長篇小說中的陰性書寫的敘事體現》在探討鍾文音小說的敘事時認為「女主角雖然沒有遠走異域，但是從南方故里到臺北母城的移動，在陌生土地上尋找生命的可能而產生的漂流也是屬於一場生命的紀行旅程」〔註178〕，認為移動的敘事也可以看作是一種旅行的展現。張茵婷的《女居城市的私寓與私欲：論鍾文音九十年代以降的城市書寫》〔註179〕則是從鍾文音所旅居的城市的空間含義進行探究，進而闡釋女性身體安置與城市私密空間的關係。除此之外，還有些論文從媒介的角度研究臺灣旅行書寫，趙於萱的《〈魚的旅行手紀〉旅行文學書籍及網站藝術創作與研究》〔註180〕透過探究網絡、博客上有關旅行的文學作品，進而發現旅行對生活與生命的啟迪意義。

　　另有一些論文對臺灣文學史中的旅行文學一翼進行整體研究。如陳室如的論文《出發與回歸的辯證──臺灣現代旅行書寫（1949～2002）研究》〔註181〕從離與返的思辨角度，分析了臺灣整個現代的旅行文學作品，並沒有把女性作家的作品作為獨立的對象加以研究。對 1949 年到 2000 年以來的旅行文本進行研究，雖然研究範圍廣泛，但是忽視了不同時代社會背景的差異對旅行深度的影響。胡錦媛的《返鄉敘事缺席：臺灣當代旅行文學》〔註182〕則從旅行經濟學與旅行的文類這兩個角度對臺灣當代旅行文學進行宏觀上的研究。詹宏志的《旅行文學的兩種書寫》〔註183〕認為旅行文學是關於行動的文學，在冒險犯難的探險家時代結束的今天，旅行文學應該轉向深思內省。除此之外，許俊雅的《2001 年臺灣文學景象》〔註184〕對 2001 年臺灣文壇出現的旅行作品的興起亦有提及。

〔註177〕 林秀蘭：《創作者的孤獨之旅──論鍾文音的旅行書寫（以 My Journal 系列為討論主軸）》，《中國現代文學》2005 年第 8 期。

〔註178〕 張淑棉：《掙扎禁錮的女聲──論鍾文音長篇小說中的陰性書寫的敘事體現》，中興大學碩士學位論文，2010 年。

〔註179〕 張茵婷：《女居城市的私寓與私欲：論鍾文音九十年代以降的城市書寫》，成功大學碩士學位論文，2002 年。

〔註180〕 趙於萱：《〈魚的旅行手紀〉旅行文學書籍及網站藝術創作與研究》，臺灣藝術大學碩士學位論文，2001 年。

〔註181〕 陳室如：《出發與回歸的辯證──臺灣現代旅行書寫（1949～2002）研究》，彰化師範大學碩士學位論文，2003 年。

〔註182〕 胡錦媛：《返鄉敘事缺席：臺灣當代旅行文學》，《文化越界》2013 年第 9 期。

〔註183〕 詹宏志：《旅行文學的兩種書寫》，《書城》1999 年第 12 期。

〔註184〕 許俊雅：《2001 年臺灣文學景象》，《當代作家評論》2002 年第 2 期。

　　譚惠文的《臺灣當代女性旅行散文研究》〔註185〕則將 1949 年以來不同時代的女性旅行文本進行主題、特色分析和評價，並總結出女性出遊的原因及旅行過程中的感悟與改變。何蓓茹的《九十年代女作家的旅行書寫》〔註186〕從挑戰自我的硬派旅行、體驗人生追尋自我的深度之旅、人文觀照的文化之旅這三個層面系統地研究了 20 世紀 90 年代的臺灣旅行書寫。曾曉玲的《當代臺灣女性散文的旅外書寫（1990～2011）》〔註187〕認為旅行與旅外並不是一個能夠重合的概念，旅外是旅居在異地，有移民的性質，能更貼近民眾生活而不是觀察的心態。林韶文的《九十年代以降臺灣女性旅行書寫的自我建構與空間》〔註188〕則是從文化地理學的角度，來研究女性旅行書寫中的空間與自我建構的關係，分別選取了鍾文音、郝譽翔、李黎、張讓、黃寶蓮、陳玉慧、施叔青的文本進行研究。每一個作家的旅行空間構成一章，如郝譽翔一瞬之夢的「紅色中國」、鍾文音的情人的城市、李黎的尋根故鄉、張讓的荒涼自然、陳玉慧的慕尼藍光等，以此進一步探究其空間建構中所隱含的自我意識。大陸學者研究臺灣旅行文學的論文不是很多，朱雙一的《從旅行文學看日據時期臺灣文人的民族認同——以彰化文人的日本和中國大陸經驗為中心》〔註189〕和陳美霞的《日據時期旅行文學論述：身份認同與現代性》〔註190〕都是側重於討論日據時期臺灣文人的家國情懷與身份認同，對當代臺灣旅行書寫中的性別意識則沒有涉及。張羽的《臺灣地景書寫與文化認同》〔註191〕從地景書寫中探究與文化認同之間的關聯。陳美霞的《當代臺灣旅行文學論述：大眾文化與性別視野》〔註192〕分析了性別差異對旅行經驗感知的影響，並沒有對具體的作家作品進行分析。

〔註185〕譚惠文：《臺灣當代女性旅行散文研究》，東吳大學博士學位論文，2008 年。
〔註186〕何蓓茹：《九十年代女作家的旅行書寫》，中正大學碩士學位論文，2011 年。
〔註187〕曾曉玲：《當代臺灣女性散文的旅外書寫（1990～2011）》，清華大學碩士學位論文，2012 年。
〔註188〕林韶文：《九十年代以降臺灣女性旅行書寫的自我建構與空間》，成功大學博士學位論文，2011 年。
〔註189〕朱雙一：《從旅行文學看日據時期臺灣文人的民族認同——以彰化文人的日本和中國大陸經驗為中心》，《臺灣研究集刊》2008 年第 2 期。
〔註190〕陳美霞：《日據時期旅行文學論述：身份認同與現代性》，《臺灣研究集刊》2008 年第 4 期。
〔註191〕張羽：《臺灣地景書寫與文化認同》，《臺灣研究集刊》2012 年第 3 期。
〔註192〕陳美霞：《當代臺灣旅行文學論述：大眾文化與性別視野》，《華僑大學學報》2009 年第 4 期。

　　綜觀臺灣旅行書寫的研究現狀，研究者最初集中於對旅行作品數量較多的代表性作家進行剖析，如鍾文音、陳玉慧等，研究成果較多；而後開始轉向研究旅行文類的發生及其演變，或者借由西方的旅行文化理論援引分析，對後殖民語境下的旅行文學創作、國族建構下的旅行敘事進行探討。儘管這些研究都取得了一定的成果，但從研究的深度和廣度來看，確實還有進一步探究的空間。

　　其三，飲食書寫研究。近年來，臺灣女性文學中飲食書寫一脈蔚為風氣，文體上不僅有小說，更有散文和詩歌，對飲食書寫的研究一時之間遂成為熱點。從臺灣一些大學的學位論文選題即可看出：李淑郁的《臺灣當代飲食散文研究》〔註 193〕、徐耀焜的《舌尖與筆尖的對話——臺灣當代飲食書寫研究（1949～2004）》〔註 194〕、張巍騰的《臺灣當代飲食散文的流變（1949～2008）》〔註 195〕、楊惠椀的《80 年代以來臺灣飲食散文研究》〔註 196〕、王皖佳的《臺灣飲食文學的類體形構與演變（1980～2011）》〔註 197〕、周佳靜的《味之道：論臺灣當代飲食散文中的理想家屋追尋》〔註 198〕、汪永欣的《當代臺灣飲食散文中的養生美學》〔註 199〕等都是對當代臺灣文學中的飲食書寫進行專門的整體性研究文章，在在論證飲食書寫中的懷舊記憶、政治寓言、情慾需求、精神家屋、養生美學等問題面向。其中，楊惠椀的論文探討了臺灣當代飲食散文 80 年代後大為風行的原因，並將飲食散文的發展分為三個階段：1980～1987 為第一階段，主要特徵表現為對中國大陸的鄉愁；1988～1998 為第二階段，這個時期的飲食散文與旅行、自然書寫相結合，受到西方的飲食文化的衝擊，呈現出多元的狀貌；1999～2008 為第三階段，飲食散文蔚為風尚，形成各種風格與模式，不斷推陳出新。

〔註 193〕 李淑郁：《臺灣當代飲食散文研究》，中央大學碩士學位論文，1997 年。

〔註 194〕 徐耀焜：《舌尖與筆尖的對話——臺灣當代飲食書寫研究（1949～2004）》，彰化師範大學碩士學位論文，1996 年。

〔註 195〕 張巍騰：《臺灣當代飲食散文的流變（1949～2008）》，靜宜大學碩士學位論文，2009 年。

〔註 196〕 楊惠椀：《80 年代以來臺灣飲食散文研究》，成功大學碩士學位論文，2009 年。

〔註 197〕 王皖佳：《臺灣飲食文學的類體形構與演變（1980～2011）》，淡江大學碩士學位論文，2012 年。

〔註 198〕 周佳靜：《味之道：論臺灣當代飲食散文中的理想家屋追尋》，中央大學碩士學位論文，2014 年。

〔註 199〕 汪永欣：《當代臺灣飲食散文中的養生美學》，明道大學碩士學位論文，2011 年。

　　另外，游麗雲的《怎樣情色？如何文學？——臺灣飲食文學中的情色話語》〔註200〕主要觀察和研究飲食書寫中「食」、「性」之間的關係，並探討飲食文本如何透過人的各官覺產生情色的效果，以及空間、火與情感等在飲食書寫中產生的情色效果，通過以「食」、「色」這樣訴諸人類原欲的書寫策略進一步開掘其層層包裹的多重議題。蘇鵲翹的學位論文《臺灣當代飲食文學研究：以後現代與後殖民為論述場域》〔註201〕從「後殖民」角度切入臺灣當代飲食文學，探討文本中的後殖民書寫特質，及其所反映的後殖民飲食情境。選取了臺灣女作家施叔青《微醺彩妝》，平路《玉米田之死》和郝譽翔《逆旅》三篇小說，分別從跨國與本土的關係、顛覆父權式家庭模式、顛覆男性歷史書寫三個方面進行闡釋，在後現代與後殖民情境下進行飲食文化的觀察，反映出後殖民和後現代的飲食風貌，指出解嚴後的臺灣文學主題意識為多元身份認同和「去中心」，後殖民的意識已經融入文學作品，飲食文學反映出一個時代的文化以及集體意識。蕭屹的《關於食物，我們談論的是：臺灣飲食書寫的文化（1996～2012）》〔註202〕主要從《人間副刊》和《飲食》雜誌入手，從創作、學術、出版等層面對飲食文學進行探究，並選取了王宣一、蔡珠兒、莊祖宜三位作家來勾勒臺灣飲食書寫的文化脈絡。論文不僅記錄與探討字面上的飲食書寫，更透過許多飲食文本的生產來探索其背後的文化邏輯。駱鴻捷的《味覺饗宴：茶在現代散文中的情境塑造》〔註203〕、黃楷燊的《論臺灣當代文學中的酒》〔註204〕則是對飲食中的特定品類的研究。

　　在以上飲食書寫的綜合研究之外，還有一些論文對代表性的飲食書寫作家進行了較為針對性的研究，如林文月、蔡珠兒、琦君、施叔青、李昂、黃寶蓮等。王宇雯的《琦君飲食散文研究》〔註205〕挖掘琦君故鄉飲食書寫背後的精神文化寄託和思鄉懷舊之情。劉亮雅的《後現代，還是後殖民？：〈微醺彩妝〉

〔註200〕游麗雲：《怎樣情色？如何文學？——臺灣飲食文學中的情色話語》，中央大學碩士學位論文，1998年。

〔註201〕蘇鵲翹：《臺灣當代飲食文學研究：以後現代與後殖民為論述場域》，中央大學碩士學位論文，2007年。

〔註202〕蕭屹：《關於食物，我們談論的是：臺灣飲食書寫的文化（1996～2012）》，中國文化大學碩士學位論文，2013年。

〔註203〕駱鴻捷：《味覺饗宴：茶在現代散文中的情境塑造》，臺灣師範大學碩士學位論文，2004年。

〔註204〕黃楷燊：《論臺灣當代文學中的酒》，中央大學碩士學位論文，2014年。

〔註205〕王宇雯：《琦君飲食散文研究》，高雄師範大學碩士學位論文，2012年。

中的景觀、歷史書寫記憶跨國與本土的辯證》〔註206〕從後殖民與後現代觀點分析施叔青長篇小說《微醺彩妝》，認為小說中許多涉及飲食的論述，如美食、紅酒等，意味著特殊的文化意義，並以此來窺探後現代與後殖民背景下整個臺灣的飲食書寫意蘊。蘇秋鈴的《李昂飲食文學研究》〔註207〕探討了李昂小說中的飲食情節，從後殖民理論的視角考察飲食文學中「自我」與「他者」的動態平衡，思考飲食文學的歷史，探討飲食文學中的人性問題、美學問題以及表現形式問題，論證李昂飲食書寫的獨特價值。謝蕙霙的《黃寶蓮散文研究》〔註208〕主要從飲食書寫內涵、離散情感形成、飲食文化觀察這三大部分來研究黃寶蓮飲食散文中的文化差異和人文關懷。

　　謝舒怡的《蔡珠兒及其散文研究》〔註209〕將蔡珠兒創作歷程區分為三個時期：開展期以植物和食物為脈絡，蛻變期注入社會觀察和文化研究，成熟期則融合了自然、飲食、文化等題材。各時期的特色通過展現知性和感性面貌、藉由鄉愁的觸動與味蕾的驅使、知識型的書寫和社會參與者的使命等具體展現，表現出蔡珠兒飲食書寫的日常生活美學。洪錦旋的《蔡珠兒〈紅燜廚娘〉研究》〔註210〕在梳理蔡珠兒成長背景、英國倫敦留學生涯與異國飲食經驗、移居香港後的寫作經驗的基礎上，探討其飲食書寫中的人生觀及其飲食文學的歷史發展脈絡；並從藝術表現、書寫風格和美學價值、文化意義等角度對其作品中的地方特色與懷舊、家鄉風味和異國配料、飲食方式與烹調方法等做出更深一步的闡釋。洪珮純的《臺灣當代飲食散文的地志書寫——以蔡珠兒、焦桐、韓良憶為考察對象》〔註211〕主要是從地理和歷史方面來對臺灣的飲食文化進行考察，探討他們由於個人出身背景與生活經驗的不同、地域環境差異的影響，所產生的不同的書寫態度、書寫觀點，書寫特色及其書寫成就。

　　許芳儒的《記憶‧身份‧書寫——林文月散文析論》〔註212〕藉由林文月

〔註206〕劉亮雅：《後現代，還是後殖民？：〈微醺彩妝〉中的景觀、歷史書寫記憶跨國與本土的辯證》，《中外文學》2004 年第 33 卷第 7 期。

〔註207〕蘇秋鈴：《李昂飲食文學研究》，臺南大學碩士學位論文，2011 年。

〔註208〕謝蕙霙：《黃寶蓮散文研究》，高雄師範大學碩士學位論文，2013 年。

〔註209〕謝舒怡：《蔡珠兒及其散文研究》，東吳大學碩士學位論文，2015 年。

〔註210〕洪錦旋：《蔡珠兒〈紅燜廚娘〉研究》，南華大學碩士學位論文，2015 年。

〔註211〕洪珮純：《臺灣當代飲食散文的地志書寫——以蔡珠兒、焦桐、韓良憶為考察對象》，臺灣師範大學碩士學位論文，2013 年。

〔註212〕許芳儒：《記憶‧身份‧書寫——林文月散文析論》，中央大學碩士學位論文，2007 年。

身兼多重的身份，探究林文月在飲食散文中寄託的個人情感。游淑玲的《林文月多元散文研究》〔註213〕分析林文月飲食散文如何從紀實層面提升到隱喻層面，認為《飲膳劄記》中的十九篇文章，不再是純粹的味蕾知覺，而是生命悲歡哀樂的多重感官分享。簡琪的《林文月散文研究（1969～2006）》〔註214〕從林文月的人生經歷談起，歸納林文月散文主題的類型，統計其類別數量分布、研究其語言藝術，細分其書寫策略，分析其行文風格，歸納其創作特質，並透視其情感脈絡。

　　最後，其他相關專題研究。臺灣的女同志書寫研究以陳雪小說為代表，許劍橋的《九〇年代臺灣女同志小說研究》〔註215〕、沈俊翔的《九〇年代同志小說中的同志主體研究》〔註216〕都將陳雪的女同書寫納入到臺灣90年代同志書寫的脈絡當中。有關陳雪及其創作的研究也主要集中在其女同志議題，主要有李淑君的《身體‧權力‧認同──論陳雪女同志小說中的情慾書寫》〔註217〕，文章重點探討了陳雪作品中的身體政治問題，並理清、定義與闡釋陳雪小說中的「身體」、「認同」、「政治」的相關概念與內涵，但對於陳雪文本的討論顯得單薄。此外，還有臺灣真理大學賴佩琳的《記憶‧夢遊‧成長──論陳雪小說中的「夢」》〔註218〕以陳雪作品中多次出現的「夢」意象為切入點，詳細論述了陳雪的女同書寫。

　　大陸關於陳雪作品的研究有曹惠民的《臺灣「同志書寫」的性別想像及其元素》〔註219〕，艾尤的《變幻與越界──當代臺灣女性小說性別與情慾的多元展現》〔註220〕《日常生活‧身體敘事‧性別政治──臺灣女性小說「食、色、性」書寫透視》〔註221〕，朱雲霞的《試論臺灣酷兒小說的身體敘事及跨文類實

〔註213〕游淑玲：《林文月多元散文研究》，佛光大學碩士學位論文，2008年。

〔註214〕簡琪：《林文月散文研究（1969～2006）》，臺灣師範大學碩士學位論文，2006年。

〔註215〕許劍橋：《九〇年代臺灣女同志小說研究》，中正大學碩士學位論文，2003年。

〔註216〕沈俊翔：《九〇年代同志小說中的同志主體研究》，成功大學碩士學位論文，2005年。

〔註217〕李淑君：《身體‧權力‧認同──論陳雪女同志小說中的情慾書寫》，成功大學碩士學位論文，2005年。

〔註218〕賴佩琳：《記憶‧夢遊‧成長──論陳雪小說中的「夢」》，臺灣真理大學碩士學位論文，2008年。

〔註219〕《華文文學》2007年第1期。

〔註220〕《文藝爭鳴》2012年第3期。

〔註221〕《首都師範大學學報》2013年第1期。

踐——以紀大偉、陳雪、洪凌的酷兒文本為例》〔註222〕，這些文章或從性別敘事、身體敘事、情慾書寫、酷兒書寫等角度介入陳雪創作研究，或截取其創作的某一方面進行論述。除此之外，還有臺灣女性文學的自然書寫研究。吳明益的《臺灣現代自然書寫的探索（1980～2002）》〔註223〕探討了自然書寫領域中的主要議題和作家，從「環境議題報導」及「簡樸生活文學」介紹相關作家，到推出劉克襄、徐仁修、洪素麗、陳煌、陳玉峰、王家祥、廖鴻基、凌拂等八位以自然書寫為主的作家，通過回顧其寫作特色、歷程演進，闡述並評析其作品以及風格走向的變化。該專著是學界討論臺灣自然書寫的重要著作之一，其中洪素麗、凌拂是女性文學自然書寫的代表作家。

三、基本內容與思路

　　1990 年代以來，大陸、臺灣、香港、澳門的女性文學都取得了長足的發展，湧現出大量的女性文學作品，活躍著眾多的女性文學作家，其在女性書寫主題和形式上的創建有目共睹，針對不同區域女性文學研究的專題論文也比比皆是。眾所周知，由於歷史、政治和文化等各方面的原因，近 30 年兩岸暨港澳的女性文學在發展步調、主題表現以及敘事策略方面不盡相同，也就是說，她們各自發展出豐富多元而獨具特色的女性寫作形態。但兩岸暨港澳女性文學於顯在的文學表現差異性之外，於隱在的文學發生根源和內在發展肌理上，還存在著可供深入發掘和探究的諸多相關甚至共同之處。從女性寫作發生學的意義上追溯並離析近 30 年兩岸暨港澳女性文學對五四女性文學傳統的承繼、對西方女性主義思潮的接受，以及在大陸、臺灣、香港和澳門各區域多元文化相互交流和影響下女性寫作的發展流變，是進行文學史視野下兩岸暨港澳女性文學整體觀的客觀依據。

（一）五四女性文學傳統的承繼

　　中國大陸與臺灣、香港和澳門地區長達半個世紀甚至更長時間的政治、地理隔閡，造成了區域間意識形態和社會文化的差異。但是，在五四新文學傳統的接受和承傳方面，兩岸暨港澳女性寫作卻有著同質異構的關聯。郁達夫說過：「五四運動的最大的成功，第一要算『個人』的發現。從前的人，是為君

〔註222〕《臺灣研究集刊》2012 年第 2 期。
〔註223〕吳明益：《臺灣現代自然書寫的探索（1980～2002）》，新北：夏日出版 2012 年版。

而存在，為道而存在，為父母而存在的，現在的人才曉得為自我而存在了。」
〔註224〕那麼，五四文學的最大的成功之一，要算是女性文學的出現。隨著個
人的發現，隨著大批男性文化精英走向啟蒙和民主的講臺，中國出現了有史以
來最大的一批女性知識分子群落，這些時代的娜拉，走出了父親權威的家庭，
去尋找個人的權利，同樣在覺醒了的社會中扮演著啟蒙者的角色，她們以自身
的經歷和經驗書寫為女性發聲，是為中國女性「浮出歷史地表」〔註225〕。在
中國現代第一批女作家中，陳衡哲、馮沅君、冰心、盧隱、石評梅、凌淑華、
蘇雪林等不僅在她們的作品中描繪了時代女性的現實生存困境、在傳統文化
與現代思想之間的掙扎以及對自由和個性的追求，而且在一些帶有濃鬱自敘
傳色彩的小說作品中，展示了中國現代第一批女性知識分子群體的心路歷程。
如馮沅君的《隔絕》《隔絕之後》，盧隱的《海濱故人》，蘇雪林的《棘心》等，
以個人的生命羈痕和文字書寫詮釋了中國第一代女性知識分子對於性別解
放、人格自由、婚姻自主以及主體精神的追求。

　　這樣的女性文學傳統不僅貫穿了中國現代文學的歷程，而且在新時期文
學來臨時又以「二次啟蒙」的氣勢呼應了新一波女性文學創作的高潮，出現了
以戴厚英、遇羅錦、張潔、張辛欣、張抗抗、諶容、舒婷等為代表的新時期女
性作家群，啟示並催生了以王安憶、鐵凝為代表的 1980 年代作家群和以陳
染、林白為代表的 1990 年代作家群，使得女性解放、主體追求的五四女性文
學傳統在 20 世紀後半期的大陸女性文學中得到繼承和伸延。同時還在臺灣、
香港以及澳門的女性文學中得以充分的承繼和發揚，五四女性文學傳統和中
國現代文學第二個十年、第三個十年的女性文學的精神追求一起鎔鑄在臺港
澳女性文學的血脈中。且不說日據時期的臺灣現代文學在某種程度上應和著
五四文學的步伐同源發展，戰後大批大陸作家移居臺灣，僅只被稱為「空降
兵」的 1950 年代臺灣女性文學就使得五四女性文學的傳統在臺灣得到了較為
完整的保存和延續。雖然臺灣 1940 年代末以來文學發展的環境多有變化，
後來又經歷了 1950 年代的「戰鬥文藝」、1960 年代的現代主義風潮、1970 年
代的鄉土文學潮流，五四文學的精髓不但被小心翼翼地保留下來，而且在一代
代作家的作品得以艱難地延續和發展。

〔註224〕郁達夫編選：《中國新文學大系·散文二集》（1919～1927），上海：上海良友
　　　　　圖書印刷公司 1935 年版，第 5 頁。
〔註225〕孟悅、戴錦華：《浮出歷史地表》，鄭州：河南人民出版社 1989 年版。

　　臺灣文壇有重要影響的資深女性文學作家有蘇雪林、沉櫻、謝冰瑩、張秀亞、林海音等，她們或者是五四新文學的參與者和見證者，如蘇雪林；或者沐浴著五四文學精神開始走向文學創作之路，如沉櫻、謝冰瑩；或者在五四文學精神的薰陶下剛剛登上文壇並嶄露頭角，如張秀亞、林海音。她們的作品延續著女性解放、戀愛自由、婚姻家庭、主體精神的追求等主題展開，並生發出不同的書寫向度。正如樊洛平所說：「新移民女作家群的聚合與崛起，承擔了臺灣女性文學拓荒者的角色。新移民女作家與『五四』以來的新文學傳統無法割捨的聯繫，女性文本所體現的人本意識、自我意識與反封建精神，使臺灣女性文學成為20世紀以來中國女性文學的組成部分和重要流脈。」〔註226〕正是她們和臺灣本土女作家一起，以「豐富而堅實的創作奠定了臺灣女性文學的根基。」〔註227〕並在此基礎上，伴隨著1970年代臺灣經濟的起飛，在西方女性主義思潮的影響下，形成1980年代臺灣轟轟烈烈的「新女性主義」文學。以曾心儀、李昂、廖輝英、蕭颯、朱秀娟、袁瓊瓊、蘇偉貞、蔣曉雲、李元貞、楊小雲等為代表的女性作家，以強烈的社會使命感和主體責任感，面對社會中男女極端不平等的社會地位和由此產生的種種婚姻家庭、道德倫理問題，創作了相當數量的帶有明顯的現實主義風格的作品。她們的作品聚焦女性在社會轉型中的種種權利和心理機制的尖銳變化，產生了很大的社會影響力，成為臺灣女性文學邁入女性寫作階段的重要標誌。

　　尤其是新世紀以來，臺灣女性文學煥發出前所未有的生機和力量，其在創作上的體現至少表現為以下四個方面：一是女性文學創作的豐富多元。女性小說、女性散文、女性詩歌、同志書寫、旅遊文學、飲食文學等書寫類型不斷翻新。二是女性文學研究隊伍的龐大。文學研究者、歷史學研究者、女性主義者、女作家、文化學研究者、社會學研究者、男性學者批評家、碩博論文聚焦於女性文學研究。三是女性文學研究傳播媒體的發達。性別研究組織的普及，女性文學出版業的繁榮，女性研究網路系統的發達促進了女性文學的繁榮。四是女性文學創作及研究的受眾廣博。高等教育的普及，經濟生活的獨立，社會參與的提高，女性閱讀人口的增加都使女性文學創作與接受的人群在不斷擴容。

　　對於香港女性文學而言，1970年代以後才開始它真正的成長。梅子說：

〔註226〕樊洛平：《當代臺灣女性小說史論》，鄭州：河南人民出版社2005年版，第6～7頁。
〔註227〕樊洛平：《當代臺灣女性小說史論》，鄭州：河南人民出版社2005年版，第17頁。

「從七十年代開始活躍的女性作家，過了一個十年，或亭亭玉立，或枝繁葉茂，或巍然獨樹起參天巨幹，與異性比肩，構成了香港現代文學史上炫目的奇觀。」〔註228〕高度商業化的社會背景、相對自由開放的生活方式以及活躍紛繁的中西文化交流孕育了優秀的女性作家群，至「80年代，香港文學跨入了自覺時代，女性文學驟然興盛，『嚴肅文學』與『言情文學』並駕齊驅，同領風騷。」〔註229〕說到香港女性文學的歷史淵源，不能不提到蕭紅和張愛玲。蕭紅在香港期間完成了她一生中最重要的作品：《後花園》《小城三月》和《呼蘭河傳》等。而恰恰在這些作品中最為集中地表現了蕭紅本土化的女性主義觀念，作為時代的「大智勇者」〔註230〕的蕭紅，以她遠走香港疏離民族集體話語的方式接續了五四女性文學啟蒙和反抗的個人話語傳統。張愛玲則「為上海人寫了一本香港傳奇，包括《沉香屑‧第一爐香》，《沉香屑‧第二爐香》，《茉莉香片》，《心經》，《琉璃瓦》，《封鎖》，《傾城之戀》七篇。寫它的時候，無時無刻不想到上海人，因為我是試著用上海人的觀點去看香港的。」〔註231〕當然，張愛玲、蕭紅的香港文學歷程對於香港女性文學的作用還需要進一步的研究和發掘。1980年代，王璞、陳娟等內地女作家移居香港，更有福建、廣東等地的一大批年輕文化人漂流到香港，她們和當地女作家一起繪製了香港女性文學近三十年的燦爛和輝煌。

相對於臺灣、香港的女性文學，澳門的女性文學陣容稍顯薄弱，澳門作家兼學者廖子馨在她的《澳門現代女性文學》〔註232〕中闢出專節探討了大陸女性文學、臺灣女性文學以及香港女性文學對澳門女性文學的影響，由此可以看出：大陸、臺灣、香港和澳門的女性文學創作有著內在的同一性，而這同一性首先來源於對五四女性文學傳統的承繼。

（二）西方女性主義思潮的接受

1981年，朱虹的《美國當前的「婦女文學」》的發表〔註233〕標誌著西方

〔註228〕 梅子：《香港短篇小說選‧序──共享收穫的喜悅》，香港：香港天地圖書1998年版。

〔註229〕 曾利君：《香港女性文學創作簡論》，《西南師範大學學報》1998年第2期。

〔註230〕 戴錦華：《浮出歷史地表》，北京：中國人民大學出版社2004年版。

〔註231〕 張愛玲：《到底是上海人》，《張愛玲文集》（第4卷），合肥：安徽文藝出版社1992年版，第19頁。

〔註232〕 澳門日報出版社1994年版。

〔註233〕 《世界文學》1981年第4期。

女性主義理論在中國的首次引進，這種女性主義的觀念突破在當時以社會批評為主的女性文學研究界引起相當的新奇反映甚至非議聲音。1986年，《南京大學學報》增刊發表了譚大立介紹西方女性主義批評的文章：《「理論風暴中的一個經驗孤兒」──西方女權主義批評的產生和發展》，啟動了新時期大陸女性主義理論介紹的熱潮。先後被翻譯過來的女性主義經典著作有：《第二性》《女性的奧秘》《女權主義文學理論》《一間自己的屋子》《性與文本的政治》《女權辯護》《當代女性主義文學批評》和《西方女性主義研究評介》等。這些譯作的出版和發行一度引起創作界和研究界的女權主義話語熱潮。儘管當時的中國文學和研究界尚不具備接受這些觀點和理論的成熟條件，但隨著生活理念的開放、性禁錮觀念在文學表現中的被打破、性解放意識的多渠道傳播，傳統的性別觀念、性別意識、性別認同都發生了改變。中國新時期的女性寫作開始嘗試著表現女性主義視域下的主體認同和性別意識，經過了王安憶的「三戀」和《崗上的世紀》的實驗小說時期，關於性別的女性文學話語在1990年代開始大量出現，等到陳染、林白等明顯接受了西方女性主義思潮影響的女性主義小說出現的時候，大陸女性文學已經走過了女性主體的社會認同和性別認同階段，進展到自我建構的身體認同書寫階段。

當大陸女性文學界在1980年代初的思想開放中開始接受西方女性主義思想的時候，臺港澳女性文學對西方女性主義思潮的借鑒和學習更早一步完成了。如果說1950年代的臺灣女性文學更多地繼承了五四女性文學的傳統，在女性的主體尋找與思考中書寫女性的生存、戀愛、婚姻、家庭和社會的話，那麼，1960年代的臺灣女性文學則更多地受到了西方現代主義思潮的影響，開始大膽激進地表現女性對於性別的認知和體驗。對於西方女性主義思潮的大範圍接受和吸收，也從這個時期之後開始。臺灣早在20世紀70年代就陸續出版了介紹女性主義的論文集，歐陽子、楊美惠、楊翠屏翻譯了西蒙·波伏娃的《第二性》，率先在臺灣介紹西方女性主義批評理論，標誌著臺灣女性主義文學批評的萌芽。1980年代中期，臺灣的一些報刊雜誌率先發表西方女性主義文學批評的文章，女性主義批評逐漸成為顯學，並產生了深遠的影響。1986年，《中外文學》出版《女性主義文學專號》，《當代》出版《女性主義專輯》，《聯合文學》出版《女性與文學專輯》；1989年，《中外文學》出版《女性主義／女性意識專號》和《文學的女性／女性的文學》，女性主義文學研究正式成為臺灣

地區當代文學研究中結合美學與政治的方法學與批判立場。〔註234〕

　　臺灣的婦女運動始於 1970 年代由呂秀蓮所發起的「新女性主義」，新女性主義的基本主張除了「先做人，再做男人或女人」和「人盡其才」以外，還有以「喚醒婦女、支持婦女、建立平等和諧的兩性社會」為宗旨。呂秀蓮提倡兩性平等的意識，奠定臺灣婦運的發展基礎，之後非傳統性的女性組織逐漸產生，在不同面向上針對臺灣社會性別問題作探討。1980 年《婦女研究》的成長、茁壯便是第二波婦運的果實。此階段的女性行動多以時事評論組成小組聚會方式進行，主要行動者大都是知識菁英，因此運動的推展仍是以女性意識啟蒙為主，並對傳統社會中重男輕女、男外女內、男性優越感以及雙重道德標準多有批判。1980 年代，李元貞繼呂秀蓮而起，成為女性運動的有力推動者。解嚴之後，臺灣女性一方面參與政治運動，另方面加強女性組織的多元化，擴大女性行動的基礎。到此時，以提升女性自主意識為主的團體的發展相當成熟，甚至相關的女性與性別研究課程陸續在校園中出現，婦運的行動對臺灣主流價值漸漸具有影響力。例如，李昂不止一次提到她的女性意識深受呂秀蓮的影響，呂秀蓮把女性議題當作社會工作來做的態度對她有相當大的啟發。

　　作為臺灣上世紀末的社會形態與文化語境的產物，臺灣後現代文學以挑戰、懷疑和消解的姿態，於上世紀 80 年代中期興起，至 90 年代已成長壯大並在當時的臺灣文壇佔據重要地位，臺灣後現代文學在上世紀末以強勁的勢頭和穩健的姿態逐步成熟並發展壯大。與此同時，上世紀末的臺灣女性主義思潮，強勢影響著當時的女性文學創作。臺灣女性文學對性別議題再度開發，並大量涉足女性情慾書寫，女性作家筆下的同性戀寫作不斷出現。後現代文化思潮與臺灣女性主義思潮，成為上世紀 90 年代臺灣女性文學創作的重要資源。受西方女性主義影響，有意識地進行女性寫作的臺灣女性主義文學的代表作家有李昂、廖輝英、蕭颯、袁瓊瓊等。

　　香港、澳門文學對女性主義思潮的接受幾乎和臺灣同步，同樣是在 1970 年代香港、澳門經濟起飛的背景下，在大量介紹西方現代主義思潮的過程中，開始接觸西方女性主義理論，通過理論的接觸和具體作品的閱讀開始了基於性別自覺的各自不同的性別論述，以李碧華、黃碧雲的小說為代表。同時還有往來於臺灣、香港，兼擅女性詩歌、女性小說和女性主義理論研究的鍾玲等。

〔註234〕丁伊莎：《西方女性主義文學批評在中國臺灣的接受與影響》，《江西社會科學》2007 年第 8 期。

　　由此可以看出，近百年的西學東漸尤其是 1980 年代以來西方女性主義思潮，無論是在改革開放後的大陸，還是在經濟起飛後的臺灣、香港和澳門，都找到了適宜接受的思想和文化土壤，使得兩岸暨港澳女性寫作群體在不約而同地經受了同樣的性別意識解放的洗禮之後，創作出各具規模與特色的女性主義文學作品。

（三）各區域間多元文化的交流和影響

　　近 30 年來，兩岸暨港澳的文化、文學交流前所未有地繁盛、便捷和頻繁。大陸在 1970 年代末實施改革開放政策之後，不僅對西方的各種思想潮流大加引進和借鑒，而且在增進與臺灣、香港和澳門的文化交流上進行了卓有成效的推進。早在 1970 年代末，大陸的臺港文學介紹和研究就已經起步，《臺港文學選刊》是專門介紹臺灣、香港、澳門及海外華文作家作品的文學期刊。1984 年7 月 6 日，項南為《臺港文學選刊》撰寫了代發刊詞《窗口和紐帶》，言簡意賅地闡明了《臺港文學選刊》的性質、意義和作用。「瞭望臺港社會的文學窗口，聯繫海峽兩岸的文化紐帶」遂成為辦刊宗旨。30 多年來先後介紹了 3000多名臺港澳及海外華文作家 4000 餘萬字的作品（其中臺灣作家作品約占60%），並與臺灣、香港、澳門地區以及歐美、東南亞等地的華文作家、文學團體和出版機構建立了廣泛聯繫，並開展多場作家交流互動和學術交流活動，在促進兩岸暨港澳的文化和文學交流中起到不可忽視的作用。近 30 年來，大陸文壇經受了一次次臺港文學熱的蒸騰和浸潤，從大眾讀者層面的通俗文學閱讀熱潮，如金庸、古龍、瓊瑤、三毛、席慕容、亦舒、高陽、李碧華、梁鳳儀等的作品，到精英層面的嚴肅文學研究熱潮，如余光中、白先勇、陳映真、李昂、施叔青、朱天文、朱天心、西西、鍾曉陽、黃碧雲等的作品，直至在交匯和融合中發展出海外華文文學的創作熱潮，如嚴歌苓、張翎、虹影等的作品，從而奠定了包括臺港澳和海外華文文學在內的世界華文文學這一新興學科的基礎。其間，不僅產生了堪稱經典的作家作品，而且臺港澳文學以其現代主義文學、通俗文學的不菲成就接續或彌補了大陸文學的某些斷層或薄弱環節，彼此起到互補作用。目前香港、澳門主權回歸有日，與臺灣的文化聯繫也在新的兩岸關係態勢中不斷取得新的進展。

　　此外，大陸作家的作品也被大量介紹到臺港澳地區，如莫言、史鐵生、王安憶等。但凡說到兩岸暨港澳的現當代文學，魯迅和張愛玲是無法繞過的兩個名字。其實，以魯迅和張愛玲為師法的文學傳統的人性挖掘以及現代性追求在

大陸、臺灣、香港以及澳門都各有承繼和發展，張愛玲一脈更衍化為張派作家
逶迤不斷，王德威以《落地的麥子不死》〔註235〕來追蹤張派傳人在大陸、臺
灣和香港的流脈不絕，論述張愛玲在大陸、臺灣和香港的後繼有人，舉凡王安
憶、須蘭、蘇偉貞、朱天文、朱天心、鍾曉陽、黃碧雲、袁瓊瓊都在師法張愛
玲之列。其實，不僅張愛玲，對於施叔青同樣如此，當說她是臺灣作家時，她
還有十幾年的時間生活創作在香港，並以「香港三部曲」為香港近現代歷史作
傳，奠定了自己香港作家的地位，此後又以「臺灣三部曲」希圖寫盡臺灣的近
現代歷史命運。在兩岸暨港澳的文學視野中，施叔青的存在正可以使女性文學
的整體觀得以驗證和實施。此外，還有陳若曦，也是一位由海外而大陸、由大
陸而臺灣的女性作家，這些作家個案的存在，正說明了兩岸暨港澳女性文學整
體觀照的客觀合理性。

（四）兩岸暨港澳女性文學研究的面向

誠然，由於文化土壤和話語形態的差異，兩岸暨港澳的女性文學對西方女
性主義的接受時間、接受方式和接受程度有所不同，但在女性寫作的主旨追求
上卻相當一致，那就是在追求性別平等的同時強調性別的差異，以身體的書寫
建構性別文化，並以越軌的筆致、越界的性別書寫來傳達更富深意的政治、文
化、族群和歷史的權力或象徵。因此，兩岸暨港澳女性文學表現出相對一致的
主題形態、文化訴求和敘事策略。

首先，在主題表現形態方面。近 30 年兩岸暨港澳女性寫作呈現出多元並
舉的局面，大致可以歸納為：政治歷史書寫、城市家國想像、性別身份建構和
生態倫理關懷。施叔青的「香港三部曲」、「臺灣三部曲」致力於歷史鉤沉，李
昂、平路的小說兼顧女性主義、家國政治以及後殖民書寫；西西的《我城》《浮
城誌異》《肥土鎮灰闌記》則著眼於城市書寫，兼顧本土意識、家國想像；李
昂的《殺夫》《暗夜》《迷園》《自傳の小說》等隱喻政治、性別主題；王安憶
的「三戀」和鐵凝「三垛」等作品則是大陸女性寫作性別身份建構的寫作實
驗，朱天文、朱天心的系列小說則表現了後現代社會中的生態倫理關懷。

其次，在精神文化訴求方面。近 30 年兩岸暨港澳女性寫作的精神文化訴
求豐富而多元，除啟蒙精神一以貫之外，還表現為現代意識下的人文關懷和後
現代文化語境中的消費文化追求和怪異文化取向。張潔、宗璞等的小說秉承五

〔註235〕山東畫報出版社 2004 年版。

四啟蒙精神，同時兼具人文關懷；瓊瑤、梁鳳儀、亦舒等的小說注重藝術審美，也追求消費文化觀念下的市場效應；而黃碧雲、朱天文、邱妙津、成英姝、陳雪等的作品則在現代人畸戀的書寫方面表現為對怪異文化的追求。

再者，文學敘事策略方面。除現實主義、浪漫主義和現代主義的傳統敘事方法，近 30 年兩岸暨港澳女性寫作在敘事策略上多方嘗試，大膽實驗。有區域歷史鉤沉，如施叔青的「香港三部曲」、「臺灣三部曲」系列，有張愛玲、蕭麗紅、蔡素芬、郝譽翔、方梓、賴玉婷等的臺灣書寫；有張愛玲、王安憶、施叔青、西西、陳慧的香港書寫；有黃碧雲、嚴歌苓的澳門書寫；有女性家族書寫，如張潔《無字》、徐小斌《羽蛇》、黃碧雲《烈女圖》；有女性自傳性小說，如陳染《私人生活》、林白《一個人的戰爭》、張愛玲的自傳體小說三部曲、陳燁的《半臉女兒》、齊邦媛的《巨流河》、陳雪的《橋上的孩子》，還有鍾玲的故事新編、鍾曉陽的傳奇、李碧華的鬼怪神話和黃碧雲的詭異敘事等。

需要強調的是，近 30 年海峽兩岸暨港澳女性寫作在一個共同的時空網絡和性別想像的共同體中，以不完全相同的狀貌分別發出了中國女性主義文學的聲音，其所擁有的相同或相似的文學源流，彼此之間的交流影響和互動使之成為同質異構的不同側面。也即是說，兩岸暨港澳女性文學兼具同一性和差異性，整體觀與多元化。總之，不同的政治文化語境孕育了不同的文學內容和形式，近 30 年兩岸暨港澳女性寫作在主題形態、文化訴求和敘事策略上各有側重，但其女性寫作之經驗主體、思維主體、審美主體和言說主體始終在場，並在頻仍的文化交流中互相影響的同時，保持著各自鮮活的文學多樣性。

第一章　共同體視野中的海峽兩岸暨
港澳女性文學

　　在文學、歷史、政治的「想像的共同體」意義上，兩岸暨港澳女性文學的整合研究具備文學史整體觀的理論上的合理性，本尼迪克特・安德森的「想像的共同體」理論也為其合理性提供有力的理論支持。謝雪紅、張愛玲、施叔青的人生羈痕、跌宕命運、文學書寫或者被書寫及其文學史、文化史價值和意義所構成的「有機的同體之美」，恰恰說明了兩岸暨港澳所存在的多重交互作用，作為個案代表了政治、歷史與文學的融合，而且是深度融合。以近 30 年（1990～2020）的文學發展作為考察的時間範圍，以兩岸暨港澳（大陸、臺灣、香港、澳門）的女性文學創作作為考察的區域範疇，以文學史整體觀作為考察視角，在上述政治、歷史和文學的「有機的同體之美」之外，進一步融入女性主義理論的性別視角，將更有利於探討這個具備著充分性別意識的「想像的共同體」內部政治權力、歷史觀念和文學書寫之間的爭拗與膠合。

第一節　海峽兩岸暨港澳文學整體觀

　　美國學者本尼迪克特・安德森在其《想像的共同體：民族主義的起源與散佈》一書中指出，民族的起源不僅僅在於語言、文化的相似，而是一個「想像的共同體」，民族是人們為了獲取歸屬感而想像出來的團體，是有侷限有主權的「想像的共同體」。而所謂「共同體」，指的則是心理上的認同感。《想像的共同體：民族主義的起源與散佈》從民族情感與文化根源來探討不同民族屬

性、全球各地的「想像的共同體」，認為這些「想像的共同體」的存在和崛起取決於以下因素：宗教信仰的領土化、古典王朝家族的衰微、時間觀念的改變、資本主義與印刷術之間的交互作用，國家方言的發展等。正是通過研讀印尼文學，本尼迪克特·安德森「開始注意到文學如何可能和『政治的想像』（political imagination）發生關聯，以及這個關聯中蘊涵的豐富的理論可能」〔註1〕，「『想像的共同體』不是虛構的共同體，不是政客操縱人民的幻影，而是一種與歷史文化變遷相關，根植於人類深層意識的心理的建構。」〔註2〕

這本著作顛覆了傳統的民族定義，振聾發聵地提出與現代國家一致的民族概念。儘管本書對於解釋中國、阿拉伯等的民族起源、民族國家內部的民族多元現象並不完全適用，但不影響其在民族主義研究中的權威地位和重要影響。安德森在論證「在積極的意義上促使新的共同體成為可想像的，是生產體系和生產關係（資本主義）、傳播科技（印刷品）和人類語言宿命的多樣性這三個因素之間半偶然的，但又富有爆炸性的相互作用」〔註3〕這一重要觀點的同時，更進一步強調來源於語言、小說、音樂、詩歌等天生注定的元素共同引發的一種「有機的共同體之美」，讓人們對「民族」產生如家庭般無私的愛並為之犧牲奉獻；「人口調查、地圖、博物館」中強調人口調查、地圖、博物館這三者對民族概念的補充與完善；而「記憶與遺忘」中則強調了民族傳記中傳遞的歸屬感對民族感的加強。在深入探究民族認知存在的原因方面，安德森進一步肯定了前者，承認了民族共同體形成中文學與歷史融合的作用。

恰恰是這「文學」與「歷史」融合的「共同體」對兩岸暨港澳女性文學的整合性研究構成理論上的恰適性。但是，不知是有意還是無意，安德森沒有怎麼談到「政治」，甚至在一定程度上避開了這個話題。而事實上，政治文化恰恰是作為「想像的共同體」的民族問題討論所無法繞過的重要一環。本研究在借鑒安德森以上文學和歷史論述的基礎上，將現實存在的政治文化面向一併帶入，不僅完善了安德森的相關論述，而且可以有效地解釋兩岸暨港澳作為一

〔註1〕 吳叡人：《認同的重量：〈想像的共同體〉導讀》，〔美〕本尼迪克特·安德森著，吳叡人譯：《想像的共同體：民族主義的起源與散佈》，上海：上海人民出版社2005 年版，第 6 頁。

〔註2〕 吳叡人：《認同的重量：〈想像的共同體〉導讀》，〔美〕本尼迪克特·安德森著，吳叡人譯：《想像的共同體：民族主義的起源與散佈》，上海：上海人民出版社2005 年版，第 17 頁。

〔註3〕 〔美〕本尼迪克特·安德森著，吳叡人譯：《想像的共同體：民族主義的起源與散佈》，上海：上海人民出版社 2005 年版，第 42 頁。

個民族共同體在政治、歷史和文化上的共同命運。儘管在這個特定的時間段落和寬闊的區域空間中，作家作品、文學流派、文學傳播以及文學生態呈現著時段和區域的異質性，但絲毫不影響從文學史整體觀來考察兩岸暨港澳的女性文學，這不僅是出於對如前所述的文學史觀念發展的必要性和合理性的考慮，最根本的依據還是出於對文學創作的事實和現狀最基本的遵從。

作為一個共同體而存在，並不意味著兩岸暨港澳的政治經濟文學的發展脈象與表現風格的絕對統一，正是由於不同時間段的政治文化的不同，其歷史、文學以及文學中的性別意識表現出相對的差異性。但作為自古以來的中華文化屬地，其中華民族的「想像共同體」的同質性存在是首要和必然的。中華民族傳統文化悠遠強大的綿延性和影響力，表現在文學書寫上的民俗文化、飲食文化、服飾文化以及宗教文化、審美文化等多個方面；其次，進入現代社會以來，在進入現代民族的「想像的共同體」的過程中，它們都受到以西方現代思潮作為主要構成的五四新文化運動的影響，1917 年肇始的這場「西學東漸」的啟蒙運動不僅在大陸，而且在臺灣、香港、澳門甚至東南亞等地引起持續的思想波動和後續的文化發展。再者，近現代以來的西方文化的強力來襲，使得每一個區域都不再是固守一隅的孤立存在，它必然與世界文化潮流和文化浪潮的湧動產生強烈共鳴和共振。與此同時，它們都經歷了或長或短的被殖民階段，在殖民統治結束以後，都或多或少或輕或重地帶有後殖民文化的特徵。最後，在近 30 年的文學文化的互動交流歷程中，兩岸暨港澳的作家作品思潮流派都經歷了一個漂移、碰撞、融合與同化的過程。這個同化的過程進一步加深了其同質性，當然，另一方面也彰顯了其異構性。

正如以上安德森所說，在這個新的現代民族的「想像的共同體」形成過程中，傳播科技（印刷品）是起到重要作用的因素之一，以印刷品的傳播為例來談兩岸暨港澳女性文學的整體性存在和特徵也恰如其分。在 1987 年臺灣「解嚴」之後，兩岸的文學交流頻仍，大批的臺灣文學出版物進入大陸市場，如瓊瑤的愛情小說、高陽的歷史小說，席慕蓉的詩歌，余光中的詩歌等；香港的則有金庸、梁羽生的武俠小說，亦舒、梁鳳儀、岑凱倫、張小嫻的通俗小說，以及李碧華、鍾曉陽、西西、董啟章、葛亮等的作品；臺灣、香港的電影、音樂作品也通過各種渠道傳播到大陸，福建省的文學刊物《福建文學》，尤其是《臺港文學選刊》起到了「瞭望兩岸文學的窗口」的重要作用；與此同時，大陸作家的作品也先後傳播到臺灣和香港，如韓少功、余華、賈平凹、莫言、鐵凝、

王安憶等人的作品。除了作家作品集之外，還有一些文學刊物、會議文集等印刷品往來於兩岸暨港澳之間。當然，民間的各種文學文化和學術團體、協會、學會、學校彼此之間的各種交流活動日益頻繁，特別是新世紀以來，網絡逐漸普及之後，網上的各種信息傳播更加多樣化。當然，作為紙媒的印刷品傳播只是當下媒介傳播的一種形式，除此之外，還有影像傳播、網絡傳播等多種方式和渠道，它們共同構成了這一「想像的共同體」內部複雜多重的交流與融合，使得整個共同體內部的觸碰更多，共識更多，瞭解更深，黏合度也更加緊密。

故此，本研究從這個作為共同體的文學場中選取三個個案來闡述兩岸暨港澳女性文學整體研究的合理性與可行性，分別是歷史人物的文學書寫個案、文學史人物的影響個案和作家文學書寫的行為個案，以期驗證上述「想像的共同體」的同質性。歷史個案將對謝雪紅這個政治人物的文學書寫進行考察，文學史個案將對張愛玲在兩岸暨港澳文學史上的作用和影響進行梳理和論證，文學個案則以施叔青這位橫跨東西文化，其生活和寫作疆域覆蓋大陸、香港、臺灣以至美國的作家寫作作為分析對象。她們的存在具有相當顯明的時間上的區分，同時她們各自的身份以及被銘記的方式也分別代表和象徵了兩岸暨港澳的女性歷史、女性文學史和女性文學本身。這三個人物以其典型而奇特的人生交錯鋪陳出兩岸暨港澳之間文學的巨大關聯，也相當精彩而繁複地將兩岸暨港澳之間的文學聯繫作出了極為形象地闡釋，並且這三個人物的被書寫、被記憶或者書寫本身，都栩栩如生地展示出兩岸暨港澳政治文化生態的繽紛與複雜、常態與非常態。她們的代表性不僅存在於文學價值和意義的探究中，也同樣適用於歷史和政治史的書寫和考察，其所具備的歷史、文學、文化和政治意義都是典型而多重的。

謝雪紅1901年出生於臺灣彰化，一生經行臺灣、日本、大陸、蘇聯，而後又回到臺灣，最後終老於大陸。謝雪紅作為臺共曾經的領導人，她的傳奇而弔詭的身世與結局引起了文學家和史學家極大的書寫興趣，她的書寫者不僅在臺灣，還在大陸，相關作品不僅有史學著作，還有小說、散文和劇本，透過這些不同的文本，可以追溯謝雪紅奇崛的一生；同樣，也可以透視書寫者不同的政治文化站位，同時更可以研究究竟是什麼樣的政治和文化立場以及文學觀念影響並主導了作家們的書寫，使得他們呈現出一個如此多面而疊變的謝雪紅形象。

　　張愛玲 1920 年出生於上海，她的一生主要經歷了大陸、香港、美國時期，最後終老於美國。早在上個世紀 40 年代，張愛玲即已確立其在中國文學史上獨特而重要的地位。儘管張愛玲生前只在臺灣做過很短時間的逗留，但卻在臺灣文學史上卻留下了濃墨重彩的一筆，影響了數代張派作家和傳人。香港是她讀大學和赴美之前暫時居留過的地方，她對香港當代作家的影響亦不可忽略。對於中國大陸 1990 年代以來的女性文學創作者來說，張愛玲一度是個被遺忘了的極其生疏的名字，一旦張愛玲從歷史的故紙堆裏被發掘出來，她就以其不可替代的魅力得到了新世代作家的呼應和致意。更加令人難以置信的是，臺灣文學史一度居然將張愛玲列入，並將其視為臺灣現代女性文學的祖師奶奶，張愛玲的文學史影響和漂移充滿趣味並引人深思。

　　施叔青 1945 年出生於臺灣鹿港，在臺灣受教育，後來到美國工作。1978 年追隨家人到香港工作生活十餘年，1994 年回到臺灣，2000 年又搬回紐約曼哈頓。施叔青是真正意義上的臺港澳暨海外華文文學作家。重要的是，施叔青並不是一個普通的作家，她遊走於兩岸暨港澳，並以在地和過客的雙重身份觀照她所見證的族群和社會，她所經歷的歷史和政治。香港回歸前後，她完成並出版了為香港百年歷史作傳的《她名叫蝴蝶》《遍山洋紫荊》《寂寞雲園》的「香港三部曲」；回到臺灣以後，她重新審視故鄉土地和今夕變遷，完成了《行過洛津》《風前塵埃》《三世人》的「臺灣三部曲」，為百年臺灣歷史作傳。她筆下的香港是華洋雜處的斑駁世界；她筆下的臺灣是童年經驗中攜帶著精神分裂現代病的傳統的鄉土世俗社會；她筆下的美國則是處於文化夾縫中海外華人眼中交織著希望的神秘感和失望的現實感的無法植根的異邦。

　　本尼迪克特‧安德森在《想像的共同體：民族主義的起源與散佈》中認為：知識分子階層在殖民地民族主義的興起中扮演了核心的角色，這已是眾所周知的事實了。同樣眾所周知的是：「知識分子階層之所以會扮演先鋒的角色是因為他們擁有雙語的識字能力，或者應該說，他們的識字能力和雙語能力。閱讀印刷品的能力已經使我們早先談過的那種漂浮在同質的、空洞的時間中的想像的共同體成為可能。雙語能力則意味著得以經由歐洲的國家語言接觸到最廣義的現代西方文化，特別是那些 19 世紀時在其他地方產生的民族主義、民族屬性與民族國家的模型。」〔註4〕這裡說的雖然是 19 世紀，但對於 20 世

〔註 4〕〔美〕本尼迪克特‧安德森著，吳叡人譯：《想像的共同體：民族主義的起源與散佈》，上海：上海人民出版社 2005 年版，第 112 頁。

紀依然適用，對於兩岸暨港澳文學來說，這些女性知識分子不僅擁有識字能力
（大都擁有雙語能力），而且擁有書寫能力，正是如上所述的無論謝雪紅，還
是張愛玲、施叔青，她們都以獨特的性別、族群、歷史書寫參與建構了兩岸暨
港澳這一具有民族文化積澱的文學共同體，並以其獨樹一幟的文學想像建構
了一個性別的共同體。

　　需要強調的是，這裡的「民族」絕非「國族」，譯者吳叡人在《導讀》中
專門將其與「國族」概念進行了區分：「以服務當權者利益為目的的『國族主
義』畢竟只是民族主義複雜歷史經驗當中的一種類型——所謂的『官方民族主
義』——或者一個可能的組成部分而已，『國族主義』一詞不僅遺漏了群眾性
民族主義這個重要的範疇，同時也無力描述兼具官方與民粹特徵的更複雜的
類型。」〔註5〕以上三個個案的探討不僅具有各自專業研究領域的意義，具有
各自作為個體的意義，最重要的是，在兩岸暨港澳整體觀的視野下，她們的意
義和價值已經超越了作為個案的存在，具有「民族共同體」的帶動和整合作
用。與此同時，她們的人生遊走歷程、她們的文化經歷和感悟、她們波詭云譎
的命運，她們嵌入歷史的方式以及她們觀照世界的視角，兼具「性別共同體」
的討論價值。且無一不勾連並攪動兩岸暨港澳的文學區隔，使得兩岸暨港澳
文學的整體觀不僅擁有理論上的自足、實證性的參照，而且還具備著民族情感
上和文化根源上的充分依據，這意味著以此為表徵的文學整合存在著延展開
拓的巨大空間。

第二節　政治書寫及其權力關係

　　誰是謝雪紅？這是一個被兩岸暨港澳、官方和民間共同深度遺忘了的名
字。在臺灣「解嚴」之前，謝雪紅仍是謎一樣、不多人知道的名字。直到 1991
年陳芳明著《謝雪紅評傳》出版，才將這個一身反骨的奇女子推到大家眼前。
接著，1997 年由謝雪紅口述、楊克煌筆錄的《我的半生記》也出版了。這個原
本該是童養媳的小女子一手改寫自己命運，她踏上了共產黨之路，也是「二二
八」事件中堅持對國民黨採用武力抵抗之臺中「二七部隊」的領導人。「由於
是個女人，加上受的教育不高，在當時還是大男人社會且黨裏成員幾乎都是男

〔註5〕吳叡人：《認同的重量：〈想像的共同體〉導讀》，〔美〕本尼迪克特·安德森著，
　　　吳叡人譯：《想像的共同體：民族主義的起源與散佈》，上海：上海人民出版社
　　　2005 年版，第 16 頁。

性的情況下，自然有許多人不服。然而她又頗有姿色，與她往來的多是男性，這又讓人質疑，難道謝雪紅只吸引男性？為此，陳芳明在上海問過一個跟隨過謝的女性，她表示謝雪紅其實頗受女性黨員的尊敬，女性黨員都服從她，並且欣賞她的天分。她的氣質其實也是跨性別的，只是某些受過高等教育的男性非常看不起她。」〔註6〕身為一個政治人物，謝雪紅一生最讓她受挫的便是她的女性身份，而最讓人議論紛紛的則是她的感情生活，這成為其長期被污名化的原因。

一、謝雪紅的「被遺忘」和「被記憶」

　　謝雪紅（1901 年 10 月 17 日～1970 年 11 月 5 日），原名謝阿女，曾名謝飛英，臺灣彰化人。1925 年在上海參加五卅運動，同年加入中國共產黨，年底入莫斯科東方大學，1927 年 12 月回國。1928 年在上海參加組建日本共產黨臺灣民族支部，任中央候補委員。為日據時期「臺灣共產黨」（日本共產黨臺灣民族支部）創始黨員之一。1931 年因臺共組織受到破壞而被捕，1939 年出獄後經商。1945 年日本投降後，曾發起組織人民協會、農民協會，任中央委員。1947 年臺灣「二二八」起義中，為臺中地區的起義領袖，起義失敗後，轉赴上海、香港，重新加入中國共產黨。同年 11 月參與發起組建臺灣民主自治同盟，擔任主席，是臺灣民主自治同盟的創始人之一。1949 年，謝雪紅出席中國人民政治協商會議第一屆全體會議，被選為全國政協委員，後歷任中國婦女聯合會執委、政協委員等職，1954 年被選為第一屆全國人民代表大會代表。1951 年謝雪紅的政治命運開始發生逆轉：在處理臺灣問題時，她提出應考慮到臺灣政治、經濟、文化的特殊環境，這被認為是犯了「地方主義」的錯誤，並在 1952 年的整風運動中受到衝擊。1957 年「反右運動」中也未能幸免，被批鬥為右派，從 1957 年 11 月 10 日至 12 月 8 日，謝雪紅先後遭到臺盟內部的 10 次大會批鬥，被戴上「反黨、反社會主義」的帽子，被認為是「共產黨的叛徒，228 的逃兵」。1968 年「文化大革命」期間，遭到紅衛兵的批鬥。1970 年 11 月 5 日，因患肺癌病逝於北京，終年 69 歲。儘管在 1986 年獲得平反，但作為曾經登上天安門城樓見證中華人民共和國成立的建國元老，一代奇女謝雪紅離世的時候，卻並不是躺在醫院的病房裏，而是在醫院的走廊上。

〔註6〕石芳瑜：《花轎、牛車、偉士牌：臺灣愛情四百年》，臺北：有鹿文化 2012 年版，第 128 頁。

　　一個悲情女子的「被遺忘」和「被記憶」，實現了其由歷史人物到文學人物的遷移。在謝雪紅去世整整十年之後的 1980 年，署名「符號」〔註7〕的作者在《人民日報》發表了緬懷謝雪紅的詩作，謝雪紅於 1970 年去世的消息才向海外披露。

> 永安宅裏尋常見，萍水天涯劇可憐；〔註8〕
>
> 恤我親貧敬白髮，嗟君命苦泣紅顏；〔註9〕
>
> 八千子弟高山火，十萬珠璣平地煙；〔註10〕
>
> 浩劫同逢生死際，靈犀一點半重泉。〔註11〕

　　儘管如此，謝雪紅的名字還是長期被歷史所遺忘。直到 1990 年代以後，謝雪紅才逐漸被重新發現和重新記憶。謝雪紅一生歷經三個政權：臺灣日據時期、臺灣國民黨政權與中華人民共和國，在這三個政權時期，謝雪紅都以反抗者的形象出現。作為一名曾經參與中國高層政治的歷史人物，到目前為止，有關謝雪紅書寫的文本主要有四類：官方文獻、學術評傳、傳記和小說，因其所屬文類不同，寫作觀念當然也不同，再加上寫作目的的差異，因而建構出的謝雪紅形象迥然不同。

　　對於當時的臺灣國民黨政權而言，謝雪紅的兩大罪狀包括「臺共首領」與「二二八」事件主持者，後來她在大陸所承擔的對臺工作的政治角色進一步決定了她必然被書寫為「二二八逃兵」的命運。中華人民共和國建國之際，謝雪紅恰恰因為在「二二八」事件尤其是「二七部隊」中的重要表現，被從香港召喚到北京，並在之後的一段時間裏成為大陸對臺工作的標誌性人物。然而，幾年之後，當解放軍攻打金門失敗，解放臺灣的議題漸被擱置的時候，謝雪紅所表現出的臺灣立場就逐漸顯得不合時宜。1952 年的整風運動中，謝雪紅被指控為具有「獨裁官僚作風」、「貪污劣跡」，1957 年「反右運動」之後，謝雪紅又成了「打擊左派」的右派、「極端狂妄的野心家」、「共產黨的叛徒」、「二二八的逃兵」。由此見出，在某種程度上，大陸解放臺灣政策的迫切與否，

〔註7〕符號：《懷謝雪紅同志》，《人民日報》1980 年 12 月 19 日。

〔註8〕原注：謝雪紅同志被錯劃「右派」後，蟄居北京永安西里。

〔註9〕原注：謝雪紅同志敬我母親是烈士遺孀，常邀宴致敬。我為謝整理自傳，知君曾為童養媳，為妾為奴。

〔註10〕原注：雪紅同志領導臺灣人民起義，轉戰數年。手稿數十萬言，在十年動亂中卻被焚毀。

〔註11〕原注：十年浩劫中，雪紅同志被鞭撻至死，咽氣時猶請人帶信給我，勿去看望，以免連累。

成為謝雪紅是「二二八英雄」抑或「二二八逃兵」論定的關鍵。

　　除此之外，國民黨檔案中還有不少關於謝雪紅私人生活的記錄，類似門牙前突、長相不美、生性風騷、生活糜爛等，這是國民黨統治下官方文本中的謝雪紅形象。同樣，在那個特殊的政治歷史時期，共產黨也「多以國族認同上、政治作為上正不正確、領導風格符不符合社會主義革命等等作為攻擊議題，儘管昨是今非也言之鑿鑿。而國民黨對謝雪紅的評析，則是國族主義與性別政治的聯手打壓，可以想見的是，必定先是公領域上的政治不正確，進而女性的私領域才會成為挖掘的對象，而這個政治不正確的女性，其私生活一定也是不知檢點。」〔註12〕這在五十年代以後謝雪紅在大陸屢次遭受的來自其曾經的政治盟友的批判中亦可見出。

　　事實上，在謝雪紅多年的政治活動中，不可避免地與她的盟友產生各種各樣的矛盾，尤其是處於日據時代鬥爭相當複雜的臺共活動時期。由於謝雪紅早期並沒有受過正規教育，儘管依靠自學認識了一些字，但很多年無法獨立書寫的事實也在黨內造成很多人對她的歧視；在那樣一個罕有女性參與社會政治活動的時代，謝雪紅不僅頻頻拋頭露面，而且不斷更換男友，更容易引起人們對她的臆測和貶低，謝雪紅的女性身份則常常成為被男性盟友攻擊的軟肋：「謝雪紅的政敵或者與謝雪紅政治路線有所差異者，也常常有意無意地透露謝雪紅的雜居狀況。父權社會下，貞操不只被視為是女性的最高品德，其標準規則也嚴於男性，因而，私領域裏的情感生活反而成了公領域的政治一輪攻擊女性的最佳利器。在此，性別規範凌駕於國族主義之上，甚至應該說，性別政治掩蓋了國族主義的謀略。從這裡便也見出，處於政治權力關係中的女性，是如何被觀看，被書寫。」〔註13〕處於政治權力關係中的女性，要麼犧牲掉性別權力從而附庸於政治權力，要麼利用性別權力獲取政治權力，無論採取哪種方式混跡於政治權力的女人，都要因為她的性別而受到男性政治權力的誹謗或侮辱。

　　由於特殊年代革命工作的需要，謝雪紅和同時代的很多男性革命者一樣，經歷著一種隨時赴死的革命生涯，而這在後來批判她的盟友口中被認為：「那

〔註12〕洪英雪：《從性政治突圍而出——論謝雪紅書寫以及李昂〈自傳の小說〉》，
　　　　《臺灣文學研究學報》2008 年第 7 期，第 15 頁。
〔註13〕洪英雪：《從性政治突圍而出——論謝雪紅書寫以及李昂〈自傳の小說〉》，
　　　　《臺灣文學研究學報》2008 年第 7 期，第 15 頁。

種污泥式的生活，簡直失去做共產黨人的品格，那裡配領導我們臺盟。」〔註14〕面對這種來自臺盟內部的攻擊，謝雪紅忍無可忍地辯解：「是的，我下流，我卑污，我做過很多不可告人的事，但是，那種污泥式的生活難道是我要過的嗎？如果不是為了黨，為了黨的指示和黨的紀律，我會如此嗎？」她又接著說：「污泥中的生活，在共產黨人的人生觀來說應該是光榮的。如果這也成了對我攻擊的罪狀，你們去打探打探，今天黨的領導同志，不問男和女，都比我的污泥生活不知要爛污多少倍，為什麼他們卻是光榮，而目前對我就是罪狀呢？」〔註15〕這是謝雪紅從女性視角發出的對革命的質疑，更是對男權的控訴，歸根結底是對男權社會中的男權主義者假借政治革命的名義對女性實行的性別凌辱和戕害的批判。

隨著兩岸政治關係及其各自路向的微妙變化，關於謝雪紅的言說成為一個充滿忌諱的話題，即便是在兩岸關係最為密切的時段，謝雪紅仍然是一個不便觸碰的尷尬話題。何況，無論是臺灣還是大陸，對謝雪紅還都存在著如上所述的性別上的歧見。即便在臺灣民進黨執政的時刻，有關謝雪紅的言說也未必盡真盡實。「文革」時期出現了太多的冤假錯案，謝雪紅個人的悲劇只是那個特殊年代無數悲劇中的一個，儘管後來給她政治上平反，但她始終還是被遺忘在複雜詭異的歷史的褶皺中。到目前為止，兩岸暨港澳有關謝雪紅的傳記和文學文本主要有以下七種：古瑞雲《臺中的風雷——跟謝雪紅在一起的日子裏》（傳記）〔註16〕，陳芳明《謝雪紅評傳》（評傳）〔註17〕，謝雪紅口述、楊克煌筆錄《我的半生記》（自傳）〔註18〕，蔡秀女《謝雪紅——臺灣第一位女革命家》（傳記，電影腳本）〔註19〕，李昂《自傳の小說》（小說）〔註20〕和《漂流之旅》（散文）〔註21〕，張克輝《啊！謝雪紅》（劇本，時值「二二八」事件

〔註14〕 陳芳明：《謝雪紅評傳：落土不凋雨夜花》，臺北：前衛出版 1994 年版，第 638 頁。
〔註15〕 陳芳明：《謝雪紅評傳：落土不凋雨夜花》，臺北：前衛出版 1994 年版，第 638 頁。
〔註16〕 臺北：人間出版 1990 年版。
〔註17〕 臺北：前衛出版 1994 年版。
〔註18〕 臺北：楊翠華出版 1997 年版。
〔註19〕 施叔青、蔡秀女編：《世紀女性臺灣第一》，臺北：麥田出版有限公司 1999 年版。
〔註20〕 臺北：皇冠出版 2000 年版。
〔註21〕 臺北：皇冠出版 2000 年版。

60 週年）〔註22〕，文體上包括傳記、評傳、自傳、小說、散文、電視腳本以及劇本；作者分別來自大陸和臺灣，既有當年的盟友、同事，也有歷史學者和作家；特別值得關注的是，曾經有著類似的民主運動參與經歷的臺灣女性主義作家李昂，根據其個人的經歷和體驗，不僅追隨謝雪紅生命的足跡，完成其長篇散文《漂流之旅》，而且從女性主義的角度，圍繞謝雪紅的一生，寫下了長篇小說《自傳の小說》。這裡擇取陳芳明的《謝雪紅評傳》，謝雪紅口述、楊克煌筆錄的《我的半生記》作為例證，由於作者們的政治立場、歷史觀念以及文學理念的差異，因而其所建構的謝雪紅形象也大相徑庭、充滿意味，其中政治、歷史、國族、性別的繆輵尤其值得深思。

二、族群敘事下的政治爭拗

　　作為歷史研究出身的現代文學研究者，陳芳明曾經出走臺灣，漂泊海外多年，但無論是離散還是回歸，他時刻對島嶼懷有特殊的情感，並對島嶼上近百年的歷史深度關注。尤其是作為曾經參與海外臺灣民主運動的一分子，他以自身的經驗和學識開始了對既往歷史記載的層層質疑：「如果那些文字的記載都是真實的，我過去所學的歷史不都屬於欺罔？我開始抗拒，不願承認曾經發生過這樣的事件，在我的土地上，豈能容許有過如此悲劇的醞造。……過了半生，我第一次以虧欠而熱切的心情注視臺灣時，卻是站在異國土地的高峰。蒼茫迷霧的海洋，灰暗下降的雲層，使我找不到自己土地的方向。但是，臺灣的形象卻以從來沒有過的清晰模樣出現在我心裏。在捨離青春、投向壯年的那個時刻，我迎接了二二八事件的第30週年。撕裂的靈魂，以著劇痛，帶領我迎向生命的另一階段。」〔註23〕這一段心路歷程的表白，可作為其開始關注謝雪紅事件的精神準備，亦可視作其後寫作《謝雪紅評傳》的內在心理動機。

　　陳芳明的《謝雪紅評傳》以空間為軸，按照謝雪紅一生的政治行跡分為三篇：「東京篇」講日據時期、「南京篇」講國民黨時期、「北京篇」則講中國共產黨時期。陳芳明在塑造這位臺灣革命的「偶像」時，充滿了崇敬並飽蘸情感，僅從標題就可看出：《謝雪紅評傳》副標題為「落土不凋的雨夜花」，第二章標題為「孤傲花的誕生」，第三章標題為「回歸的離枝花」，第十六章標題為「踩不死的野花」，終章標題為「花謝落土又再回」。「雨夜花」是陳芳明對謝雪紅

〔註22〕臺北：愛鄉出版 2007 年版。
〔註23〕陳芳明：《五十年家國》，《臺灣文藝》第 159 期（1997 年 10 月）。

一生孤苦悲寂、堅韌頑強命運的概括，而「孤傲花」、「離枝花」、「野花」則是
對謝雪紅人格個性和精神歸屬的文學想像。從一開始，他在為謝雪紅這位「心
中的英雄」造像時，內心懷有的並不只是謝雪紅個人的形象，他似乎看到了全
體臺灣人的命運。也就是說，「雨夜花」所概括的命運不僅屬於謝雪紅，也屬
於全體臺灣人；「孤傲花」、「離枝花」、「野花」所象徵的也不僅僅是謝雪紅個
人的品性，同時也是整個臺灣的性格。因此，陳芳明的《謝雪紅評傳》極力打
造的是作為臺灣悲情歷史隱喻、臺灣反抗精神象徵的謝雪紅形象。為此，他經
過重重史料的整理和論證，把既往曖昧不明的謝雪紅形象進行了「道德上的
純潔化」處理：

> 謝雪紅的言行一致，從未因為客觀條件的不利而稍嘗屈服妥
> 協。在家庭革命方面，她拒絕了兩次不公平的婚姻，而寧可追求她
> 個人意志所向往的愛情，這種個人情感的解放行動，是對男性沙文
> 主義的最好答覆。她在莫斯科留學期間，以及在上海創建臺共的初
> 期，林木順是她的革命同志，也是她的愛情伴侶。戰後歷經二二八
> 事件、香港逃亡時期，以至到上海、北京的時期，楊克煌陪伴她走
> 完艱難辛苦的後半生。這兩位男性同志，年紀都比她小；但卻是她
> 革命道路上的得力助手。謝雪紅的專注，超乎任何傳統中的愛情故
> 事。國民黨與中共對她的抨擊，往往集中在她的男女關係上。以她
> 一生的事實來印證，統治者的扭曲描述，可謂徒勞無功。〔註24〕

這段文字不僅抹去了各種官方民間書寫塗抹在謝雪紅個人聲譽上的污
垢，而且將謝雪紅洗白並美化為一個在道德上幾近純潔無瑕的革命先驅，並認
為謝雪紅在男女關係上的專注和執著甚至超過了傳統中任何愛情故事的主人
公，之前對謝雪紅的各種道德上的抹黑，完全是統治者為了權力統治的需要而
進行的徒勞無功的扭曲描述。與此同時，陳芳明還以一個男性研究者的身份站
在女性主義的立場對謝雪紅大加褒揚，其觀點和用語中的溢美之詞讓人歎為
觀止，甚至讓人懷疑這根本不是一個歷史學者的研究，而是一個女性出於姊妹
情誼的由衷的讚美，是一個散文家在直抒胸臆地表達自己對心中「英雄偶像」
的讚美：

> 綜觀她的政治生涯，可以瞭解她所尊崇的，是個人的解放，是婦

〔註24〕 陳芳明：《謝雪紅評傳：落土不凋雨夜花》，臺北：前衛出版1994年版，第705
頁。

　　女的解放，是社會的解放，也是整個民族的解放。在獻身的過程中，她可能不知道以恰當的文字來表達她的理念；在眾多男性的政治運動者中間，她可能也沒有具備同等的知識水平。可是，她表現出來的格局、見識與氣魄，幾乎沒有多少男性能夠與她媲美。當其他男性同志紛紛逃亡、投降、變節之際，謝雪紅展示了一位臺灣女性的志氣。當政治風潮來臨時，她也堅持自己的政治主張是正確的。〔註25〕

　　陳芳明不僅站在家庭革命和社會革命的立場對謝雪紅兩性關係上的污名進行了清理和平反，還站在個人解放、婦女解放和社會民族解放的立場對其獻身精神、格局氣魄、勇氣志氣和政治主張進行肯定和褒揚。從而對謝雪紅作為一位女性政治領導者所獨有的不凡奮鬥和悲情命運進行強化，將謝雪紅的反叛性格和抗爭精神進行了淋漓盡致的展示：「所以，臺共大逮捕時，在法庭上敢於與日本法官辯論的，正是謝雪紅。二二八事件期間，當臺灣士紳與國民黨在議會裏談判時，敢於選擇採取武裝路線的，也是謝雪紅。在三次中共的政治整肅清算中，許多男性的臺盟盟員都唯唯諾諾、奴顏婢膝，真正敢於抗辯的，又是謝雪紅。」故而，在官方的記錄裏謝雪紅總是以負面的形象出現。日本人視她為叛徒，國民黨視她為叛徒，共產黨也視她為叛徒。因此，陳芳明認為在謝雪紅的歷史形象之前，臺灣男性應該感到慚愧。在此基礎上，陳芳明一步步將其塑造為政治和民族「公義」的象徵：

　　　　臺灣現代史上，曾經產生過無數可歌可泣的人物；但是，沒有一位政治領導者像謝雪紅那樣，在不同的環境，不同的時代，堅守自己的立場。與她同時代一起出現的政治運動者，不管是左翼路線或右翼路線，很少人是貫徹始終的，只有謝雪紅從來沒有偏離她年少以來的立志方向。在男性掌有歷史撰寫權的社會裏，往往以成敗論英雄，甚至以性別論英雄。在這種傳統的積習之下，謝雪紅的政治地位就無可避免地受到歧視和貶損。〔註26〕

　　但是，由上文也不難看出，「由於陳芳明對謝雪紅選擇性的強烈認同，使得他投注大量情感建構這位女革命者形象的同時，也將自身當時的意識形態灌注在傳主身上。這一點，在更早期間，即有研究者從女性主義語藝批評的

〔註25〕陳芳明：《謝雪紅評傳：落土不凋雨夜花》，臺北：前衛出版 1994 年版，第 707 頁。
〔註26〕陳芳明：《謝雪紅評傳：落土不凋雨夜花》，臺北：前衛出版 1994 年版，第 708 頁。

角度，認為陳芳明在該書中對謝雪紅的『正面評價洶湧泛濫』，對其性格的容忍，以及若謝有絲毫錯誤時的牽強解釋，實已剝奪謝雪紅作為『安全人』的可能，而將之置入『偉人』之階，成為一種樣板人物，在語藝實踐的美學觀點上是失敗了。再加上作者主觀思維的投射強烈，也即在寫作手法上，作者過度詮釋乃至建構了傳主的主體思維，這種僭越性的書寫方式，形成作者自身之主體與傳主主體難分的狀態。」〔註27〕於是，陳芳明為謝雪紅形象所構建的主體最終回歸到自己身上，甚至在某種程度上，謝雪紅評傳就是陳芳明的自傳。也就是說，這本意圖透過謝雪紅為整個臺灣立傳的評傳最終成為了陳芳明個人的心靈自傳；換句話說，書寫者陳芳明在某種程度上以其作為一個寫作者所擁有的話語和書寫權力僭越了作為書寫對象的謝雪紅本身，將其自身替換為臺灣悲情歷史和獨立精神的象徵。故而，在這本書的「後記」中，被陳芳明尊為自己臺灣史啟蒙者的著名歷史學家史明先生，也認為該書「不像一位歷史學者，而更近似一位文學家、文藝家」〔註28〕所寫，因此，本文將其作為文學評傳進行分析也不能說沒有道理。

　　問題在於，陳芳明認為謝雪紅是為臺灣獨立而奮鬥直至犧牲，但事實上卻未必如此，至少評傳並未提供證明該結論的可靠史料。僅以「二二八」事件中謝雪紅組織武裝反抗的動機、人員和武器準備以及事變中的神秘出走為例，就有很多不為人所知的細節需要更多詳實可靠的資料來加以佐證和解釋，但陳芳明僅憑一腔臺灣人的熱情，就認定謝雪紅是在為臺灣而戰，並由此強勢質疑並批駁中國社科院周青的觀點，確是有失客觀和理性。回過頭來看，建國後在中國的政治舞臺上所發生的一切，不僅謝雪紅，很多中共領導人自己或許也根本沒有想像到，至於「文革」中很多人被冤枉、遭受牢獄之災以至死於非命，大概都絕非他們事先所預料得到的。故而，陳芳明的個人意圖非常明顯，無非是借謝雪紅這一形象來傳達臺灣人、確切地說是他本人的臺灣意識和抗爭精神罷了。

　　除了謝雪紅的個人生平經歷與政治活動，陳芳明的《謝雪紅評傳》還穿插了許多政治背景、路線、團體、人事以及主張的材料，而且陳芳明一直在企圖澄清兩個問題：一、謝雪紅之革命活動與奮鬥是為了臺灣人的獨立，和第三國

〔註27〕林瓊華：《流亡、自治與民主：試論陳芳明著作〈謝雪紅評傳〉之貢獻及其爭議》，《臺灣風物》第 60 卷第 2 期，第 154 頁。
〔註28〕林瓊華：《流亡、自治與民主：試論陳芳明著作〈謝雪紅評傳〉之貢獻及其爭議》，《臺灣風物》第 60 卷第 2 期，第 154 頁。

際、中國共產黨都沒有太大聯繫，如果說和共產黨還有一定關係，那是和日本共產黨的組織關係；二、臺共的權力鬥爭比較複雜，只有謝雪紅的政黨才是合法正道的組織。甚至在他看來，各派對謝雪紅的批判不僅令人存疑，而且簡直荒唐。毋庸置疑，著者對謝雪紅敏銳的革命前瞻意識、卓越的領導才能和系統規範的革命策略以及大膽幹練的行事作風多有褒揚，顯示出對於傳主在所難免的偏愛。但是，過多缺乏史料依據的主觀臆斷和自我中心的評論反而讓讀者難以信服。

顯然，傳記對於謝雪紅革命生涯中的幾個重要問題依然沒有做出合情合理且符合事實依據的解釋：一、謝雪紅在臺灣召開的臺共第一次會議，只有三人參加，這是否合法？這次會議究竟是來自日共的協助，還是受命於第三國際？抑或與中國共產黨的要求和指令有關？相關聯地，如何評價謝雪紅的共產黨員身份？二、謝雪紅之所以在臺共權力鬥爭中屢屢被孤立，究竟是因為路線問題、還是所謂陰謀論抑或以謝雪紅為首的政黨的缺乏作為？謝雪紅是否擁有一套既融匯了馬克思主義同時又符合臺灣社會現狀的革命理論和策略？三、謝雪紅的國民黨身份如何認定？她經營大華酒家期間與當時臺灣各界權貴之間的交往欲達成的最終目的是什麼？此時謝雪紅對於後來臺灣革命的發展有怎樣的認識和預見？四、謝雪紅在「二二八事件」中的崛起是歷史的偶然還是必然？她的所作所為究竟是個人把握住了歷史的大勢還是歷史情勢的發展推動了個人？她在整個事件中的領導作用究竟怎樣？她在起義過程中的提前逃離究竟受到哪方力量的指示？以上問題都是謝雪紅革命經歷中還沒有完全解決的謎團。

可以肯定的是，謝雪紅逃離她熟悉的臺灣社會之後，最終陷入到所在黨派甚至是中共權力鬥爭的漩渦之中，直到被徹底邊緣化，被歷史選擇性地遺忘。作為最早從事無產階級革命工作的女性之一，她曾一度擔任中國臺盟主席，並被塑造為臺灣「二二八事變」的女英雄，那麼，謝雪紅在權力鬥爭中徹底失敗的原因究竟何在？僅僅將之歸結為謝雪紅本人的性格原因的結論相當侷限，並不能夠令人充分信服。更大的原因或許在於她所團結的人物不夠強大和忠實，從根本上說，她一直缺乏和沒有能夠建立起屬於個人的核心支撐力量集團。

這正如林瓊華所分析的：「但當歷史知識的主題被情緒性的政治語言取代，我們也就失去了進一步探索歷史真相的理性精神，這對於擱淺已久的臺灣史本身，毋寧是相當遺憾的。特別是謝雪紅這位歷史人物一生的政治行動所牽

涉的國際左翼運動、國族認同問題，再加上今天台灣與中國之間的政治現實；放回長期缺乏左翼思想傳統與視野的臺灣社會，其形象在政治脈絡上更顯曲折複雜。這也特殊地形成統獨兩派各有其執著認定的，統派的與獨派的謝雪紅——這個現象，毋寧相當程度反映出，儘管臺灣解嚴迄今已超過二十多年，但由於轉型正義工作的遲滯，我們仍無力跳脫歷史與現實糾葛的迷障，只能繼續處於各執其是的無奈狀態中。」〔註29〕換句話，這樣的研究只能進一步加重歷史的迷障，而不是盡可能使人接近歷史真相。就現實意義而言，也只會加劇各政治派別之間的無謂分歧和意氣之爭，給不同集團之間的權力爭鬥提供藉口，於國於民卻無絲毫裨益。

因此，「當政治語言過度滲入歷史知識的探究與討論中，則很難令原本已不易釐清的史實透過理性討論被呈現。相反地，讀者被召喚的將只是自身內在原有的政治認同情感與立場，對認識臺灣歷史本身卻無甚助益。」〔註30〕那麼，為什麼陳芳明的《謝雪紅評傳》出現如此多的錯誤，引發這麼多的爭議，卻依然暢銷和引人關注呢？有研究者認為：「特別是在謝雪紅一生歷史角色的定位問題上，因其偏重與導向臺獨主義者的詮釋方向，在臺灣長久以來因白色恐怖以降，缺乏左翼視野，又長期受到對岸中國恫嚇的社會現實氛圍中，復因謝雪紅反抗當權者的女革命者形象，在1990年代初期，臺灣社會解嚴未久，回頭探尋臺灣本土歷史浪潮的方興未艾中，加上婦女運動的勃興，透過陳芳明上述詮釋史料的方式，謝雪紅從一位社會主義者被建構為一名『臺獨主義者』，對有著臺灣認同意識的，本書的大部分臺灣讀者而言，毋寧是相當具有煽動性與吸引力的。」〔註31〕最重要的是，這本評傳的出版，不僅迎合了甫一「解嚴」的臺灣社會思潮，帶動了謝雪紅一手史料在臺灣的出版，更因為謝雪紅在歷史上的爭議性，進一步刺激了一系列「二二八」事件之後、逃亡大陸的左翼臺灣人的自傳與回憶錄在臺灣的出版。需要警惕的是，在陳芳明這種以統獨煙幕彈來模糊知識問題的書寫方式，被犧牲的卻是歷史知識本身。

正像謝雪紅這個人物所產生的傳奇迷霧引發各方人士的興趣一樣，陳芳

〔註29〕 林瓊華：《流亡、自治與民主：試論陳芳明著作〈謝雪紅評傳〉之貢獻及其爭議》，《臺灣風物》第60卷第2期，第155頁。

〔註30〕 林瓊華：《流亡、自治與民主：試論陳芳明著作〈謝雪紅評傳〉之貢獻及其爭議》，《臺灣風物》第60卷第2期，第156頁。

〔註31〕 林瓊華：《流亡、自治與民主：試論陳芳明著作〈謝雪紅評傳〉之貢獻及其爭議》，《臺灣風物》第60卷第2期，第165頁。

明的《謝雪紅評傳》引發更多人士的興趣就更不足為奇了，人們一方面感興趣於謝雪紅一生的真相，另一方面也更感興趣於陳芳明筆下的謝雪紅歷史真相。他在《謝雪紅評傳・後記》中闡明了評傳的寫作動機：「選擇謝雪紅的政治生涯做為本書的主題，乃是為了建立長久以來我所企圖追求的臺灣史觀。所謂臺灣史觀，卑之無甚高論，只不過是站在臺灣人的立場來建構臺灣人的歷史解釋。」〔註32〕「我要尋找謝雪紅的原型，主要是為了尋找臺灣人的歷史原貌。」〔註33〕既然，歷史觀可以這樣來「建立」，歷史解釋可以這樣來「建構」，那麼，每一個擁有話語權和寫作能力的人都可以通過歷史人物來建構自己所理解的歷史圖景了？曾經擔任臺盟領導的張克輝所寫的劇本《啊！謝雪紅》，正是出於對陳芳明所寫評傳的回應，代表大陸開始正視謝雪紅問題，並通過劇本給她以新的政治定調，一時頗有「兩岸爭說謝雪紅」的情勢。

故而，「這本長達近八百頁的著作，甫出版未久，即在臺灣社會捲起一股風潮，不僅使文化界各自以不同的創作方式呈現謝雪紅的形象，更重要的是促使楊克煌的女兒楊翠華女士，遠自美國赴中，將謝雪紅與其父的自傳、回憶錄手稿等一手史料帶回臺灣出版。」〔註34〕陳芳明《謝雪紅評傳》的最終意義和價值，或許就在於此。它以文學想像的方式激活了人們歷史書寫的衝動，也以文字的力量誘發了書寫者自我建構的欲望，最終，他以個體的書寫行為本身驗證了「解嚴」之後臺灣知識分子關於歷史的言說所能達到的自由狀態和程度，並由此催生和帶動了兩岸暨港澳重新發現和研究謝雪紅的全新曆程。從而，在客觀上使得謝雪紅這個被歷史嚴重遺忘的人物、通過各種被建構的形象重新回到人們的視野，也使得人們在觀察這個被重新記憶的歷史人物時，表現出代表不同的自我和族群發聲時的多重立場和書寫視角。

三、革命敘事下的自我塑造

相對於官方歷史言之鑿鑿的定論和人身攻擊，謝雪紅口述自傳《我的半生記》則提供了另外一個完全不同的自我書寫的參照。這本傳記由謝雪紅的丈夫楊克煌根據謝雪紅生前的口述記錄，在謝雪紅去世之後逐字逐句整理而成；直至楊克煌去世之後，才由楊克煌與臺灣的前妻所生的女兒楊翠華拿到並加

〔註32〕陳芳明：《謝雪紅評傳》，臺北：前衛出版 1994 年版，第 711 頁。
〔註33〕陳芳明：《謝雪紅評傳》，臺北：前衛出版 1994 年版，第 712 頁。
〔註34〕林瓊華：《流亡、自治與民主：試論陳芳明著作〈謝雪紅評傳〉之貢獻及其爭議》，《臺灣風物》第 60 卷第 2 期，第 149 頁。

以整理出版。口述自傳極其細緻地描述了謝雪紅童年和青年時代的貧困多艱的生活，也寫出了她抗爭命運的頑強和堅韌。尤其引人側目的是記錄和整理者楊克煌添加的標注，幾乎字字含淚聲聲泣血，讓人倍感「斯人已逝」傷痛與慘烈。記錄者是在謝雪紅去世之後，在一天一天的對過往之「幸福」生活的痛苦追憶中完成了此口述回憶錄的文字整理工作：

楊克煌注：謝！在你講你的經歷讓我寫那時，你我還是幸福的，如今只留我一個人來修改這些，大悲傷啊！

1971 年 11 月 28 日　永別 388 天了！〔註35〕

楊克煌注：謝！我們在 1970 年春怎麼想起要寫你的歷史呢？如果這時沒有寫，那就再也沒有機會了，而且寫到我們一起的時候你就病重，住院了。

謝呵，想念你呵！

1971 年 11 月 30 日〔註36〕

楊克煌注：謝！你講你的歷史讓我寫，但你只看過這兩頁啊！是 70 年 3 月 10 日看的啊！可憐的謝啊！

1971 年 11 月 30 日〔註37〕

楊克煌注：謝！文化低要受人們的歧視，欺負呵！你一輩子吃了不少這種苦呵！

1971 年 11 月 30 日〔註38〕

楊克煌注：可憐的謝呵！謝！你我永別超過一年（56 星期）了，在這時候，來修改你這一段悲慘的歷史，使我更加難過、傷心呵！你能多活幾年該多好呵！

1971 年 12 月 2 日〔註39〕

〔註35〕謝雪紅口述、楊克煌筆錄：《我的半生記》，臺北：楊翠華出版 1997 年版，第64 頁。
〔註36〕謝雪紅口述、楊克煌筆錄：《我的半生記》，臺北：楊翠華出版 1997 年版，第95 頁。
〔註37〕謝雪紅口述、楊克煌筆錄：《我的半生記》，臺北：楊翠華出版 1997 年版，第99 頁。
〔註38〕謝雪紅口述、楊克煌筆錄：《我的半生記》，臺北：楊翠華出版 1997 年版，第100 頁。
〔註39〕謝雪紅口述、楊克煌筆錄：《我的半生記》，臺北：楊翠華出版 1997 年版，第117 頁。

在某種意義上，因為有了楊克煌不斷的注釋和提醒，使得整個回憶錄成為兩個人共同參與完成的作品。不僅如此，楊克煌通過他不斷地在敘述中的情感參與和評價彰顯了他的個人立場，同時也從一個側面交代了謝雪紅過世的時間以及與之相關的種種未盡之意。

跟陳芳明的《謝雪紅評傳》一樣，由謝雪紅口述、楊克煌筆錄的謝雪紅自傳《我的半生記》同樣分為三篇：第一篇「早年時期」主要回憶自己的身世，敘述童年時期貧窮苦難的生活，文字詳盡並充滿情感；第二篇「啟蒙和孕育時期」主要介紹回歸祖國後作為職業婦女、以及走上革命道路和進行種種革命活動的歷程，對其政治生涯的歷史脈絡有清晰交待；第三篇「臺共時期」主要講述籌建臺灣產黨的過程以及臺共的系列革命活動，文字相對簡略。如果將這本傳記看成是謝雪紅對自我的一種塑造，那麼，塑造過程中有以下幾點特別值得注意：

一是苦難的家庭出身。由於出生在貧苦的家庭，謝雪紅小小的心靈中就樹立起孝順懂事體貼的家庭觀念，還因為太過於孝順和節儉以致釀造了災禍，如鋸木失火、酒糟燙傷等。少年時代的謝雪紅勤勞、討巧、精明過人。她自己說有過兩次自殺的經歷，但具體情形記錄得有些模糊。自傳多處講述兄妹們之間的關係，貧窮的家庭生活，使得他們不得不非常看重金錢，一系列事情的處理都和金錢的計較分不開，但謝雪紅畢竟是很豁達的人。及至成年後正是對於金錢的權衡，導致了她和不同男人的交往，但也就是在這交往過程中她有機會走進了外面的世界，從而開啟了自我覺醒的歷程。回憶錄提到了很多人物，但凡幫助過她、善意對待她的人，她都一一銘記在心。由此可見，一個沒有文化、出身底層並時時為自己的出身而自卑的女性，她感恩奮鬥歷程中每一個曾經幫助並善待她的人。

二是朦朧的集體意識的萌發。謝雪紅少年時曾經與人義結金蘭，進行姐妹結拜，這一方面顯示出臺灣庶民社會的某種風俗和潛在的同性之間的姊妹情意，另一方面也顯示出少年謝雪紅所具備的頗為主動的組織能力，甚至可以從中觀測到其性別觀念：

> 1917 年春天，我和幾個姑娘醞釀著結拜為義姐妹。經由長輩們
> ——特別是阿桃養母——的指點和安排，有一天，大家各拿出幾毛
> 錢在阿桃仔家裏聚會，一起吃飯，結為義姐妹。當時大家焚香宣誓，
> 日後要互相幫助，永遠不相違背，親要親到底，又按出生年月分次第，

叫大姐、二姐、……。〔註40〕

在口述自傳中，謝雪紅避開了其他記載中關於她的所有虛實不明的私生活傳聞，在她所提及的有過交往的男人中，明確否定的是張樹敏這個人，認為他就是一個玩弄女性的騙子。另外，她還提到在上海和進步青年相處的時光，稱自己每被人稱為「姐姐」，這或許是當時的社會風潮，但亦可想見，其於男女交往上的行事風格所可能留與他人的閒話藉口：「參加者只有我一個女的，那時還沒有臺灣女青年到上海念書，也沒有臺灣婦女出來參加社會活動，因此，平時范一錢等稱我一點紅。」〔註41〕在那個極少有女人拋頭露面在外面從事社會活動的時代，也難怪謝雪紅這樣的女性被人注意，進而被人詬病。儘管謝雪紅在口述自傳中將有關個人的閒話刪減盡淨，但是，閒話依然不能避免。當然，其關於早年生活的極盡生動周詳的描繪，除了把自己塑造成不反抗就沒有出路的苦情女子之外，也在沈寂孤獨的晚年歲月裏表達了對暌違多年的臺灣故土的深摯思念。

三是自我解放意識的覺醒。由於早年沒有受過正規教育，不識字也不會寫字，這成為謝雪紅內心深處最大的傷痛：「十八歲以前，我是沒有機會拿筆寫字的，直到十九歲以後，我才開始在紙上學寫字，學的還是『上大人，孔乙己，化三千，七十字』等而已。」〔註42〕1919 年 4 月，她跟隨張樹敏從日本神戶來到山東青島，「這是我第一次踏上祖國的土地，它給我印象很深刻，對我思想上的開展起了相當大的作用」〔註43〕。

青島是喚起我漢民族精神、階級鬥爭思想以及對幸福社會憧憬的地方，在那兒停留的日子，也是我一生經歷的轉折時期。

我在青島住了約整整一個夏天，正趕上祖國在開展著偉大的反帝、反封建的「五四運動」，給我留下了一些喚醒我民族意識的印象。〔註44〕

〔註40〕謝雪紅口述、楊克煌筆錄：《我的半生記》，臺北：楊翠華出版 1997 年版，第90頁。

〔註41〕謝雪紅口述、楊克煌筆錄：《我的半生記》，臺北：楊翠華出版 1997 年版，第149頁。

〔註42〕謝雪紅口述、楊克煌筆錄：《我的半生記》，臺北：楊翠華出版 1997 年版，第100頁。

〔註43〕謝雪紅口述、楊克煌筆錄：《我的半生記》，臺北：楊翠華出版 1997 年版，第123頁。

〔註44〕謝雪紅口述、楊克煌筆錄：《我的半生記》，臺北：楊翠華出版 1997 年版，第125頁。

　　就在此後不久，轟轟烈烈的「五四運動」在全國各地蔓延開來；也就是在這個時候，她決定把「雪紅」兩個字作為自己的名字，還到青島一家刻印店刻了一枚「謝雪紅」的私章，隨身攜帶五十多年，聲稱是她「一輩子參加政治活動的見證」〔註45〕。此時，謝雪紅的理想是希望成為一個歐美式的職業婦女——依靠自己的勞動在經濟上獨立、免受男人的束縛、自由自在地掌握自己的命運。但是，她沒有文化，切身體驗到沒受教育的痛苦，對知識的渴望和尋求成為謝雪紅一生最為內在的匱乏性訴求：她經常隨身帶一小片報紙，一有機會就拿出來請教別人，辛辛苦苦地認識了幾個字。但是，周圍的革命同志卻並不這麼認為：「當晚，范等推我上臺講話，我能講什麼呢？於是，我再三推辭，但越推辭越有更多的人要我上去講話，他們以為我是有學問的人，誰曉得當時我基本上還是個文盲。」〔註46〕在某種意義上，謝雪紅的走上革命道路和她的成名很大程度上來源於她無所懼憚的勇氣和革命情勢的推動。此後，謝雪紅又參加了孫中山先生的追悼紀念會、「五四」反帝愛國運動的紀念大會和示威遊行、「五九國恥紀念」的十週年紀念大會和示威遊行以及 1925 年杭州的「五卅」運動等等。

　　當然，這是一部並未最終完成的自傳。如果將這本傳記看成口述者和記錄整理者對謝雪紅的一種共同塑造，《我的半生記》依然難逃特定的時代話語，基本遵循「自發—自覺」、「反抗—成長」的革命者塑造模式來塑造自我。相較於同時期流行於大陸的十七年革命歷史小說，謝雪紅《我的半生記》與之有著神奇的相似，那就是著意於底層出身與苦情成長的描寫，襯托作為革命者的謝雪紅所擁有的個人反抗的階級基礎，以及之後如何透過革命實踐中血與火的鍛鍊，一步步合理合法地成長為一個成熟的革命者。在這一革命敘事模式中，革命者謝雪紅與和她同齡的《青春之歌》中的主人公林道靜一樣，通過重要的「三步走」模式，實現了由小資產階級知識分子／無產階級貧女到無產階級革命者身份書寫的轉換。首先是對封建家庭的背叛，成為一個獨立的個人解放的追求者；其次是對個人主義小家庭的背叛，走向轟轟烈烈的集體主義革命；最後是對革命者自身的冒險主義和個人英雄主義的背叛，方始成長為一個成熟的革命者。

　　儘管謝雪紅和林道靜一個是現實人物，一個是文學人物，但是自傳也是一種自我塑造，何況《青春之歌》中的林道靜也有她的現實生活原型——楊沫

〔註45〕謝雪紅口述、楊克煌筆錄：《我的半生記》，臺北：楊翠華出版 1997 年版，第125 頁。
〔註46〕謝雪紅口述、楊克煌筆錄：《我的半生記》，臺北：楊翠華出版 1997 年版，第149 頁。

呢？楊沫曾經說過：「英雄們的鬥爭，中國共產黨領導中國革命的驚人事蹟，加上我個人的一些生活感受、生活經歷，這幾個方面湊在一起，便成了《青春之歌》的創作素材」。〔註47〕她還說過：「林道靜不是我自己，但是有我個人的生活在內。」〔註 48〕從階級分析的角度來看，她們的出身和經歷有不同。首先，謝雪紅和林道靜出身不同，前者是資產階級小姐、小知識分子，後者是無產階級貧女、地主階級家庭的童養媳、文盲；其次，她們兩人的個人經歷也不同，林道靜拋棄的是自私自利的小資產階級知識分子余永澤，而謝雪紅拋棄的則是花花公子買辦地主階級的張樹敏。但是，她們同樣經歷了牢獄生活的革命考驗，也經歷了隱藏個人身份的秘密的革命活動，都遇見了志同道合的革命同路人──前者是盧嘉川、江華，後者則是林木順、楊克煌，並最後融入轟轟烈烈的大革命隊伍之中。儘管出發點不同，但道路相似，歸宿一致，謝雪紅和林道靜分別是女性革命者的貧女版和小知識分子版，真人版和文學版，殊途同歸，極其相似。只不過，《青春之歌》是楊沫通過小說進行的帶有自傳性質的自我形塑，而《我的半生記》則是謝雪紅和楊克煌運用革命敘事話語通過口述自傳進行的對謝雪紅形象的共同塑造。

故而，集政治、歷史、性別於一身的謝雪紅，成為政治、文學、歷史、性別書寫的共同議題，其形象和內蘊的多樣性與衝突性也成為解讀性別政治和國族身份的焦點所在。借用香港學者也斯在《香港的故事：為什麼這麼難說？》中的一句話：「每個人都在說，說一個不同的故事。到頭來，我們唯一可以肯定的，是那些不同的故事，不一定告訴我們關於香港的事，而是告訴了我們那個說故事的人，告訴了我們他站在甚麼位置說話。」〔註49〕有人持這種觀點：「『歷史』被講述成一個關於權力關係和權力鬥爭的故事，一個矛盾的、異質的、破碎的故事。還有人持這樣一種（爭議更大的）觀點：統治權力只是一部分的而不是全部的故事，而『歷史』則是由各種聲音和各種形式的權力講述的故事。」〔註50〕這裡談到的雖然只是香港故事中的歷史書寫，事實上臺灣故事

〔註47〕楊沫：《談〈青春之歌〉裏的人物和創作過程》，《文學青年》1959 年第 1 期。

〔註48〕楊沫：《什麼力量鼓舞我寫〈青春之歌〉》，《中國青年報》1958 年 5 月 3 日。

〔註49〕也斯：《香港的故事：為什麼這麼難說？》，張美君、朱耀偉主編：《香港文學@文化研究》，香港：牛津大學出版社 2002 年版，第 11 頁。

〔註50〕〔美〕朱迪思·勞德·牛頓：《歷史一如既往？女性主義和新歷史主義》，見張京媛主編：《新歷史主義與文學批評》，北京：北京大學出版社 1993 年版，第 201 頁。

中的歷史講述同樣如此,謝雪紅故事的講述亦可作如是觀。不同的人講述了不同的謝雪紅故事,最後我們通過各種講述看到的,不再僅僅是關於謝雪紅的種種,而是講故事的那個人的種種,他所佔據的位置、所擁有的權力以及他所代表的族群才是他(她)發聲的動力根源。

第三節　文學史書寫與話語之爭

在海峽兩岸暨港澳的文學想像共同體中,張愛玲的存在具有多重意義:首先她作為一個作家個體曾經穿行並生活於兩岸暨港澳之間;其次,她以其文學作品再現了兩岸暨港澳的時代症候與個人生存經驗;再次,作為一種文學現象和傳統,張愛玲影響了大陸、臺灣和香港的一批作家,最終成為兩岸暨港澳文學圖景中的重要一翼。無論作為一個個體,還是作為一個作家,抑或作為一種文學現象,張愛玲及其作品是在討論兩岸暨港澳文學、尤其是女性文學時無論如何不能繞過的一個重要關口和文學史問題。

一、張愛玲的上海、香港與臺灣書寫

與謝雪紅作為一個政治歷史人物被兩岸作家爭相書寫不同,作為作家而存在的張愛玲以其文學書寫範疇涵蓋了大陸、香港和臺灣。1940 年代張愛玲崛起於上海文壇時,其成名作以香港書寫為開端,她的《沉香屑・第一爐香》《沉香屑・第二爐香》《茉莉香片》描寫的都是香港故事和香港人,不過她的取材比較特殊,描寫的是特殊階層中的男女在情慾中的掙扎與逃亡。接下來的大量作品繼續表現戰時香港的種種,包括中篇小說代表作《傾城之戀》,直到被稱為「張愛玲自傳小說三部曲」〔註51〕的《小團圓》《雷峰塔》《易經》中仍然出現了大量的香港書寫。香港、上海是她筆下的傳奇人物鍾愛的活動場域,這兩個城市以參差對照的方式,同時出現在她的作品背景中。趙園的《開向滬、港「洋場社會」的窗口——讀張愛玲小說集〈傳奇〉》〔註52〕在新時期之初就

〔註51〕 「張愛玲自傳小說三部曲」,嚴格說來只是自傳性小說而已,包括張愛玲寫於1970 年代的中文小說《小團圓》、1960 年代中期的英文小說《雷峰塔》和《易經》,它們在作者去世 10 多年後歷經曲折先後在臺灣和大陸出版。後兩部由臺灣學者趙丕慧翻譯。本文採用的版本分別為《小團圓》(北京十月文藝出版社 2009 年版)、《雷峰塔》(北京十月文藝出版社 2011 年版)、《易經》(北京十月文藝出版社 2011 年版)。

〔註52〕 《中國現代文學研究叢刊》1983 年第 3 期。

頗有先見之明地準確指出了其創作和「上海」、「香港」這些「洋場社會」的關聯；倪文尖的《上海／香港：女作家眼中的「雙城記」——從王安憶到張愛玲》〔註53〕，不僅指出了上海和香港之間的「雙城記」關係，而且也對王安憶和張愛玲之間的上海和香港的「雙城記」進行了比較，並分析其中的承繼關係。

　　相較於香港和上海，張愛玲作品中的臺灣書寫少之又少，這一方面源於她早年並沒有到過臺灣，只是遙遙地在輪船上看到過臺灣：「是一個初夏輕陰的下午，淺翠綠的欹斜秀削的山峰映在雪白的天上，近山腳沒入白霧中。像古畫的青綠山水，不過紙張沒有泛黃。」〔註54〕儘管如此，還是留下了她對臺灣驚鴻一瞥的美好印象。1961 年秋，張愛玲第一次踏上臺灣的土地，並以長篇散文《重訪邊城》〔註55〕記錄下她唯一一次的臺灣之行，以寫實的手法為臺灣造像。彼時的張愛玲，經歷了千帆過盡的人生滄桑，先後到過香港、日本、美國東部和西部，她進一步採用了參差對照的手法描述她對臺灣的印象和觀感。文章起筆神奇，帶著一種家常的霸氣：「我回香港去一趟，順便彎到臺灣去看看。」〔註56〕儘管已經在美國生活了好幾年，但她的臺灣之行就彷彿到鄰居家串門一樣隨和平易。讀者從這裡也明瞭她的本意是要到香港，臺灣只是順道，當然，所謂的順道其實也是為寫作任務〔註57〕而來。文中寫她剛下飛機，就遇到一個中年男人，問她是否尼克遜太太？她將此事向接機的麥先生〔註58〕說起，

〔註53〕《文學評論》2002 年第 1 期。
〔註54〕張愛玲：《重訪邊城》，臺北：皇冠出版 2008 年版，第 13 頁。
〔註55〕張愛玲將此行的見聞寫成一篇英文遊記「*A Return to the frontier*」，發表於美國雜誌「*The Reporter*」1963 年 3 月 28 日。1982 年以後張愛玲又將該文用中文重寫。
〔註56〕張愛玲：《重訪邊城》，臺北：皇冠出版 2008 年版，第 10 頁。
〔註57〕張愛玲此次來臺灣的主要目的是為計劃創作的英文長篇小說 *The Young Marshal* 搜集素材，本擬訪談仍在軟禁中的「少帥」張學良，結果未獲當政的國民黨批准。
〔註58〕麥卡錫（Richard M. McCarthy），畢業於愛荷華大學，主修美國文學。1947 年至 1950 年派駐中國，任副領事，後轉至美新處服務。1950 年至 1956 年派駐香港，歷任信息官、美新處副處長及處長等職。1956 年至 1958 年派駐泰國，1958 年至 1962 年派駐臺灣，皆任美新處處長，在臺灣經歷金馬炮戰危機。1962 年至 1965 年返美任美國之音東亞及太平洋區主任。1965 年調往越南，次年返美。1968 年請辭公職，在民間機構工作並退休。1985 年復出後在美國之音工作。張愛玲在 1952～1955 年第二次赴香港期間與之結識，並建立寫作上的往來，後來麥卡錫協助張愛玲赴美。此次張愛玲來臺灣也是通過在臺灣任職的麥卡錫從中聯繫。

麥先生告訴她那是一個精神病，老是在飛機場接飛機，接美國名人。這聽起來
雖然是個笑話，但張愛玲的感觸卻極其敏銳：「我笑了起來，隨即被一陣抑鬱
的浪潮淹沒了，是這孤島對外界的友情的渴望。」〔註59〕這是神奇的預感，也
是初訪臺灣之時對其精神症候的精準把脈和診斷。

　　緊接著，臺灣的面貌進入視野：「一出機場就有一座大廟，正殿前一列高
高的白色水泥臺階，一個五六十的太太相當費勁地在往上爬，裹過的半大腳，
梳著髻，臃腫的黑旗袍的背影。這不就是我有個中學同班生的母親？」〔註60〕
這個看起來頗像中學同班生的母親的老年女性形象一下子拉近了張愛玲與臺
灣的距離，也將臺灣的宗教歸屬、文化歸屬和情感歸屬進行了準確的定位。曾
經的1940年代上海時期的民國風貌在這裡得以還原和延續，裹腳、梳髻、黑
旗袍的女性形象是那麼熟悉和親近，剎那間有令張愛玲重回中學時代的感覺，
這是臺北與上海之間的參差映照的歷史和文化。她描寫臺北的建築，則有意無
意間與記憶中的香港建築、華盛頓街景形成參差的對照：

　　　　到處是騎樓，跟香港一樣，同是亞熱帶城市，需要遮陽避雨，羅
　　斯福路的老洋房與大樹，在秋暑的白熱的陽光下樹影婆娑，也有點像
　　香港。等公車的男女學生成群，穿的制服乍看像童子軍。紅磚人行道
　　我只在華府看到，也同樣敝舊，常有缺磚。不過華盛頓的街道太寬，
　　往往路邊的兩層樓店面房子太猥瑣，壓不住，四顧茫然一片荒涼，像
　　廣場又沒有廣場的情調，不像臺北的紅磚道有溫暖感。〔註61〕

　　特別需要注意的是，這裡提到的「溫暖感」，不僅臺北的紅磚道有溫暖感，
下文寫從羅湖口岸離開大陸的時候也有一種溫暖感。這裡體現出張愛玲對於
中國內地的情感和文化歸屬感。《重訪邊城》不僅寫臺灣的建築，還涉及臺灣
的地景、臺灣的風俗、臺灣的宗教、臺灣的廟宇、臺灣的交通和飲食等各方面。
例如，寫她經花園洋房，路過一個露天書場：

　　　　比起上海的書場來，較近柳敬亭原來的樹下或是茶館裏說書。
　　沒有粽子與蘇州茶食，茶總有得喝？要經過這樣的大動亂，才擺脫
　　了這些黏附物——零食；雪亮的燈光下，兩邊牆上櫥窗一樣大小與
　　位置的金框大鏡，一路掛到後座，不但反映出臺上的一顰一笑，連

〔註59〕 張愛玲：《重訪邊城》，臺北：皇冠出版2008年版，第12頁。
〔註60〕 張愛玲：《重訪邊城》，臺北：皇冠出版2008年版，第12～13頁。
〔註61〕 張愛玲：《重訪邊城》，臺北：皇冠出版2008年版，第15頁。

觀眾也都照的清清楚楚。〔註62〕

「書場」本來是展示和傳播中國民間傳統文化的重要場所，不僅出現在臺北的花園洋房之間，而且張愛玲將之與上海、蘇州等內地城市的文化場景和文化風俗進行了對照書寫，其間的文化和情感指向不難想見。尤其是當她由臺北一路向南，在青年作家王禎和的帶領下前往花蓮采風，不僅見到了原住民，還觀看了山地歌舞、南臺灣的建築以及當地不同級別的妓院，留下了極為難得的臺灣行跡和觀感。只不過由於這篇遊記散文最早是用英文寫作並發表，較少有人知道。她這樣描寫花蓮的古建築：

> 看古屋，本地最古老的宅第是個二層樓紅磚屋。
>
> 臺灣彷彿一直是紅磚，大概因為當地的土質。大陸從前都是青磚，其實是深灰色，可能帶青灰。因為中國人喜愛青色──「青出於藍而勝於藍」──逕稱為青磚。紅磚似是外來的，英國德國最普遍的，條頓民族建築的特色。在臺灣，紅磚配上中國傳統的飛簷與綠磁壁飾，於不調和中別有一種柔豔憨厚的韻味。〔註63〕

不僅追溯了中國傳統文化中對「青」色的推崇及其在建築中的運用，而且和臺灣的「紅磚」進行了對照，指出臺灣的紅磚既與本地的土質有關，也源於對西方的借鑒，但傳統的飛簷與壁飾配上紅磚，「於不調和中別有一種柔豔憨厚的韻味」，「柔豔憨厚」是對臺灣民風性情的精準的概括和高度的褒揚。再如，花蓮的廟比臺北還更具家庭風味，神案前倚著一輛單車，花瓶裏插著雞毛撣帚。裝置得高高的轉播無線電放送著流行音樂。宗教信仰與日常生活就這樣融為一體：

> 花蓮城隍廟供桌上的暗紅漆筊杯像一幅豬腰子。浴室的白磁磚牆。殿前方柱與神座也是白磁磚。橫擋在神案前的一張褪色泥金雕花木板卻像是古物中的精品。又有一堆水泥方柱上刻著紅字對聯，忽然一抬頭看見黑洞洞的天上半輪涼月──原來已經站在個小院子裏。南中國的建築就是這樣緊湊曲折，與方方正正的四合院大不相同。月下的別院，不禁使人想起無數的庵堂相會的故事。〔註64〕

張愛玲筆下的臺灣的宗教文化顯示出其無所不在的日常性和庶民性特徵，

〔註62〕張愛玲：《重訪邊城》，臺北：皇冠出版 2008 年版，第 17 頁。
〔註63〕張愛玲：《重訪邊城》，臺北：皇冠出版 2008 年版，第 32～33 頁。
〔註64〕張愛玲：《重訪邊城》，臺北：皇冠出版 2008 年版，第 27 頁。

隨著庶民生活的現代化，神廟也體現出現代化的建築特徵，並非如大陸一樣在建築上刻意仿古。對他們來說，神的存在也是為了日常生活裏的實用，張愛玲將之歸結為南中國宗教文化與北中國的區別，緊湊曲折裏包含著明快的實用哲學，而方方正正中也意味著不可將就的等級規範。甚至月下的別院也令她想起民間故事、古典戲曲唱本中無數庵堂相會的故事，更增添了其人間煙火氣息。當然，花蓮的神也顯得日常而令人倍感親近：

> 還有一個特點是神像都坐在神龕外，繡幔前面。乍看有點看不慣，太沒掩蔽，彷彿喪失了幾分神秘莊嚴。想來是神像常出巡，抬出抬進，天氣又熱，揮汗出力搬扛的人挨挨擦擦，會污損絲綢帳幔。我看見過一張照片上，廟門外擠滿了人，一個穿白汗背心的中年男子笑著橫抱著個長鬚神像，臉上的神情親切，而彷彿不當樁事，並不肅然。此地的神似乎更接近人間，人比在老家更需要神，不但背鄉離井，同荒械鬥「出草」也都還是不太久以前的事，其間又遠經過五十年異族的統治，只有宗教是還是許可的。這裡的人在時間空間上都是邊疆居民，所以有點西部片作風。〔註65〕

進一步強化了其對臺灣宗教文化日常性和平民性的認識，這種民間文化的流傳雖經異族統治而不衰，這是民間智慧的力量，因此就可以理解為什麼這篇文章初次發表時的英文名字被翻譯成「重返邊疆」，她是將花蓮作為邊疆來認識的，極其自然地將其聯繫到美國西部片中的風情與情節。特別是關於花蓮民風的描述和論斷：此地民風強悍，就連打架都跟香港和大陸不一樣。一樣是中國人，在香港她曾經看見一個車掌跟著一個白坐電車的人下去，一把拉住他的西裝領帶，代替從前的辮子，打架的時候第一先揪的。但是那不過是推推揉揉辱罵恫嚇，不是真動武。她覺得香港這一點與大陸是一致的，至少是提倡「武鬥」前的大陸。這裡的參差對照就不僅是空間上的——與香港、大陸，而且是時間上的——武鬥之前和武鬥之後，甚至是文化上的——真強悍還是假動武。不僅有栩栩如生的逼真描繪，而且一針見血切中肯綮。當然，她沒有忘記寫臺灣的水果：「從來沒吃過這樣酸甜多汁的柚子，也許因為產地近，在上海吃到湖南柚子早已乾了。」〔註66〕這裡仍然是和內地上海進行對照描寫的。最後以吃柚子作結：似乎剛才的一切猶在目前，疑幻疑真，相形之下，柚子味

〔註65〕張愛玲：《重訪邊城》，臺北：皇冠出版2008年版，第28頁。
〔註66〕張愛玲：《重訪邊城》，臺北：皇冠出版2008年版，第35頁。

吃到嘴裏真實得使人有點詫異。歷史與現實、過去與現在的對照體驗，真實敏銳到讓人震驚。對於中國傳統民間文化和上海文化表達出一種不著痕跡的眷戀和追懷，究其根底是一種種族的溫暖。

更為難得是，張愛玲書寫臺灣的時候，並沒有籠統表達感受或者直抒胸臆，而是從臺灣的地理人文景觀，如寺廟、建築、神祇、原住民等一一寫起，形成一種參差的對照；每談到一地景致的時候，必然和她所經歷過的上海、香港、華府等一一比較，形成一種對照的文學地理；此外，她還極盡鋪陳臺灣的種種風物，舉凡說書、版畫、風化、飲食、服飾不一而足，種種趣味裏彰顯出當年島嶼所處的孤獨處境。

特別值得一提的是，張愛玲在這部長篇散文的後半部分，為她第三次較長時間駐留的香港留下了大量珍貴的資料。由於是第三次逗留香港，和第一次在香港大學讀書、第二次在香港工作的經歷不同，此番的心境接近悲苦，張愛玲再次使用時間和空間的參差對照手法留下了她對於香港最後的觀感，對照的對象不僅有臺灣，更有大陸：

> 同是邊城，香港不像臺灣有一水之隔，不但接壤，而且返鄉探親掃墓來來去去絡繹不絕，對大陸自然看得比較清楚。我這次分租的公寓有個大屋頂陽臺，晚上空曠無人，悶來就上去走走，那麼大的地方竟走得團團轉。滿城的霓虹燈混合成昏紅的夜色，地平線外似有山外山遙遙起伏，大陸橫躺在那裡，聽得見它的呼吸。〔註67〕

不僅寫到了當年走出羅湖海關時那最後一瞥的溫情：「但是仍舊有這麼一剎那，我覺得種族的溫暖像潮水沖洗上來，最後一次在身上沖過。」〔註68〕此外，還有熟悉的街景、常常光顧的小巷、香港早晨的雞啼以及集市上的印花土布……時光更迭之中，香港還是發生了太多的變化：「這次別後不到十年，香港到處在拆建，郵筒半埋在土裏也還照常收件。造出來的都是白色大廈，與非洲中東海洋洲任何新興都市沒什麼分別。偶有別出心裁的，抽屜式陽臺淡橙色與米黃相間，用色膽怯得使人覺得建築師與畫家真是老死不相往來的兩族。」〔註69〕重臨香港的張愛玲，不由地開始陷入對舊事舊情和舊日景光的懷戀：「其實花叢中原有的二層樓薑黃老洋房，門前陽臺上褪了漆的木柱欄杆，掩映在嫣紅

〔註67〕張愛玲：《重訪邊城》，臺北：皇冠出版2008年版，第36頁。
〔註68〕張愛玲：《重訪邊城》，臺北：皇冠出版2008年版，第41頁。
〔註69〕張愛玲：《重訪邊城》，臺北：皇冠出版2008年版，第42頁。

的花海中，慘淒得有點刺目，但是配著碧海藍天的背景，也另有一種淒梗的韻味，免得太像俗豔的風景明信片。」〔註70〕相形之下，新蓋的較大的水泥建築粗陋得慘不忍睹，對於自己的這些不可救藥的懷舊情緒，她也知道不可理喻：「我自己知道不可理喻，不過是因為太喜歡這城市，兼有西湖山水的緊湊與青島的整潔，而又是離本土最近的唐人街。有些古中國的一鱗半爪給保存了下來，唯其近，沒有失真，不像海外的唐人街。」〔註71〕太過喜歡這城市，這在張愛玲的文字中是難得一見的直接的情感表白。在稱讚香港的山水的時候不僅拿杭州和青島做參照，還特別指出香港所保留下來的古中國文化的一鱗半爪，這和海外的唐人街有著本質的區別。研究者都知道張愛玲嗜衣如狂，沒有比發現喜歡的衣料更令她欣喜若狂的了，何況還是在她早年與好友炎櫻經常逛街的城市。後半部分寫到在貨攤上發現土花布的驚喜：

> 在人叢裏擠著，目不暇給。但是我只看中了一種花布，有一種紅封套的玫瑰紅，鮮明得烈日一樣使人一看就瞎了眼，上面有圓圓的單瓣淺粉色花朵。用較深的粉紅密點代表陰影。花下兩片並蒂的黃綠色小嫩葉子。同樣花還有碧綠地子，同樣的粉紅花，黃綠葉子；深紫地子，粉紅花，黃綠葉子。那種配色只有中國民間有。……〔註72〕

一時聯想紛紜而至，非洲人穿的來自曼徹斯特的紡織廠，母親喜歡的印白竹葉的青布，香港山上砍柴的女人也跟一切廣東婦女一樣一身黑。中上等婦女穿唐裝，也是黑香雲紗衫褲，或是用夏季洋服的淺色細碎小花布。又想到清初十三行時代，懷疑那種特有的土布是受日本的影響，旋即又推翻了這懷疑：該是較早的時候從中國流傳過去的，因為日本的傳統棉布向來比較經洗，不落色，中國學了繪圖的技巧，不會不學到較進步的染料。由此可見，張愛玲對中國古代文明的推崇和自信，在此基礎上進一步推斷：看來這種花布還是南宋遷入廣東的難民帶來的，細水長流，不絕如縷。遂又聯想到姑姑說起的天津鄉下人穿的大紅桑腳褲子，聯想到中國人是愛紅的民族，唐宋的人物畫上常有穿花衣服，大都是簡化的團花，而衣服的顏色則永遠是淡赭色或是淡青、石青、石綠。又說到中國絲綢棉布的褪色，韓國傳統服裝的白色是因為山地島國染料的匱乏，而中國古畫中人物限穿淡赭、石青、石綠、淡青，原來是寫實的，不過

〔註70〕張愛玲：《重訪邊城》，臺北：皇冠出版2008年版，第42頁。
〔註71〕張愛玲：《重訪邊城》，臺北：皇冠出版2008年版，第43頁。
〔註72〕張愛玲：《重訪邊城》，臺北：皇冠出版2008年版，第49～50頁。

是褪了色的大紅大綠深青翠藍，這是中國人最珍愛的顏色。

從明末到滿清入關再到晚清，鮮豔的顏色淪為沒有記錄的次文化，不知從什麼時候起，連農民也摒棄鮮豔的色彩。原因大概是時裝不可抗拒的力量，連在鄉下，濃豔的彩色也終於過了時。在這之前，宋明理學也已經滲透到社會基層，女人需要處處防嫌，不得不韜光養晦，珍愛的顏色只能留給小孩穿。而在一九四〇年的香港，連窮孩子也都穿西式童裝了，穿傳統花布的又更縮到吃奶的孩子。回到喜愛的話題，文思泉湧，簡直就是一部中國人服飾顏色的變遷簡史。其聯想豐富跳躍敘述轉折變化、文筆和情感之恣肆不免很令人擔心，但終究又繞了回來，那種狂喜的感覺：

> 當時我沒想到這麼多，就只感到狂喜，第一次觸摸到歷史的質地
> ——暖厚黏重，不像洋布爽脆——而又不像一件古董，微涼光滑的，
> 無法在上面留下個人的痕跡；它自有它完整的亙古的存在，你沒份，
> 愛撫它的時候也已經被拋棄了。而我這是收藏家在古畫上題字，只有
> 更「後無來者」——衣料剪裁成衣服，就不能再屬於別人了。我拿著對
> 著鏡子比來比去，像穿著一副名畫一樣森森然，飄飄然。……〔註73〕

大陸解放以後，她領到兩塊配給布。一件湖色的，粗硬厚重得像土布，做了件唐裝喇叭袖短衫，另一件做了條雪青洋紗褲子，她說「那是我最後一次對從前的人牽衣不捨」，好一個訣別的場面。古人揮刀斷衣，而在張愛玲的微言大義中，衣服的象徵意蘊也層疊托出：在訣別家國之前，先訣別了亙古以來的衣服以及衣服攜帶的一切文化傳統和情感依戀。張愛玲喜歡古老中國那些暖老溫貧的東西，《鬱金香》中的金香赤著腳踏在被面上縫被子的場景，都被她說成是「那境界簡直不知道是天上人間。」可以說是文學史上最奢侈華麗的縫被子描寫。但是，「香港就是這樣，沒準。」張愛玲對香港的沒準比任何人都有更深刻的體會，一部《傾城之戀》寫盡了香港的傳奇。一方面沉湎於懷舊的奢侈，一方面又極力避免著舊地重遊帶來的今夕感慨。

結尾驚世駭俗，充滿了張愛玲式的諷刺與揶揄，空氣中突然飄來一股熱乎乎的屎臭——而且還是馬可波羅的世界，色香味俱全。「我覺得是香港的臨去秋波，帶點安撫的意味，看在我憶舊的份上。在黑暗中我嘴唇牽動著微笑起來，但是我畢竟笑不出來，因為疑心是跟它訣別了。」〔註74〕多麼傷痛，而且

〔註73〕張愛玲：《重訪邊城》，臺北：皇冠出版 2008 年版，第 56 頁。
〔註74〕張愛玲：《重訪邊城》，臺北：皇冠出版 2008 年版，第 61 頁。

言中了，這就是張愛玲與香港的一言永訣。她筆下的香港成為臺灣的雙生姐妹，參差對照中的香港書寫更具有一種家園歸屬的意味。《重訪邊城》中香港書寫的啟示在於：「在記憶逝去的關頭，不單傳統和本土的事物能夠維繫現代人的意識，連殖民記憶亦不能被放棄和被遺忘。過去，特別是在回歸以前，關於香港身份、本土意識的討論十分熱熾。但是，當回歸已成事實，香港跟中國的關係越趨密切的時候，『文學香港』仍然需要關注香港的獨特性。」〔註75〕故而「殖民地的歷史已經成為香港資產的一部分，亦是我們不能放棄的一種形象。也斯曾經提出，香港的意義在於提供『異角度』去質疑單一的民族主義歷史觀，讓作家發出異見。本文延伸這一論點，認為香港對於張愛玲的意義在於提供一個『異空間』，讓她可以帶有距離地審視主流的意識形態。這一『異空間』的特質正是張愛玲在早期小說中表現的一種既近又遠的距離、一種既連結又割裂的關係；同時又是她在流亡時期為她提供歷史與記憶的場所，儘管這個跟流亡相關的場所帶來的都是『非意願的記憶』。」〔註76〕

張愛玲於兩個十年間三次經臨香港，形成時間上的三重對照，空間的多層參差。第一次到香港，拿來比較和對照的只有上海；第二次就有了舊日的香港，彼日和舊日的大陸；第三次來，顯然已經是世界視野中的香港了，可以隨意將之和美國的不同城市、韓國、日本以及古代中國進行比照，但最依戀不捨的仍然是她曾經見證過、經歷過、切切實實生活過、晚清以來的中國。張愛玲說她不喜歡壯烈。喜歡悲壯，更喜歡蒼涼。因為壯烈只有力，沒有美，似乎缺乏人性。悲壯則如大紅大綠的配色，是一種強烈的對照。但它的刺激性還是大於啟發性。蒼涼之所以有更深長的回味，就因為它像蔥綠配桃紅，是一種參差的對照。她一再地說她喜歡參差的對照的寫法，因為它是較近事實的。

綜上所述，《重訪邊城》中關於臺灣、香港、上海、日本和華府的地理書寫，巧妙地構成了一種多層面多組合的立體多棱鏡式的參差的美學上的對照。離開大陸前往香港的羅湖口岸，兩地的海關警察的對比都顯示出完全不同的情感態度。涼爽倨傲的香港警察和樸實善意的中國小兵有鮮明的對比：「種族的溫暖像潮水沖洗上來，最後一次在身上沖過。」因為種族的溫暖，才懷著一種永訣，這是張愛玲的臨去秋波那一轉。無限的江山，無限的過往，無限的情

〔註75〕梁慕靈：《他者・認同・記憶——論張愛玲的香港書寫》，《中國現代文學》第19期。
〔註76〕梁慕靈：《他者・認同・記憶——論張愛玲的香港書寫》，《中國現代文學》第19期。

誼，只能在對岸一瞥之中。香港的殖民地色彩作為一種記憶，也常常以懷舊的姿態出現，因為它是張愛玲一直刻意迴避、難以承受的感情。

二、張愛玲的文學影響及其文學史地位

王德威在《落地的麥子不死——張愛玲的文學影響力與「張派」作家的超越之路》中專門探討了張愛玲在海峽兩岸暨港澳文學中的影響作用：「張愛玲到底有什麼可怕？是她清貞決絕的寫作及生活姿態，還是她凌厲細膩的筆下工夫？是她對照參差，『不徹底』的美學觀照，還是她蒼涼卻華麗的末世視野？」[註77] 在張愛玲奇妙的文字魔力的影響下，年輕一輩的作家紛紛與張愛玲隔空對話，他們或者傚仿張愛玲的風格，或者刻意拉開與張愛玲的距離，「更有作者懵懵開筆，寫來寫去，才赫然發覺竟與『祖師奶奶』靈犀一點相通。不管是先見或後見之明，『影響的焦慮』還是影響的歡喜，張愛玲的魅力，可見一斑。」[註78] 60 年代受張愛玲影響最深的臺灣女作家當屬施叔青，70 年代出道的香港女作家鍾曉陽是最有成就的「張派作家」，從 70～80 年代，在臺灣有一大批作家接受張愛玲的影響，欲與「祖師奶奶」一比高下，包括朱天文、朱天心、蔣曉雲、蕭麗紅、蘇偉貞、袁瓊瓊等，除此之外，後來還有香港的亦舒、李碧華、黃碧雲等。

至於大陸，由於張愛玲在 1950 年代的離開，加上特殊的政治原因，文學史上不見她的蹤影，直到 80 年代，她才重新回到讀者和研究者的視野，引起一番「看張」的熱潮。在大陸被認為受到張愛玲影響的女作家有王安憶、須蘭、朱文穎等，儘管有些作家出於「影響的焦慮」，對自己被扣上「張派作家」不以為然。但是，王德威卻對「張派」作家寄予厚望：「影響研究其實是極虛構化的論證模式。從依樣化葫蘆到脫胎換骨，無不可謂影響。所要強調的是，在張愛玲這樣強大的影子下，一輩輩作家如何各取所需，各顯所長，她（他）們在大師走後，更有信心地說聲，誰怕張愛玲！」[註79] 關於這方面比較有影響和代表性的研究文章還有王德威的《海派作家又見傳人》[註80]，論述

〔註77〕 王德威：《落地的麥子不死——張愛玲與「張派」傳人》，濟南：山東畫報出版社 2004 年版，第 40 頁。

〔註78〕 王德威：《落地的麥子不死——張愛玲與「張派」傳人》，濟南：山東畫報出版社 2004 年版，第 40 頁。

〔註79〕 王德威：《落地的麥子不死——張愛玲與「張派」傳人》，濟南：山東畫報出版社 2004 年版，第 40 頁。

〔註80〕 《讀書》1996 年第 6 期。

了王安憶所受到的張愛玲的影響，並將此影響研究擴展到臺灣和香港，完成一系列作家作品的專論，如《老靈魂前世今生——朱天心論》《異象與異化，異性與異史——施叔青論》《以愛欲興亡為己任，置個人死生於度外——蘇偉貞論》《腐朽的期待——鍾曉陽論》《暴烈的溫柔——黃碧雲論》《禪心已作沾泥絮，莫向春風舞鷓鴣——評須蘭的新言情小說》《女作家的後現代鬼話——評袁瓊瓊〈恐怖時代〉》，最後結集成《落地的麥子不死——張愛玲與「張派」傳人》〔註81〕。

特別需要提到的，擁有資深「張派作家」和張愛玲研究者雙重身份的蘇偉貞的兩部著作：《孤島張愛玲——追蹤張愛玲香港時期（1952～1955）小說》〔註82〕和《描紅——臺灣張派作家世代論》〔註83〕，無論是在回顧張愛玲在臺灣的影響、擴大張愛玲在臺灣的傳播還是建構張愛玲在臺灣文學史中的定位等方面都有著重要的作用。尤其是《描紅——臺灣張派作家世代論》，詳細梳理並論證了在張愛玲作品影響下成長起來的三代臺灣作家，第一代張派作家有王禎和、水晶、陳若曦、朱西寧、白先勇、於梨華等；第二代張派作家有朱天文、蔣曉雲、袁瓊瓊、蘇偉貞、朱天心、平路等；第三代張派作家則有林俊穎、林裕德、郭強生、鍾文音、劉叔慧等。這些作家和張愛玲作品之間的因緣錯綜複雜，但是，「各有因緣不同，若論張派彼此互動，安德森『想像的共同體』，闡述的是『儘管成員多未曾謀面，互不相識，卻因報紙傳播與資本流通，建立彼此依存的生命共同體情感』情狀，吻合張派譜系橫向、縱向聯繫。惟張愛玲身影如此龐大，是不少作家的夢魘也是明星」。〔註84〕除此之外，臺灣莊宜文的《張愛玲的文學投影——臺、港、滬三地張派小說研究》〔註85〕代表著年輕一代學者對張愛玲文學影響的最新研究和最為詳盡的梳理與討論。

張愛玲對海峽兩岸暨港澳文學的重要影響，主要體現為近 30 年臺灣女作家的創作成果。探究其造成如此巨大影響的原因，在於張愛玲作為一位早在1949 年之前就已成名的大陸作家，她為袁瓊瓊等帶著困惑、尋求以文學重新組合身邊極其複雜的社會政治現實的新策略的作家們提供了一個誘人的典範。

〔註81〕山東畫報出版社 2004 年版。

〔註82〕三民書局 2004 年版。

〔註83〕三民書局 2006 年版。

〔註84〕蘇偉貞：《描紅——臺灣張派作家世代論》，臺北：三民書局 2006 年版，第 358 ～359 頁。

〔註85〕莊宜文：《張愛玲的文學投影——臺、港、滬三地張派小說研究》，臺北：東吳大學博士論文，2001 年。

　　　七〇年代中期到八〇年代中期，張愛玲小說在臺灣逐漸受到歡
迎的現象可以從社會發展的角度來解釋。由於臺灣當時的大城市環
境日趨都會化，張愛玲筆下以共產革命前的香港和上海為背景，以
世故和嘲諷為特色的愛情故事，頗能迎合當時受過教育的年輕人的
品味。這些在都市中工作或就學的年輕人構成了主要的讀者群和有
潛力的新生代作家群。〔註86〕

　　撇開題材方面的吸引力，張愛玲之所以受到歡迎還因為彼時「文化懷舊現
象造就了張愛玲成為當時的文化象徵。文化懷舊是臺灣近幾年來外交連番失利
後興起的全國性自我再肯定運動的副產品，臺灣戰後的新生代在這個運動中自
覺地企圖藉由凸顯一九四九年後所衍生的新文化認同，來正當化他們獨立的政
治身份。」〔註87〕另一個有助於增長張愛玲吸引力的情況是當時針對中國大陸
而生的文化鄉愁。從某方面來講，張愛玲 1949 年之前的小說，為正迅速從日漸
資本主義化的社會裏消逝的典型「中國式」生活和社會關係提供了豐富的懷舊
觀照，而這種懷舊意識正契合了當時一批臺灣作家的文化和心理狀態。

　　正如陳芳明本人也承認的那樣，張愛玲之所以在臺灣具有如此巨大的影
響力，最重要的因素正是張愛玲的文本中對中國傳統文化的深厚記憶。女性作
者在 1960、70 年代接觸現代主義的過程中，有一令人驚異的共同現象，便是
張愛玲的幽靈處處可見。其中最關鍵的問題在於：「張愛玲所拒絕的不是中華
國族的國族主義，而是作為男性主義的支配意識形態和宏大敘事的國族主義
本身。張愛玲將作為支配意識形態的國族主義視為『男性的病』。有關階級鬥
爭、革命、歷史、戰爭等那些宏大敘事一般把日常生活裏的小人物經常都異化
或對象化。張愛玲反對國族主義宏大敘事如此把不可統約的多樣人生還原為
如國族英雄般的單一人生，她一直固執地描寫作為少數群體的女性們被宏大
敘事排斥到邊緣的種種無奈人生。這樣看來，對張愛玲來說，主要的問題不是
哪一種國族主義，而是作為宏大權力敘事的所有國族主義。」〔註88〕換句話，
張愛玲的作品乍看上去沒有明顯的性別意識，其實她在反對國族主義宏大敘
事的立場上主張回歸到日常的、瑣碎的、多元的邊緣人生書寫中。所以，不僅
僅是小說的影響力巨大，張愛玲在女性散文中的影響之大，流域之廣，也超出

〔註86〕梅家玲編：《性別論述與臺灣小說》，臺北：麥田出版 2000 年版，第 95 頁。
〔註87〕梅家玲編：《性別論述與臺灣小說》，臺北：麥田出版 2000 年版，第 97 頁。
〔註88〕任佑卿：《國族的界限和文學史：論建構臺灣新文學史與張愛玲研究》，《文化
　　　　研究》2006 年第 2 期，第 270 頁。

想像之外。她的散文集《流言》，對臺灣女性散文的影響並不亞於她的短篇小說集《傳奇》。她的清貞決絕與悲壯蒼涼恐怕不止見於小說，在散文中表現出來的淡漠、疏離、暗刺、嘲諷，也同樣揭露了人性的幽暗。女性意識漸漸抬頭的臺灣散文家，及時地捕捉並光大了張愛玲作品傳達出來的信息。臺灣學者張瑞芬的《張愛玲的散文系譜》〔註89〕一文即是從散文角度對「張腔」譜系的梳理，將張愛玲作品對臺灣散文作家的影響進行了細緻分析和深入探討。

如果說張愛玲對海峽兩岸暨港澳女作家的影響有目共睹，那麼，張愛玲在文學史中的占位和被敘述則出現了極為弔詭的現象。王宏志在《張愛玲與中國大陸的現代文學史書寫》中詳細追溯並論述了張愛玲在中國現代文學史中徹底消失和逐漸回歸的過程：「當抗戰與內戰過後，中華人民共和國成立，第一本出版的現代文學史——王瑤的《中國新文學史稿》，裏面並沒有見到張愛玲的名字。這情形一直維持了30年，其間一些較重要的文學史，例如丁易的《中國現代文學史略》、劉綬松的《中國新文學史稿》，以至『文革』後出版最重要的現代文學史：唐弢主編的三卷本《中國現代文學史》，更不要說當時由很多院校或單位合編的各種各樣的中國現代文學史，以及一些以個人或小組名義編寫的文學史，張愛玲的名字始終沒有出現。」〔註90〕直到80年代，張愛玲的名字才開始在大陸出現。1981年11月，《文匯報》上刊登的張葆莘《張愛玲傳奇》被認為是建國後大陸出現的第一篇論述張愛玲的文章，直到1982年11月顏純鈞在《文學評論叢刊》上發表《評張愛玲的短篇小說》、趙園在《中國現代文學研究叢刊》1983年第3期發表《開向滬、港「洋場社會」的窗口——讀張愛玲小說集〈傳奇〉》，才算真正開啟了大陸的張愛玲研究。但是，張愛玲進入大陸文學史，還是一個緩慢而艱難的過程。黃修己的《中國現代文學簡史》第一次簡略介紹了張愛玲的《金鎖記》和《等》兩部作品，「就我所知，這是大陸出版的現代文學史著中最早有關張愛玲的描述」〔註91〕。接下來較為充分地討論張愛玲作品的文學史是《中國現代文學30年》〔註92〕，而楊義的

〔註89〕張瑞芬：《張愛玲的散文系譜》，《逢甲大學學報》2004年第8期。
〔註90〕王宏志：《張愛玲與中國大陸的現代文學史書寫》，劉紹銘、梁秉鈞、許子東編：《再讀張愛玲》，濟南：山東畫報出版社2004年版，第251～252頁。
〔註91〕劉紹銘、梁秉鈞、許子東編：《再讀張愛玲》，濟南：山東畫報出版社2004年版，第253頁。
〔註92〕錢理群、吳福輝、溫儒敏、王超冰：《中國現代文學30年》，上海：上海文藝出版社1987年版。

《中國現代小說史》〔註93〕則以 21 頁的篇幅對張愛玲及其作品進行了詳細的論述。關於這方面的論文，還有溫儒敏的《「張愛玲熱」的興發與變異——對一種接受史的文化考察》〔註94〕，對張愛玲研究的升溫及其進入文學史論述的過程也有扼要的梳理和把握。

　　不過，儘管張愛玲在臺灣作家中有較大的影響，但 1960 年代之前臺灣的文學史著中也沒有出現張愛玲的名字，這並不奇怪，正如研究者所說：「張愛玲既沒有出生在臺灣，也沒有在臺灣居住過。而且也未曾關注過臺灣的現實，沒有創作過有關臺灣的作品。因此，無法將張愛玲歸列為臺灣作家，看來是理所當然的。但問題是，無論臺灣的作家、文壇、學界，還是一般讀者，任何人都無法否認張愛玲對臺灣社會的深刻影響。」〔註95〕眾所周知，最早將張愛玲從文學史的被遺忘中發掘出來的是夏志清，「夏志清和張愛玲之間的真正交集起源於 1957 年臺北《文學雜誌》第 2 卷第 4 期和第 6 期分別發表了夏志清的論文《張愛玲的短篇小說》和《評〈秧歌〉》，論文首次肯定張愛玲在中國小說史上的重要性。」〔註96〕就是在《張愛玲的短篇小說》這篇文章中，夏志清認為《金鎖記》是「中國從古以來最偉大的中篇小說」，並認為張愛玲是「今日中國最優秀最重要的作家」。借著夏志清的「慧眼」，張愛玲作為 20 世紀中國最重要的作家之一開始進入中國現代文學史。追溯張愛玲與臺灣文學史的關係，可以一直追溯到葉石濤的《臺灣文學史綱》，葉石濤寫到：「張愛玲的《秧歌》著重描寫農民生活的日常性，以女作家特有的細膩觀察描寫農民瑣碎的生活細節，當然也沒有口號式的誇張批判，卻反而把共產黨統治下的農村現實寫活了。」〔註97〕除此之外，張羽的《張愛玲與臺灣文學史書寫》〔註98〕、任佑卿的《國族的界限和文學史：論建構臺灣新文學史與張愛玲研究》〔註99〕，

〔註93〕楊義：《中國現代小說史》，北京：人民文學出版社 1991 年版。
〔註94〕溫儒敏：《「張愛玲熱」的興發與變異——對一種接受史的文化考察》，《當代文學研究資料與信息》2001 年第 2 期。
〔註95〕任佑卿：《國族的界限和文學史：論建構臺灣新文學史與張愛玲研究》，《文化研究》2006 年第 2 期，第 256 頁。
〔註96〕王豔芳：《千山獨行——張愛玲的情感與交往》，北京：人民出版社 2015 年版，第 180 頁。
〔註97〕葉石濤：《臺灣文學史綱》，高雄：文學界雜誌社 1987 年版，第 93 頁。
〔註98〕張羽：《張愛玲與臺灣文學史書寫》，《臺灣文學研究集刊》2007 年第 3 期。
〔註99〕任佑卿：《國族的界限和文學史：論建構臺灣新文學史與張愛玲研究》，《文化研究》2006 年第 2 期。

邱貴芬的《從張愛玲談臺灣女性文學傳統的建構》〔註100〕、陳芳明的《張愛玲與臺灣文學史撰寫》〔註101〕和《臺灣新文學史》〔註102〕都有大量有關張愛玲與臺灣文學史的論述。

在進入文學史論述之前，張愛玲首先是作為一個作家被介紹到臺灣，最初為臺灣作家所熟悉的並不是張愛玲創作於 40 年代上海時期的作品，而是 50 年代在香港出版的兩部長篇小說《秧歌》與《赤地之戀》。出於對大陸政治意識形態鬥爭的需要，這兩部小說在臺灣得以順利傳播開來：「由於這兩部小說寫的是中共統治下人性被扭曲的故事，這種題材較諸臺灣盛行的反共小說還來得真實生動，張愛玲逐被誤為反共作家。然而也是因為透過如此的誤解，她的文學作品終於能卸下『漢奸』罪名而開始進口到臺灣。張愛玲能夠受到廣泛的接受，並不是因為她的反共立場。較重要的是，她小說中透露的技巧，與當時現代主義的風尚有相互重疊之處，因此，文學品味正好可以與當時讀者的審美銜接起來。然而，張愛玲小說精彩的地方尚不止於此。」〔註103〕

由此看來，張愛玲被臺灣作家接受也是陰差陽錯的結果，在張愛玲被認為是「漢奸」的時候，國民黨政府對她的作品採取封殺的態度，但當需要借用她的小說達成「反共」宣傳的時候，她的小說則被允許在臺灣發行。這正如蘇偉貞所說：「等到一九五四年，當《秧歌》在香港發表，因著時代的錯軌，未及閱讀過《傳奇》的臺灣讀者，在一個『反共氣焰特盛的時期』及『五〇年代反共的客觀環境』下，不知道《傳奇》的臺灣讀者、文壇，經由《秧歌》認識了張愛玲。」〔註104〕緊接著，1957 年 1 月張愛玲在臺灣正式發表首篇文章《五四遺事》。正因為張愛玲作品難以定位的複雜性，帶給讀者巨大的魅力。1966 年，張愛玲將新著長篇小說《怨女》交由臺灣首次出版，更在 1968 年由皇冠出版社在臺北重印早期作品，由此迅速地開啟了 70 年代臺灣文壇對張愛玲作品的熱烈討論，逐步掀起張愛玲閱讀熱。正如大陸研究者古繼堂所說：「她雖然未曾直接介入臺灣文壇，但是卻吸引住了臺灣文壇。不是她離不開臺灣

〔註100〕 楊澤主編：《閱讀張愛玲——張愛玲國際研討會論文集》，臺北：麥田出版
　　　　　1999 年版。
〔註101〕 楊澤主編：《閱讀張愛玲——張愛玲國際研討會論文集》，臺北：麥田出版
　　　　　1999 年版。
〔註102〕 陳芳明：《臺灣新文學史》（上下），臺北：聯經出版 2011 年版。
〔註103〕 陳芳明：《臺灣新文學史》（上），臺北：聯經出版 2011 年版，第 370 頁。
〔註104〕 蘇偉貞：《孤島張愛玲：追蹤張愛玲香港時期（1952～1955）小說》，臺北：
　　　　　三民書局 2004 年版，第 168 頁。

文壇，而是臺灣文壇離不開她。」〔註 105〕

　　陳芳明在《後殖民臺灣——文學史論及其周邊》中專闢一章《張愛玲與臺灣文學史的撰寫》論述了張愛玲與臺灣文學史的關係。陳芳明認為，張愛玲之所以有進入臺灣文學的可能，在於她的特殊性：

　　　　在張愛玲的生命裏，應該包括三個孤島時期。第一個孤島時期，
　　是一九四二年到一九四五年之間的中國抗日戰爭末期；亦即張愛玲
　　在上海發表第一篇小說的那年開始，一直到日本投降為止。這段時
　　期，上海作家與中國內地切斷聯繫，無論在肉體上或心靈上，都停
　　留於孤島狀態。第二個孤島時期，是一九五二年到一九五四年，張
　　愛玲流亡於香港的時期。在香港孤島上，她完成了《秧歌》與《赤
　　地之戀》兩部小說。這時，中共建國已經成功，反右氣焰相當高漲，
　　張愛玲再次與中國內地切斷關係。第三個孤島時期，從一九五五年
　　張愛玲赴美，到一九九五年去世為止，她的作品在臺灣孤島上大量
　　流通，重振其文學靈魂。張愛玲在島上放射其高度的影響力時，距
　　離中國內地就更加遙遠了。〔註 106〕

　　在陳芳明看來，「張愛玲的作品之所以能夠進入臺灣，可以說歸因於臺灣的反共政策；由於反共，而開啟了一個缺口，張愛玲文學遂通過這缺口，接觸了五〇年代的臺灣社會」。〔註 107〕隨著夏志清對張愛玲的評介和其批評路線的影響，七〇年代張愛玲在臺灣的影響也可以分為兩條線索：一是水晶的研究引發的林柏燕的批評；另一則是唐文標的張愛玲史料整理遭到的朱西寧等作家的抵抗。由於當日的臺灣自命為「自由中國」，所以也將上海孤島時期的張愛玲納入，水晶甚至認為張愛玲注定要在「自由中國」的臺灣，成為最重要的作家，受到許多後來者的推崇與讚美。由於以上種種，陳芳明個人一度傾向於主張把她寫入臺灣文學史。但是，他從頭到尾都忽略了一個問題，張愛玲從來就不是一個臺灣作家，文中所談論的不過是張愛玲對臺灣文學的影響而已。但必須要指出的是，這種影響不是一般的影響，她影響了好幾代的臺灣作家，並影響到了臺灣文學史的建構，但她終究不是一個臺灣作家。

〔註 105〕古繼堂：《臺灣小說發展史》，臺北：文史哲出版社 1992 年版，第 176 頁。
〔註 106〕陳芳明：《後殖民臺灣——文學史論及其周邊》，臺北：麥田出版 2002 年版，
　　　　　第 69 頁。
〔註 107〕陳芳明：《後殖民臺灣——文學史論及其周邊》，臺北：麥田出版 2002 年版，
　　　　　第 72 頁。

　　有別於陳芳明的國族論述，邱貴芬更加側重於從文化產業和制度這一外部環境尋找答案，認為「張愛玲熱」開始全面形成的 70 年代末至 80 年代初正是鄉土文學論爭以悲劇告終的時刻，同時也是臺灣女性文學悄然興起的時期：「張愛玲熱的開端是蔣曉雲在 1976、1977、1978 年連續獲得《聯合報》小說獎。這一小說獎具有巨額獎金，而評委正是張愛玲的忠實讀者朱西寧和夏志清。對蔣曉雲的評論中，夏志清多次提到張愛玲和蔣曉雲的相似點，將張愛玲作為重要的判斷標準。蔣曉雲的名聲因此自然而然地聯繫到張愛玲。此後，蕭麗紅、袁瓊瓊、蘇偉貞等所謂『張派作家』的女性作家連續獲獎。再加上朱西寧麾下的『三三集團』作家們和朱天文、朱天心等，張愛玲熱開始全面形成。」〔註 108〕與陳芳明一度主張將張愛玲寫進臺灣文學史不同，邱貴芬主張「告別張愛玲」，最重要的理由在於：「在臺灣『張愛玲』一直成為『中國想像』的重要機制。而『中國想像』之所以必定成為她所關注的問題，是因為它是文化殖民主義的延續，成為構築臺灣獨立的國族共同體的絆腳石。」〔註 109〕儘管從女性文學傳統角度來看，張愛玲已經深深地植根於臺灣女性文學傳統之中，且具有豐富的可持續研究價值，但邱貴芬卻選擇忽略這一點。

　　在現代主義在臺灣文壇風起雲湧之際，張愛玲作品風雲際會在臺灣獲得廣泛傳播，蔚為臺灣文學的奇異現象。當這個陌生的名字被臺灣讀者初識時，並未預告她將成為所謂「張派作家」的奠基者，所以，研究者認為：「一位從未在臺灣成長，也從未有任何臺灣經驗的作家，竟然能造成風氣，絕對有其複雜的理由。張愛玲不是臺灣作家，但是她對臺灣文學的影響，恐怕比起魯迅還要深刻。」〔註 110〕歷史不容假設，張愛玲自己怎麼也不會想到，她在文學史上的出現具有這樣戲劇性的效果：「如果沒有冷戰，就不會出現後來在 1980、90 年代轟動大陸和臺灣文壇的張愛玲現象，她或許就從此永遠消失在歷史的洪流之中。但是張愛玲本人卻絲毫沒有預想到這些，她於 1955 年離開香港，踏上前往美國的客輪。無論是在大陸、香港和臺灣，她都沒能找到落腳之處，最終抱著『不知身在何所』、『流落的恐怖』心理，踏上了陌生的

〔註 108〕　任佑卿：《國族的界限和文學史：論建構臺灣新文學史與張愛玲研究》，《文化研究》2006 年第 2 期，第 272 頁。

〔註 109〕　任佑卿：《國族的界限和文學史：論建構臺灣新文學史與張愛玲研究》，《文化研究》2006 年第 2 期，第 275 頁。

〔註 110〕　陳芳明：《臺灣新文學史》（上），臺北：聯經出版 2011 年版，第 369 頁。

土地。」〔註111〕她更沒有想到,她甚至有被寫入臺灣文學史的可能。

分析張愛玲在兩岸文學史書寫中的錯位和弔詭現象,就會發現張愛玲在兩岸文學史中的命運也形成了她自己所說的「參差的對照」,當 50～70 年代張愛玲在大陸文學史中成為空白的時候,也是她在臺灣文壇登陸並逐漸升溫形成「張愛玲熱」的時候,而她在臺灣之所以傳播開來原因在於所謂「反共學者」夏志清將其定位為「反共作家」,因此具備了在臺灣傳播的合法性。但隨著臺灣解嚴,兩岸關係的逐步緩和,張愛玲開始回歸大陸文學史,而臺灣文學史中的張愛玲則面臨著兩種觀點,一種是建構臺灣文學史的張愛玲傳統,一種則是告別張愛玲,前者以陳芳明為代表,後者以邱貴芬為代表,但無論是前者還是後者,他們的立場都是建構具有宏大敘事的「國族文化認同」的臺灣文學史,只不過,他們的差異在於對張愛玲作品中的「中國想像」的不同理解,陳芳明認為張愛玲作品的中國傳統文化想像是建構臺灣文學史的基礎,而邱貴芬則認為張愛玲作品中的「中國想像」並不代表臺灣的文化想像,這恰恰也說明了張愛玲作品本身的豐富性和複雜性。事實上,張愛玲在兩岸文學史中的命運和地位不僅取決於兩岸政治意識形態的需要,同時也是傳播市場運作的結果,這就不能不注意到皇冠出版社與張愛玲之間千絲萬縷的聯繫,張愛玲作品在臺灣的大量發行與傳播也不能不說是臺灣文學史上的奇觀。而這恰恰也是前文所述的本尼迪克特·安德森在《想像的共同體:民族主義的起源與散佈》中所強調的「共同體」之所以存在的關鍵要素。

當然,必須指出的還在於,作家在文學史中的命運和定位並不完全取決於以上政治意識形態的差異和對抗,因為意識形態的爭鬥會發生變化,而純文學的特質是不會變化的。對於兩岸的讀者來說,他們分別從張愛玲作品中汲取到了更為永恆和多元的文學內涵和技巧。其中包括上個世紀 70 年代以後由於西方女性主義思潮的東漸,在臺灣、香港和大陸先後形成的女性主義文學思潮,這股女性主義文學思潮催生的創作群體毫無疑問從張愛玲作品中汲取了更為多元的女性立場。古典文化的熱愛者在張愛玲的作品裏尋覓到失落了的頹廢美學映照中的中國,現代文化的鍾情者則從張愛玲的作品中發現了太多的現代主義元素,純文學的研究者發現了純文學的技巧,通俗文學愛好者發現了通俗文學的傳統……事實上,張愛玲現象剛好驗證了本尼迪克特·安德森在

〔註111〕 任佑卿:《國族的界限和文學史:論建構臺灣新文學史與張愛玲研究》,《文化研究》2006 年第 2 期,第 261 頁。

《想像的共同體》中所闡述的觀點，正是因為張愛玲小說中的中國元素吸引了所有具有中華文化背景的兩岸暨港澳讀者，也正是因為張愛玲小說在海峽兩岸暨港澳的傳播和流通，才使得海峽兩岸暨港澳這個文學共同體得以存在，也使得張愛玲個案在海峽兩岸暨港澳文學的整合研究具有相當的代表性和說服力。

第四節　從文化想像到身份認同

施叔青出生和成長在臺灣鹿港，有著西方教育、生活和文化背景，但同時她又在香港居留了較長的時間，她寫下了大量反映港人生活以及香港歷史的文學作品，影響相當廣泛。施叔青 1994 年離開香港到臺灣定居〔註112〕，並寫下了「臺灣三部曲」，隨後再回到曼哈頓定居。儘管施叔青從來沒有在大陸定居，但也沒有放棄以獨特的視角對大陸進行觀照和書寫，更不用說她常來常往愛恨難捨的美國了，同樣通過她的筆致去描述不同種族的人物在這個國際都會裏的際遇。施叔青既是不同文化的受影響者和體驗者，也是不同文化的觀察者和書寫者，同時更是不同文化的傳播者和反思者，施叔青個案不僅意味著文化的差異，也意味著文化的交流和整合。不僅在海峽兩岸暨港澳，甚至在世界華文文學的地圖上，施叔青文學書寫的文化意義都極為獨特並不可或缺。

一、施叔青香港書寫的文化想像

在香港女性小說家筆下，現代香港的生存時間、空間以及混雜的社會文化對於人物來說，是一種夾縫式的局促存在，這些因素所構成和影響著的生存空間的有限和沉重使人物發生某種變異：或者淪為金錢的奴隸，或者成為證件的附屬，或者是一個個模式化的男人和女人，或者是新移民的尷尬、挫傷、矛盾和游移及至最後的死亡或墮落。施叔青以《香港的故事》為總題的系列小說著眼於邊緣人的生存與失落，寫盡了奔波游離於大陸、臺灣、香港三地之間的「邊緣人」在「夾縫之間」生存和掙扎的種種情態和心態。這些生存、顛簸於東西文化之間、傳統與現代之間、性別與金錢之間、大陸與香港之間、臺灣與香港之間、過去與現在之間的人物猶如鬼魂再生，他們的顛仆命運、蹇促生涯，自是香港生活的又一景觀。

〔註112〕　自 1977 年 9 月抵香港定居，到 1994 年初夏告別香港，施叔青在香港居住了17 年。白舒榮：《自我完成　自我挑戰——施叔青評傳·附錄》，北京：作家出版社 2006 年版。

因此研究者謂「施叔青筆下的香江男女，個個浮沉於情慾金錢的輪迴間。上焉者遊戲征逐，『歎世界』歎到百無聊賴，下焉者尋尋覓覓，無從輾轉，每每成為冤孽的犧牲。施的香江絢麗多彩，但轉眼之間，卻變作陣陣鬼火磷光，繁華卻也淒清。施所構築的視景，充斥世紀末式的機巧、頹廢、與肉慾衝動。可取的是，在墮落沉溺的深處，她常能藉自嘲（或嘲人）而召喚一道德角度的自省，雖非意在批判，卻能成就悲憫戒懼的感歎。」〔註 113〕施叔青筆下的「新移民」生存則更加艱難，一方面物質生存的壓力使得他們必須為自己尋求經濟上的靠山；另一方面個人文化身份感的尋求更加迫切和焦灼，「外來者」（無論來自西方、還是臺灣以及大陸）的身份越發凸顯了其中西文化、傳統與現代之間的矛盾與張力。所以，施叔青筆下人物所處的夾縫空間更加幽深和窘迫。

但施叔青顯然並不滿足於對香港人生存夾縫狀態的描繪，她要為香港百年歷史做傳，通過百年香港的變遷來為香港人的身份認同尋找證明。故而，從前期資料的搜集，到香港地理風物的考察，直到香港敘事中大量的歷史資料、傳說、掌故、文獻等的直接運用，都可以體會到施叔青努力還原歷史的意圖和決心，但香港百年殖民的歷史真的被還原了嗎？施叔青的「香港三部曲」將歷史的敘述聚焦在特定的時空、人群以及特定的歷史細節，發掘和打撈女性經驗，以女性主人公和女性講述者的雙重女性主體性聲音重構歷史，為女性文學提供自我認同和反省的精神鏡像。如果說在既有的歷史記載和文學本文中，女性的歷史類似於無垠的海洋中偶或漂浮著的冰山，那麼，真實而豐富的女性歷史則是那冰山下面無比碩大的黑暗地帶。不但那顯露出的冰山一角的女性歷史不足以說明女性真實的歷史生存，而且那沒有顯露出來的部分還將永遠沉浸在黑暗的海洋深處，並不斷地為海洋所融化和吞沒。女性主義者肖瓦爾特說過，女性「被強求認識男性經歷，因為它是作為人類的經歷呈現在她們面前的」，〔註 114〕即女性對自我的認識一向都是通過男人的印象和書寫獲得的。

所以，女性寫作首要的任務就是主動地發掘和打撈女性的歷史記憶。這種記憶無疑是對男性文化和歷史的一種逃匿和剝離，完全以女性自我的經驗和

〔註 113〕 王德威：《從傳奇到志怪》，《閱讀當代小說》，臺北：遠流出版 1991 年版，第 225 頁。

〔註 114〕 〔英〕瑪麗・伊格爾頓編，胡敏、陳彩霞、林樹明譯：《女權主義文學理論》，長沙：湖南文藝出版社 1989 年版，第 96 頁。

理念為基礎。從而女性記憶的建構方式首先表現為：以藝術的氣息和光韻將歷史深處照亮的方式來建構女性記憶。穿越了漫長的黑暗的歷史隧道，女性歷史以奪目的光韻和色澤敞開在澄明之中，一頁頁泛黃的女性歷史得以重見天日，並獲得其應有的話語權。因此，女性寫作者總是於歷史塵封的深處，尋找有關女性歷史真實的蛛絲馬蹟。施叔青關注的是 1894 年到 1997 年的香港歷史：

> 下筆之前，遍讀有關史話、民俗風情記載，凡是小說提到的街景、舟車、建築風貌，英國人維多利亞風格的室內布置，妓寨的陳設，那個時代衣飾審美、民生飲食，中、西節慶風俗，甚至植物花鳥草蟲，我都刻意捕捉鋪陳，也不放過想像中那個年代的色彩、氣味與聲音。我是用心良苦地還原那個時代的風情背景。〔註 115〕

對於那個特定時代的歷史、風情與背景的還原正是為了烘托女性主人公黃得雲的出場，蝴蝶的象徵意象與黃得雲的形象意蘊之間有太多的相似和勾聯，並且她們都是香港特殊境遇中的產物：「當我從標本發現一種黃翅粉蝶，那份驚喜此生難忘。我找到了地道的香港特產，精緻嬌弱如女人的黃翅粉蝶。雖然同是蝴蝶，香港的黃翅粉蝶於嬌弱的外表下，卻勇於挑戰既定的命運，在歷史的陰影裏擎住一小片亮光。」陰暗和鮮亮的參差對比就此成為女性歷史生存場景的逼真寫照：「我在為心愛的蝴蝶敷彩時，用的是寶石藍、胭脂紅等鮮亮的聲調來烘染出一個濫淫巾釵、珠鏹玉搔的擺花街青樓的紅妓，同時也沒忘記在她周遭塗下陰影，暈染暗色的調子。」主人公黃得雲從灰暗的命運基調和歷史霧靄中一步步走出來，開始了她在近代香港跌宕起伏的命運抗爭。基於對香港特殊歷史和風情的興趣，施叔青把香港的形象和命運賦予了蝴蝶黃得雲，從湮滅於歷史深處的女性人物身上獲得了創作靈感和書寫理念，將她們從無名的歷史敘述中帶向女性主義的文學想像。

小說主人公蝴蝶黃得雲，原是 19 世紀末期東莞農村的女孩，遭人綁架到香港後，在擺花街做起了妓女。在震驚中外的香港鼠疫中，她成為潔淨局代理幫辦史密斯的情婦，並住進了跑馬地唐樓，遭到史密斯的拋棄後她又靠上了通譯屈亞炳。後來，經過種種曲折成為典當業名人十一姑的女傭，逐漸執掌了公興押的大權並開始發跡。又一個偶然的機會，黃得雲成了滙豐銀行董事修洛的情婦，一躍而為上層社會的名流。她的兒子黃查理遂成為地產業的翹楚，

〔註 115〕施叔青：《我的蝴蝶（代序）》，《她名叫蝴蝶》，廣州：花城出版社 1999 年版，第 5 頁。

孫子黃威廉也成為香港著名的大法官。黃得雲風雲際會的一生勾聯起香港的百年歷史，作為一個淪落煙花的女子，黃得雲除了她自己的身體外，別無所有。而正是歷史賦予她的這具身體，表達了充分的奴役與被奴役、殖民與被殖民以及利用與反利用的多重內涵和意蘊。

黃得雲的性別關係鏈條中的男人，最有意味的是亞當‧史密斯和西恩‧修洛。他們分別出現在黃得雲生命的早期和中期，一個是下級軍官出身的不得志男人，一個是貴族出身的銀行家，前者一度迷戀於在黃得雲那裡的情慾宣洩，後者則是一個性無能者，他們與黃得雲之間的關係恰恰說明了這樣一個事實：「如果說，青春勃發的黃得雲，只能以自己的肉體給不得意的史密斯提供撫慰孤寂的安全島，從而顯出她並非完全的被動；那麼到了徐娘半老，倒轉來反客為主地居於對西恩的支配地位。由性的象徵所潛隱的這種對殖民的顛覆，正是隨著歲月的推衍所帶出來的結果。它也透露出殖民主義從海盜時期的豪取強奪，到依賴紳士風度的統治，其間逐步沒落的信息。」〔註116〕

顯然，這種對歷史的新的文學敘述方式是與歷史研究方法的突破聯繫在一起的。一般說來，最早的婦女歷史多是通過把婦女提到顯著的地位，將婦女寫進歷史，對男性的傳統的「客觀歷史」提出挑戰。女性歷史學家們業已意識到對婦女的研究完全不同於對其他被壓迫群體的研究，正是由於女性「『由文化所決定的，在心理上已經內在化的邊緣地位』使她們的『歷史經驗完全不同於男人們』，把婦女寫進『歷史』，也許更多地意味著傳統的關於『歷史』的定義本身需要有所改變。」這種由女性研究者發起的對社會歷史的改寫受到了女性主義和新歷史主義的雙重影響，它一方面強調「主體性具有性別，強調婦女是歷史研究的中心」；此外，還強調「性和生育，均被當作權力和衝突的場所，對女性和男性兩者的主體性的構成起十分重要的作用」。而對「歷史」構成因素豐富性的關注與研究則帶來一種被稱為「交叉文化蒙太奇」的行為：「在這個行為中，非傳統的史料來源婦女的書信和日記，婦女手冊，婦女小說乃至集會，都與更傳統的，更帶有社會性的本文，如國會辯論，社會學著作，醫學文獻，新聞報導以及醫學雜誌並置在一起。」〔註117〕所以，向來為男性研究者

〔註116〕劉登翰：《說不盡的香港》，施叔青：《她名叫蝴蝶》，廣州：花城出版社1999年版，第8頁。

〔註117〕〔美〕朱迪思‧勞德‧牛頓：《歷史一如既往？女性主義和新歷史主義》，張京媛主編：《新歷史主義與文學批評》，北京：北京大學出版社1993年版，第203頁。

所忽略的歷史資料，如婦女的照片、書信、日記、檔案甚至日常生活圖片都成為歷史研究的重要憑藉和載體。正是在這樣的性別文化觀念引導下，香港的女性寫作者們帶著歷史考究的嚴謹態度，於浩繁的歷史資料中捕捉和感受女性曾經鮮活過的生命印記。

　　這意味著歷史記憶不僅是女性寫作的永久資源，而且已經成為女性寫作的歷史敘述形態，甚至可以這樣說，歷史記憶決定了女性寫作把握世界的方式，女性寫作中的記憶就是對男性創建歷史和書寫歷史的歷史觀念的反動模式。這決定了女性歷史的發掘以泛黃的照片開始，而不以泛黃的照片告終，也就是說，緣起於某個歷史細節的故事跟隨著寫作者的意念開始了具有個人主體性的敘述過程。保羅·德曼在解讀普魯斯特時說過，「記憶的本領」首先不是「復活」的本領：它始終像謎一樣難以捉摸，以至可以說它被一種關於「未來」的思想所糾纏。「記憶的本領並不存在於復活實際存在過的情景或感情的能力中，而是存在於精神的某種構成行為內。精神被侷限於其本身的現時，並面向其自身構成之將來。過去僅僅作為純形式因素介入。」〔註118〕或者說泛黃的照片只是女性特定歷史的封面，這些照片中的女性只有在與女性寫作者的心靈遇合後才可以展開女性歷史的逼真畫面，因為「記憶只是在那些喚起了對它們回憶的心靈中才聯繫在一起，因為一些記憶讓另一些記憶得以重建」。〔註119〕

　　那麼，女性歷史的常態或真相究竟怎樣？歷史女性由文化所決定的，在心理上已經內在化的邊緣地位使其生命印痕流於瑣碎、庸常，甚至孤寂和無聊。雖然施叔青的《香港三部曲》以19世紀香港的歷史大事串聯情節，但只是點綴或者提醒作用，作者刻意描寫的仍然是黃得雲的命運顛躓。無論是擺花街的妓女生活，還是跑馬地唐樓中與史密斯的情慾糾纏；無論是找尋史密斯的絕望，還是追隨姜俠魂的無果；以至後來在典當行的悉心做人、與西恩·修洛的特殊交往都鋪陳著濃重的日常生活的氛圍。史書記載的香港歷史正好與黃得雲的個人歷史形成了某種銜接，這使黃得雲的命運安排有了某種藉口，也將大歷史的空蒙落到實處。而且，這種與女性生活常態相關的日常話語，並不僅僅表現在女性自身故事的敘述和命運的展開，也不僅僅作用於以另外的方式進入和還原女性的歷史，它的創建作用還表現在敘述者將女性的日常生活與其

〔註118〕〔法〕雅克·德里達著，蔣梓驊譯：《多義的記憶》，北京：中央編譯出版社1999年版，第69～70頁。

〔註119〕〔法〕莫里斯·哈布瓦赫著，畢然、郭金華譯：《論集體記憶》，上海：上海人民出版社2002年版，第93頁。

所在的城市進行了關聯性書寫。如上，泛黃的照片和日常生活的營造絕不是虛擲筆墨，那是為了將在傳奇或流言中生存下來的女性主人公更好地帶到敞亮之中，展示她們的天生麗質、豐妝盛容。無疑，這些女性都是美麗的：性感豔冶是她們身體的標籤，而身體幾乎就是她們生存的全部資本。

　　所以，女性寫作創建的女性歷史也借著身體的權力關係而展開——在這個意義上，身體不僅意味著權力，還意味著文化、經濟、政治的某種媒介作用或交換關係。憑藉著身體與男人所形成的關係，女性參與到政治、經濟甚至文化的運行當中，其結果不是身體的被殺戮或被毀滅，就是身體的涅槃和永恆。但又怎麼不能說，黃得雲的身體就是她的權力，她憑藉著身體與一系列的男人，有能的或無能的，實現了多種的性別關係，並通過這樣的性別關係的確立改變了自我和家族的命運。如果單純地從女性主義的角度來考察，她充分利用了這唯一的身體的權力，反抗權威和成規，改變了她個人的歷史，也改變了歷史中的女人的地位。由最初的被奴役者成為奴役者，那為她的身體所誘惑的男人就已經掙扎在她的奴役之下了。相對於男權中心主義話語中，女性出賣身體的屈辱和可恥之說，黃得雲提供了另外一種觀照女性歷史的視角。

　　一般來說，女性寫作大都致力於探討構建性別關係的模式，以及這一模式如何滲透在女人們和男人們看待階級關係的方式之中。重要的是：「性別的表述怎樣滲透於階級的表述之中，並且怎樣塑造了階級關係、怎樣構建了一個否則就要受男性統治的公眾領域。」〔註120〕可以肯定，性別關係通過各種社會成規的罅隙滲透並影響了社會的歷史和文化構成，並且這種滲透和影響將會對既定的歷史成規構成越來越大的威脅力量，使之最終走向解體。女性寫作對史料的發掘、對日常生活的還原以及對性別關係的構建都是為了想像和重構女性歷史，但女性寫作的最終目的卻又不是為了女性歷史的重構，它只不過是在女性歷史的重新想像中尋找接近完整的自我。因此，這些作品中的女性敘述者終究還是按捺不住，在一開始或中途或最後都實現了與女性主人公的對話，更多的溝通和交流通過此超越時空的對話得以完成。

　　女性敘述者和女性主人公的雙重主體性是通過很多有意味的處理呈現出來的，施叔青曾在攝影機的追蹤之下，一寸寸拾回她遺留香江的諸般記憶。

─────────────

〔註120〕〔美〕朱迪思・勞德・牛頓：《歷史一如既往？女性主義和新歷史主義》，張
　　　　京媛主編：《新歷史主義與文學批評》，北京：北京大學出版社 1993 年版，第
　　　　209 頁。

「我在突然暴熱的日頭下，踏上皇后大道中的石板街，重疊當年黃得雲的足跡一級級往上走。她曾經在這條石板街三上三下，走完了她一生的全過程；而經過漫長的八年抗戰，我也終於能夠為我的香港三部曲寫下一個句號。」〔註 121〕在第三部《寂寞雲園》中，敘述者「我」粉墨登場，與黃得雲的曾孫女黃蝶娘相識、相交，扮演起串場的角色，成為 20 世紀 70 年代香港歷史的親歷者，也成為黃得雲歷史的直接見證者，雙重的女性主體性在此重合和交融。

　　類似的女性記憶重建表明了女性充足的自審意識，它挖掘出女性心獄中那黑暗和陰沉的一角。實際上也是對女性自我的另外一種反思，女性自我的建構應當正視自我的缺陷，並勇於袒露它，只有在完全地打開自我的靈魂時，自我的創傷才能得到治療、拯救和發展。在同現代社會抗爭的意義上來說，女性敘述者呼喚完整的自我感覺和形象，借助於歷史遺照來拯救破碎的自我，重組創傷累累的女性歷史，拼貼殘缺不全的女性記憶。無論是女性記憶傳統的重新發現，對女性歷史的獨特建構，還是在女性歷史建構中對女性自我的審視與反思，都表明歷史敘事作為女性敘述歷史的方式與其個人的自我認同有著密切的關係。人類保存著對自己生活的各個時期的記憶，這些記憶不停地再現；通過它們，就像是通過一種連續的關係，人的身份感得以長久存在。

　　實際上，這意味著女性寫作對記憶的重建是為了進一步實現個體的身份認同感，正如莫里斯・哈布瓦赫所說：「在某種程度上，沉思冥想的記憶或像夢一樣的記憶，可以幫助我們逃離社會。……然而，由於我們的過去是由我們慣常瞭解的人佔據著，所以，如果我們以這種方式逃離了今天的人類社會，也只不過是為了在別的人和別的人類環境中找到自我。」〔註 122〕女性歷史的重建以及這重建的歷史所顯示出來的光韻和意味，正是關聯於女性自我特定的身份認同和反思，它更多地是以女性身份認同和反思的精神鏡像而存在。「我們清楚感受到施叔青對香港的深切關懷與認同，可同時也感受到一個洞悉歷史、操縱想像、無處不在的敘事者。她不但『深入白人統治者的內裏，審視殖民者的諸般心態』，也深入被殖民者的身體，公開展示其情慾。在她把黃得雲塑造成一情慾主體的同時，也把黃得雲銘刻作她敘事的情慾客體。她穿插於今昔，出入宰制者與被宰制者之間，毫無障礙羈絆，可以縱情演繹、拆解複雜

〔註 121〕施叔青：《我的蝴蝶（代序）》，《她名叫蝴蝶》，廣州：花城出版社 1999 年版，第 5 頁。
〔註 122〕〔法〕莫里斯・哈布瓦赫著，畢然、郭金華譯：《論集體記憶》，上海：上海人民出版社 2002 年版，第 87 頁。

的殖民關係,在這宰制與困境之外嘲弄它。」〔註123〕

　　既定的歷史是不是唯一的?客觀存在並不可複製?「當作家不斷以論述複製本土歷史,她筆下的極其量只是一個又一個既不完整又不真實的複製品,徒供作者與讀者消費而已。」而且「每一次歷史書寫都是一次再詮釋,而我們的歷史閱讀更是一次又一次的『誤讀』。並沒有一種『真實無誤』的歷史書寫,只有各種不同的『歷史再詮釋』。」〔註124〕歷史的不可還原性成為歷史的致命悖論,要強調的是,不管寫作者對於歷史的還原屬於個人的解讀和詮釋,還是最終成為作者和讀者的被複製了的文化消費品,文學中的歷史書寫對於作者和讀者都具有不同程度的激發和影響作用:對於作者而言,歷史書寫所進行的必要的具體歷史過程的穿越和回歸至少意味著自我主體和自我身份的尋找和確認;同樣,對於讀者而言,文學中的歷史書寫不但提供了特定階段歷史的圖景、狀貌和觀念,而且提供了遠遠超過具體事件本身的更豐富的觀察和審視歷史的視角。

二、施叔青臺灣書寫的身份認同

　　在完成「香港三部曲」之後,施叔青開始返鄉之旅。「她所開闢出來的領域,以海島的故鄉鹿港為起點,延伸到北美洲的紐約港,最後又翻身航向東方的香港,所有陌生的港口,以及遼遠的水域,也許不會覺察曾經接納過一位漂泊女性的思維。但是,在迂迴的旅行過程中,施叔青從未忘記在每個港口留下龐大的文字。」〔註125〕這一次,她要為賴以生存的土地立傳:「臺灣這塊土地,在短短三百年內,歷經各種不同強權與帝國的統治,每一位當權者都帶來不同的語言和文化。這個海島也不停地接受各種歷史階段的移民潮,並容納移民者各自帶來的文化傳統。與香港一樣,臺灣是一個殖民地;但與香港最大的不同之處,便是權力不斷更迭,文化內容不斷變化;歷史累積起來的重量,遠遠超過香港所能承受的。移民者來到臺灣,決定在此生根,永遠衍傳下去。只有殖民者在露出疲態時,便毫無遲疑把政權交給下一個殖民者,義無反顧地揚長而去。」〔註126〕臺灣歷史的斷裂、臺灣人的悲情以及所造成的身份認同的迷惑

〔註123〕陳燕遐:《反叛與對話:論西西的小說》,香港:華南研究出版社2000年版,
　　　　　第119～120頁。
〔註124〕陳燕遐:《反叛與對話:論西西的小說》,香港:華南研究出版社2000年版,
　　　　　第120頁。
〔註125〕陳芳明:《臺灣新文學史》(下),臺北:聯經出版2011年版,第724頁。
〔註126〕陳芳明:《臺灣新文學史》(下),臺北:聯經出版2011年版,第728頁。

困擾著施叔青，也成為她撰寫「臺灣三部曲」的內在動力和緣起，也決定了她把三部曲故事的起點設置在故鄉小鎮「鹿港」。

雖然「臺灣三部曲」的寫作目的在於為臺灣立史傳，但施叔青決定不因循傳統大河小說的形式，而以家族史為主幹，用幾代人貫穿三部曲的經緯。「我選擇利用不同的政權統治來寫這部書。臺灣的歷史是斷裂的，造成我們認同的痛苦，也才會有今天的爭端矛盾，香港被英國殖民一個半世紀，臺灣先後換過多少旗幟，為了突顯臺灣人的特殊歷史命運，我特意將這三部曲依照不同的政權、時代劃分為：青領、日治以及光復後三個時期。」〔註127〕第一部《行過洛津》沿著臺灣民間故事陳三五娘的蹤跡，講述了近百年間鹿港這個港口如何從繁華世代趨於沒落。轉眼繁華成水泡，曾經的物質豐裕、商船雲集、富商遍地的洛津城真的在歷史上存在過嗎？為了再現歷史的真實，施叔青再一次重回歷史現場。「《行過洛津》寫的是嘉慶年間，洛津（即鹿港）這個移民社會的形成及其興衰沉浮。除了藉著殘存的街巷建物、商號和筆記史料等來重新拼回業已漫漶的記憶外，它也意圖重新爬梳鄉野傳奇，使過去那個遷移的時代更加明晰，它有如用古燈殘月的微光來重覓過去的痕跡。那一塊塊夾雜著滄桑風華的色塊，難道真的只是聲色一場嗎？」〔註128〕小說結構宏大，人物眾多，時空廣闊。以泉州七子戲班的許情為核心的庶民階層作為描述的對象和觀看的視角，站在兩岸的立場，透視近百年鹿港政治、經濟、歷史、文化等的變遷，顯示出施叔青創作的雄心抱負，也具備了臺灣「大河小說」的品質。

施叔青希圖通過以許情為代表的優伶的命運和視角透視三百年臺灣的命運：「《行過洛津》累積她長年以來的小說技藝，為臺灣歷史提出全新的證詞。如果把小說中的敘事觀點倒轉過來，就可以發現過去的臺灣史是如何被塑造出來的。從優伶歌伎看庶民社會，從鹿港小鎮看臺灣歷史，從島嶼命運看中國權力，層累造成的史觀鋪陳出整個陰性化過程的弔詭。也就是說，嘗試把施叔青拉近的鏡頭再重新拉遠，就可透視到優伶的命運，女性的命運，臺灣的命運，其實是同條共貫的。」〔註129〕作為一名女性作家，施叔青一開始就具備性別

〔註127〕《與為臺灣立傳的臺灣女兒對談——陳芳明與施叔青》，施叔青：《風前塵埃‧代後記》，臺北：時報文化出版2007年版。

〔註128〕南方朔：《走出「遷移文學」的第一步》，施叔青：《行過洛津‧序》，臺北：時報文化出版2003年版。

〔註129〕陳芳明：《情慾優伶與歷史幽靈——卸載施叔青〈行過洛津〉書前》，施叔青：《行過洛津‧序》，臺北：時報文化出版2003年版。

立場的關切,以邊緣弱勢的優伶來定位臺灣的身份和地位。

不亞於《行過洛津》,第二部《風前塵埃》空間和時間的跨度也很大,集中書寫日據時期原住民的歷史,以從日本移民到花蓮的橫山一家的錯綜複雜的愛情與命運糾葛為主要線索,核心故事置換為從日本到花蓮的移民史,人物也由來自泉州的優伶戲子置換為「灣生」的日本女子橫山月姬及其女兒無弦琴子。時空和人物的轉換意味著施叔青臺灣歷史書寫進入到更加深入的層面:「施叔青的歷史想像,橫跨了日本帝國與被殖民者之間的鴻溝,架構起另一個力道十足的歷史敘述,其中容納了殖民史、反抗史、戰爭史,為整個日據時代全然空白的記憶,添加色彩、聲音、情感、溫度。跨界的愛情,永遠無法完成,但是小說裏原住民的血液,流進殖民者女性的身體時,這種翻轉的書寫方式,簡直是把日本帝國的神格地位降為平凡的人,把原住民的反抗精神升格為非凡的人。施叔青要質疑的是,所有的歷史不能取代真實的記憶,如果歷史充滿太多的虛構,則虛構的小說為什麼不能介入?當虛構與虛構混融在一起,批判的力量便儼然存在。」〔註130〕為了再現歷史的原貌和現場,她返回花蓮,走進這個移民的聚居地,甚至一次次走進後山的溪流叢林,去體味當年橫山月姬與原住民青年之間的愛戀。

施叔青為臺灣立傳的宏大決心在「臺灣三部曲」的最後一部《三世人》中達至高潮,「認同問題」得到了最為集中和深入的討論:「而臺灣的認同問題在近代史上之所以特別受到注意,就是在臺灣四百年史裏,統治者多變,前現代時期的荷領、明鄭、清領,由於社會對認同問題欠缺足夠的認知,因而姑且不論。但自一八九五年至一九四五年日治,一九四五年至一九八七年國民黨戒嚴統治,而自一九八七年至今臺灣歸於民主,短短不及百年裏,臺灣的認同即由『清朝中國人』、『日本人』、『中國人』而出現三次巨大變化,其間又有『二二八事變』造成的失望,以及目前正在發展而又充滿不確定的兩岸關係,連帶的都造成認同上的迷亂惶恐與不安。」〔註131〕以臺北作為主要的故事場景,從1895 年乙未割臺寫到 1947 年「二二八事變」。

小說表層敘事以落魄的日據時期的漢時移民施寄生一家三代為中心,輔之以醫生黃贊雲、富家子弟阮成義、律師蕭居正,展現了近代以來發生在臺

〔註130〕陳芳明:《臺灣新文學史》(下),臺北:聯經出版 2011 年版,第 730 頁。
〔註131〕南方朔:《記憶的救贖──臺灣心靈史的巨著誕生了》,施叔青:《三世人·序》,臺北:時報文化出版 2010 年版。

灣的諸種歷史大事件中知識階層的心靈異動；潛層敘事則以不甘屈服於命運擺佈的施家養女王掌珠為線索，以其服裝和語言變化的兩個線索達成邊緣向中心的對抗，展示了以女性為象徵的臺灣歷史的邊緣敘事，在男性大河小說的家國敘事之外，提供另外一種以女性為主體的、性別的、日常生活視角下的同樣驚心動魄的家國敘事。在這部小說中，認同的話題「既暗示了現代與傳統的衝突，也彰顯了殖民者與被殖民者的摩擦；既描寫男性與女性的分合，也敘述高雅文化與低俗文化的相遇。施叔青刻意以斷裂、跳躍的技巧，來拼貼從日據時代至二二八事件歷史的光與影。她要憑弔的是，曾經有過古典優雅的漢時傳統，是如何在現代化浪潮下被沖刷淨盡。她也要追祭臺灣歷史人物的人格，在權力誘惑下，是如何自我出賣並墮落。這部小說要指出的是，一種扭曲歷史的形成，也許不能只片面責怪殖民者，被殖民者恐怕也是必須承擔責任的共犯。」〔註 132〕

關於臺灣身份和認同的探索，「臺灣三部曲」在這樣幾個層面加以關注和探討。首先是小說所選擇的臺灣歷史的聚焦和承載地：洛津—花蓮—臺北。《行過洛津》中的鹿港，素有「一府二鹿三艋舺」之稱，曾經引領兩三百年的臺灣商業和文化，書寫空間上則涵蓋了主人公許情從福建泉州三次渡海到洛津的遷徙經歷。《風前塵埃》中的花蓮，再現了日本殖民臺灣期間的歷史，《三世人》中的臺北，用於鋪展近百年的臺灣歷史際遇。通過這樣三個不同位置、不同歷史、不同政治經濟文化和移民群落的點將臺灣歷史三百年的面貌完整立體地勾連並確立起來。洛津是繁榮的商埠，忽然繁華，繼而衰落，它曾經的繁華留下了可供追懷的遺跡和史料。而《行過洛津》處理的是清朝早期漳、泉福建移民來臺落戶，主要以福佬人為主。有史以來，花蓮即是一個族群聚居的移民之地，原住民、外省人、客家人、福佬人都有相當分量。花蓮是偏僻的原住民聚居的地方，正好將日本殖民和原住民等族群的矛盾和話題在這裡展開。而臺北，是近年來的政治、文化和教育中心，也是知識分子雲集的所在，因此這裡也就理所當然地成為各種知識分子坦露心跡和決定選擇的舞臺。

其次，施叔青所選擇的歷史時段也非常集中。《行過洛津》是以洛津（鹿港）為載體的清朝乾嘉到道光年間的歷史，南方朔說：「臺灣這個邊陲島嶼從明末清初開始，在長達四百年的歷史浪濤席捲下，就已歷盡不同的山河歲月。縱使只從最狹義的漢移民社會而言，其複雜性及內蘊的時代精神，就已龐大

〔註 132〕陳芳明：《臺灣新文學史》（下），臺北：聯經出版 2011 年版，第 730 頁。

得極難清理。」〔註133〕近三百年的臺灣歷史，有文化（戲曲）和商貿（泉州）的繁榮，也有族群衝突的尖銳，同時更有著知識分子的悲情。在這歷史過程中，臺灣作為一個島嶼和大陸有著千絲萬縷的精神、文化和經濟聯繫。《行過洛津》中主人公的半生經歷，不過是從清朝嘉慶中葉到咸豐年間，正是泉州（來自大陸）的商貿促成了這裡短暫卻輝煌的繁榮時光。《風前塵埃》則主要強調日本殖民臺灣時期，日本人與臺灣人、尤其是原住民之間的族群爭鬥的歷史。而《三世人》中則濃縮了近一百年的複雜多變的歷史歷程，將之進行了集中的書寫。

　　正如規劃「香港三部曲」的寫作一樣，施叔青在寫作「臺灣三部曲」之前也做了大量的史料收集工作。作品中「舉凡正史野史、筆記詩詞、小說戲曲、佛經青詞，乃至商肆賬本、娼家花冊，只要是和洛津有關者，無不搜羅殆盡。筆觸所經，從政治歷史、人文地理、宗教習俗、文學戲曲、城鎮建築、海防水利到飲食衣物，無不曲盡描繪，而人物亦是士農工商、優伶娼妓、海盜孟賊，乃至洋夷土番，無所不包」〔註134〕。這正如施叔青本人在《行過洛津·後記》中所言：「以小說為清代的臺灣做傳，我生怕自己不能免俗，患了大鹿港沙文主義的毛病，特地南下走訪府城，虛心地去認識接續荷蘭人的經營之後，這座明鄭三代政治文化中心的臺灣第一城，再加上我對隔海的泉州古城的印象，然後我在異國關起門來，終日與泛黃的舊照片、歷史文籍為伴，在古雅的南管音樂與蔡振南《母親的名叫臺灣》的激情呼喊交錯聲中，重塑了我心目中的清代鹿港。」〔註135〕

　　再次，除了空間選擇上的特殊用意，歷史時段選擇上的良苦用心，「臺灣三部曲」在人物設置上也含有多重意蘊的指代、滲透和交錯。儘管每部小說中出現的人物都有幾十至近百位，但總有一些較為主要的線索性人物，相對充分地得以表現。就《行過洛津》中以許情為核心的人物譜系而論，有戲班裏的玉芙蓉、洛津城內的藝伎珍珠點、阿娼，也有郊商豪門石煙城、喜歡包養男童的石家三公子、打算包養許情的暴發戶商家烏秋。除此之外，還有官僚朱仕光。當然，其間人物不僅跨越階層，藉以展示底層娼妓生態與官僚社會生存真相；同時跨越性別，既有男性戲子被裝扮成女性，被作為貴人變童包養，同時自己

〔註133〕南方朔：《走出「遷移文學」的第一步》，施叔青：《行過洛津·序》，臺北：
　　　　臺北時報文化出版 2003 年版。
〔註134〕錢南秀：《在鹿港發現歷史》，《聯合文學》2005 年第 12 期。
〔註135〕施叔青：《行過洛津·後記》，臺北：臺北時報文化出版 2003 年版。

又戀上藝伎，打算返回男兒性別身份。儘管這些人物來自不同族群，社會地位以及身份角色各不相同，但總體上以泉州伶人許情和洛津歌妓阿婠為主要情節線索，活動空間也以最下層的庶民社會為主。由於許情在七子戲班扮演的是旦角月小桂，而恰恰是這個角色吸引了烏秋以及官員朱仕光並挑起了他們的欲望，由此觸及性別身份的改寫以及歷史結局的官方篡改，同時再現了良莠並存的民間傳統文化。此外，《行過洛津》中的許情作為伶人的代表，意味著早期移民遷移中更多的文化生態，甚至直指由福建入臺的各種民間藝術，尤其是七子戲、歌仔戲、南音等等，來自對岸泉州的伶人引領了繁華洛津的庶民文化。同樣，也是來自對岸的碩大帝國的官員在這裡統管一方，它的權力儘管至高無上但也寂寞孤獨，輕易就被欲望所挑動和俘獲，權力是他實現欲望滿足的媒介，也是權力促使其對已然發生過的歷史進行強行修改。

而《風前塵埃》則以日本女子橫山月姬和原住民青年之間的愛情為線索，愛情的悲劇源於殖民者暴虐的文化統治和塑造。橫山月姬是出生在臺灣的「灣生」日本人，這決定了她出身的低等，何況她又和臺灣原住民戀愛，如此歷史真相注定成為風中塵埃。主人公至死都無法還原真正的歷史原貌，在殖民者充滿暴力的殖民統治和殖民話語中，被殖民者不僅被迫改變了語言，改變了文字，改變了國族身份，甚至也改變了其情感認同，最終改變了其對歷史真相的認知。「於是無論為了保護自己或保護女兒，她的自我遂分裂為二。一個是佯裝成普通戰後日本人，另一個則是假冒但卻是真實的『真子』這個從未現身的角色。她把自己真實的生命外在化，把記憶虛假化，變成『真子』這個『異』己，而只有在談到真子時，她那種生命的感情才得以湧現。在歷史的廢墟裏，婦女通常都是最後的承受者，當不堪承受時就分裂自己來分擔這種被扭曲的歷史重量。這是自我分裂、用分裂來合理化自我欺騙的心靈歷程。」〔註136〕當無弦琴子重回花蓮，走過了她母親生前走過的所有歷程，不得不感慨：

> 可憐的母親，過去的這場戀情使她終生感到困惑痛苦，即使到了遲暮之年，她還是缺乏面對的勇氣，必須透過自我的否定，把自己想像成另一個人，創作了真子讓體內的人復活，只有這樣，月姬才能接受哈鹿克，假借一個人的聲音來向女兒訴說她不想為人知卻

〔註136〕南方朔：《透過歷史天使悲傷之眼》，施叔青：《風前塵埃・推薦序》，臺北：時報文化出版 2007 年版。

必須讓女兒知道的她糾葛的過去。〔註137〕

這裡，無論是「真子」，還是「無弦」，其所象徵和指代的歷史真實的被強行遺忘和被暴力覆蓋是那樣真實、無助，又是那樣沉痛。事實上，被遺忘或者說被湮滅了歷史真相的，又豈止橫山家族呢？對於花蓮的原住民的後代來說，同樣如此。當然，其他族群的後代也概莫能外。

《三世人》當中的人物形象更加駁雜多樣，在巨大的歷史轉折面前，小說以施寄生為代表的一眾知識分子的自我選擇一窺歷史巨流中臺灣人潛隱的種種悲情。關於施家三代敘述的部分，研究者稱之為「雄性敘述」〔註138〕，其中有以清朝遺民自居、活在想像的古老中國幻影中的施寄生、施寄生的在專賣局做公務員的兒子施漢仁、施寄生的取了日本名字的孫子施朝宗，三代人三種不同的身份認同，道盡大歷史的滄桑巨變和個人的隱痛。與之相對的則是以養女王掌珠為主角的「雌性敘述」，再現大歷史之下與個體日常生活密切相關的語言、服裝、生活行為等的小歷史場景，遂成為大歷史的注腳，也成就更為真實的另類認同。

王掌珠沒有自己的名字，生父將她典賣時的賣身契文書中也沒有提及，「王掌珠」是她給自己取的名字，「掌珠」即「掌上明珠」之意，既然無人疼，自己疼自己好了。姓王，也是捏造的，因為那是百家姓中最神氣的姓氏。施叔青其實是將王掌珠作為臺灣養女的化身而塑造的：「一個身不由主、無法主宰自己婚姻大事的可憐人，她一身包了養女、查某嫺，可能為人妾三種身份，只差沒被賣入娼門，再也找不到比她更命苦的了。她的身世就是一齣賺人熱淚的苦情戲，只消她披上那件補丁遍處的大裪衫，往舞臺一站，由她現身說法，不需編排情節，也不必為了表演培養情緒，站到燈光下喁喁自語，訴說血淚斑斑的經歷，就是一齣悲情的苦戲。」〔註139〕但是，王掌珠在歷史的轉圜中沒有屈服於既定的命運，她「由穿著大裪衫的鄉下小女子，而後日本和服與洋裝，再來是臺灣光復後的旗袍，二二八之後又穿回大裪衫；而在語言上她也一路追著由臺語、九州腔日語、東京腔日語、北京話等而變化，這個上進的小女子在時代變化下被一步步啟蒙，她有過不可能的夢想：『掌珠構想的小說，主要想描寫一個處在新與舊的過渡時代，卻勇於追求命運自主，突破傳統約束，情感

〔註137〕施叔青：《風前塵埃》，臺北：時報文化出版2007年版，第232頁。
〔註138〕南方朔：《記憶的救贖——臺灣心靈史的巨著誕生了》，施叔青：《三世人·序》，臺北：時報文化出版2010年版。
〔註139〕施叔青：《三世人》，臺北：時報文化出版2010年版，第70頁。

獨立，潔身自愛，堅貞剛毅的臺灣女性。』這段文字或許也是施叔青的心懷之所寄。」〔註140〕事實上，王掌珠並沒有最終實現她的願望，儘管經過層層服裝的改造，她仍然沒有獲得足夠的主體的自由。

第四，施叔青在「臺灣三部曲」中始終貫穿了她所擅長的物件的描寫。早在「香港三部曲」等作品中，施叔青已經將她對物質社會中「人為物役」現象的批判進行了充分的揭示，但沒有這麼系統，也還沒有這麼明顯的象徵、隱喻意義。且不說《行過洛津》中關於三寸金蓮、孌童之癖、太監淨身、玉容美白、乩童做法等物質習俗或奢靡的物慾奇觀的描寫，單單是伶人許情被烏秋強行改造為女人形象妝扮時關於盆景的反覆描寫，就重重隱喻了彼時臺灣和大陸的政治經濟文化權力關係。到了《風前塵埃》，整體的場景設置似乎有回歸自然的趨勢，但是，小說關於照相簿、和服、腰帶以及飾品的重筆描繪也達到了令人吃驚的程度。《三世人》不僅講述了三代人的故事，而且講述了三代物的故事。「大至博物館、百貨公司、電影院、西餐廳，小至照相機、化妝品、男女時裝，臺北五光十色，成為殖民地消費現代性最重的展示場。」〔註141〕當然，施叔青並不僅僅是為了展示物的存在，而是為了強調物的存在的意義，故而其間由琳瑯滿目各不相同的物所散發出的各種象徵系統、感官誘惑和權力關係也就一目了然，從服裝對身體的塑造、到衣食住行的改觀、再到語言和知識體系的打造，構成殖民者通過物化臺灣而改造臺灣的終極景觀和目標。特別是《三世人》的開頭和結尾、包括每章的開頭都有專門的文字段落講述臺灣樟腦的前世今生，極其顯然地，從臭樟到香樟的更名過程，即象徵著臺灣近現代以來被外來統治者經濟掠奪的命運，及其被物化、被追逐、被爭相搶佔和侵略的根本緣由：「樟腦是個大隱喻，樟腦的利益開始了列強的爭逐，而臺灣的命運也就與樟樹如影隨形般同起同落」，實質上，樟腦即是臺灣命運的另外一種具有重要關係的所謂「無關系聯想」。

作為一名女性敘述者，施叔青對臺灣社會日常生活的細緻的觀察、對於臺灣人歷史和身份認同的全部思想和觀念都融進了她關於物中之物——服飾的描寫當中。「臺灣三部曲」第一部《行過洛津》中的許情，在戲臺上穿的是女人的衣服，走下戲臺的他為富商烏秋所寵，並被按照女人的樣子來打扮。烏秋

〔註140〕南方朔：《記憶的救贖——臺灣心靈史的巨著誕生了》，施叔青：《三世人·序》，臺北：時報文化出版 2010 年版。

〔註141〕南方朔：《記憶的救贖——臺灣心靈史的巨著誕生了》，施叔青：《三世人·序》，臺北：時報文化出版 2010 年版。

為了將許情打扮成自己心目中喜歡的女性的樣子，不但為他量身訂做衣服頭面，而且要求他按照他喜歡的女人的樣子舉止行事。被迫穿上女性服裝的許情，一開始覺得是衣服在穿他，而不是他在穿衣服，但漸漸地，戲臺上和戲臺下的他合二為一，都覺得自己是個女人了：

> 日以繼夜，戲棚上戲棚下他都是以女服扮裝，愈穿愈覺得貼身自在，好像新長在他身上的一層皮膚似的。穿上女衫的他，慢慢掙脫衣服下面那個本來的他，漸漸游離出來，轉化成為另一個人，另一個由服裝所創作出來的人，與先前的他所不同的。〔註 142〕

不斷將自己和女性的服飾融為一體的過程，就是將自我的性別不斷扭曲變形一直消弭的過程。更為可怕的是，許情的舉手投足、舉止動作，由外而內無一不與身穿的女服配合，合作無間，甚至連如廁小便也很自然地蹲下來。衣服不僅可以改變性別，還可以改變認知，還有什麼不可能改變？一切皆有可能。於是，經典的文學劇本也可以刪改：「同知朱仕光得志意滿，自以為掌握了洛津的生機命運，在他窗明幾靜的衙府書齋，施施然坐了下來，繼續他對《荔鏡記》戲本刪修改編，使它變成一齣符合教化的道德劇。這也將會是他的政績之一。」〔註 143〕文字、文學、歷史都可以通過權力之手隨心所欲地進行改寫，臺灣的自我身份的扭曲和改變於焉實現。《風前塵埃》中，無論是橫山綾子、橫山月姬還是無弦琴子都經由她們的衣飾變化傳達了特定的歷史認同、文化認同以及身份認同。

> 無弦琴子撫摸這條美麗如新的腰帶，滑不留手柔軟的絲織質地，雖然是幾何形持槍的軍隊，設計師的表現手法充滿了審美品位，並非直接宣傳戰爭，而是將之與日本傳統和服的複雜圖飾形式融為一體。編撰展覽目錄過程中，無弦琴子發現男人穿的和服及外褂，男童穿去神社祭拜的禮服，設計師也都力圖把戰爭美學化，炸彈機關槍的焰火，蘭花一樣點綴在燒焦的草原上，轟炸機投下的炸彈升起螺旋狀的濃煙，也被處理得如煙如幻。
>
> 戰爭是美麗的。〔註 144〕

故此，《風前塵埃》最讓人動容的仍然是藉著無弦琴子而對日本戰時和服

〔註 142〕施叔青：《行過洛津》，臺北：時報文化出版 2003 年版，第 211 頁。
〔註 143〕施叔青：《行過洛津》，臺北：時報文化出版 2003 年版，第 240 頁。
〔註 144〕施叔青：《風前塵埃》，臺北：時報文化出版 2007 年版，第 259～260 頁。

這種服裝記號所做的衍生敘述，此服飾書寫的前提是人類的身體、行為、服裝從來都是被鐫刻著歷史的印記。「精美的和服因此而和戰爭符號相連結。和服圖案會編織上戰爭圖案。當戰爭被穿在身上，被繫在腰間，戰爭也就有了更深的集體虐狂性。」〔註145〕小說的結尾更加發人深思、震人心魄，敘述者總結並昇華了這種「戰爭是美麗的」的政治美學心態和心理動機：「期待戰爭提供感官知覺的藝術滿足，人們穿上宣揚戰爭美學的和服，衣服與身體直接接觸摩擦，好像有靈魂，會耳語，附到身上來，從皮膚的表層進入體內，交互感應，轉化穿它的人的意識，接受催眠的召喚，開始相信戰爭是美麗的，變成為潛在意識，進一步把人蛻化為衣中人。」由是她捧起母親留下的腰帶，希望嗅出母親的氣息，並把腰帶緊緊地繫在身上，渴望通過這樣和母親合而為一。

於是，當天晚上她做了一個夢：「夢見東京街頭人潮洶湧，對著一面奇大無比的大東亞共榮圈地圖，高喊皇軍萬歲、天皇萬歲萬歲，無弦琴子也夾在人群當中，她發現不分男女個個腰間繫著和她一模一樣的腰帶。」戰爭的狂熱就是這樣通過庶民的衣飾慢慢地進行滲透，並在不知不覺間將每一個人轉化為戰爭的狂人。這給所有的人一個提醒，那就是識破戰爭發動者的偽善的面孔，並時時警戒勿被統治者及其宣傳所迷惑。《三世人》中王掌珠的服飾作為日常生活中女性的認同表達方式得到最具體和系統的表現：從脫下大裪衫換上日本和服、到脫下和服換上旗袍，再到脫下旗袍再換回大裪衫的歷程涵蓋了近百年臺灣歷史的悲情和小女子王掌珠對於命運的不屈服以及最終的無可奈何。幾番面對走投無路的絕境，王掌珠以她堅韌的意志生存下來，而且不斷追求她認為屬於現代而高尚的生活，長期掙扎於社會底層的她對於和服的接受就是基於這樣的心理動機：

> 生為臺灣人，死為日本鬼。
>
> 王掌珠套上保子夫人退漆的紅木屐，離地站在凳子上，從屋樑垂下來的繩索在她眼前晃蕩，慢慢脫下從小穿到現在鬆垮垮的大裪衫，任它滑落到泥地上，打開悅子送給她，保子夫人那件穿舊的紅條絞染的花布浴衣。那一次偷偷溜進日本人的家，悅子拿出這件浴衣在她胸前比了比，不敢真的給她穿上，怕沾染到掌珠的體味。現在這件浴衣是她的了。

〔註145〕南方朔：《透過歷史天使悲傷之眼》，施叔青：《風前塵埃・推薦序》，臺北：時報文化出版2007年版。

寬袍大袖，一時找不到可以把手穿進去的袖子，等到穿上了，像掛在兩個肩膀上，裏面空蕩蕩的，寬大無邊。日本人的和服畢竟不像大裪衫那麼簡單，只是直直垂掛下來，它別有機關，多了一條長長的腰帶。打開它攔腰一束，肚子一縮，人一下找到重心，束了腰，領子卻從肩膀滑下來，拉上去，又滑下來。如果悅子這時看到她，一定會搖搖頭，說她沒穿和服的命，做不了日本鬼。

挺起胸，肩膀高聳，總算撐住了。拉緊腰帶，把穿慣大裪衫的自己驅逐出去摒除在外，吐出一口氣，開放自己，進入日本人的浴衣，讓身體的各個部位去迎合它，交互感應，緊貼黏著在一起，填滿空隙，感覺到和服好像長在她身上的另一層皮膚，漸漸合而為一。〔註146〕

儘管只是一件舊的和服浴衣，王掌珠對它的羨慕和喜愛依然不減分毫，在她對和服的接受過程中，並沒有某種強勢的外在力量在強迫她，抱持著「死為日本鬼」可笑信念的王掌珠卻因此活了下來。當她終於穿上為她而做的和服的時候，一切就不一樣了，因為和服意味著她可以與過去的生活中的痛苦和不堪割裂開來，穿上和服的她有希望迎來新的人生轉機，所以，她不僅在身體上與和服合而為一，而且在精神和靈魂上也找到了暫時的依歸，甚至覺得幸福，因為她以為就此可以實現完整的自我，可以變成另外一個人，甚至她穿的就是一個屬於她自己的夢：

幾年前第一次穿上為她而做的和服，掌珠把肩膀當做衣架，披上去，兩隻手在大袖子裏摸索秘密的空隙，好讓她穿進去，有所支撐。掌珠的身體在寬袍大袖裏徘徊，找尋可以依附的所在，她開放自己，讓肌膚碰觸到和服，感官起了一陣酥麻的顫慄，產生交互感應。

和服是有靈魂的，對她耳語，令掌珠聽了心醉神迷，她將自己融入衣服之內，讓它深入血肉，融為一體。腰帶繫在從前養母毒打留下的疤痕上，把累累的傷痕覆蓋上去，讓它們隱藏消失，多時以來徘徊不定的靈魂找到了歸宿。

穿上和服，掌珠與過去割裂，她變成另外一個人，另一個與先前完全不同、由和服所創造出來的新人。透過身穿的和服，掌珠覺得幸福，從碎裂中感到完整。〔註147〕

〔註146〕施叔青：《三世人》，臺北：時報文化出版 2010 年版，第 65～66 頁。
〔註147〕施叔青：《三世人》，臺北：時報文化出版 2010 年版，第 182 頁。

但是，臺灣「光復」之後臺灣文化協會就開始設計新的「文化服」，作為臺灣文化重建的項目之一，當然更是為了消除殘餘的日本風俗習慣在臺灣的影響，並把已經日本化了的臺灣人改造回中國人。雖然身為庶民女性，但王掌珠這一次又走在了風氣之先、時代之先：

> 王掌珠很得意她身上穿的旗袍正是協進會制定的婦女服飾。她已經穿了好幾年的旗袍了，皇民化運動的最高潮時，她穿旗袍上街，不只一次被日本巡警呵斥，命令她立即回去脫下，換上和服。掌珠死不肯從命，仍舊穿著旗袍，挑著僻靜的巷子走，避開巡警的耳目。
>
> 二二八事變動亂的那幾天，穿旗袍的掌珠被當做外省婆，把她從三輪車上拉下來，用剪刀剪掉下擺裙裾，掌珠回家脫下旗袍，從此換回大裪衫。
>
> 王掌珠打算當默片的辯士而穿上了旗袍。〔註148〕

最後，特別需要指出的是，施叔青藉由臺灣三部曲書寫達成的身份認同最終是以虛擬的「自傳體」小說寫作完成的。「自傳體」小說的雛形無論在《行過洛津》、還是在《風前塵埃》中都以潛在的形式存在，前者是許情的前世今生的記憶，後者是母親橫山月姬的日記，到《三世人》中，終於由潛在的呈現一變而為明確的文字訴求。作為「臺灣三部曲」特別富有象徵性的人物設置，王掌珠從始至終都沒有放棄一件事情，那就是寫自傳，她一定要為自己的身世寫一部自傳體的小說，不僅描述她一生中換過的四種服裝，而且要用四種文字來完成：

> 王掌珠她要用自己的故事，寫一部自傳體的小說，用文言文、日文、白話文等不同的文字，描寫一生當中換穿的四種服裝：大裪衫、日本和服、洋裝、旗袍，以及「二二八事變」後再回來穿大裪衫的心路歷程。〔註149〕

她要通過小說將自己隱藏在鉛字裏，把語言文字、紙張變成她的舞臺，以小說的形式讓她的故事存在於字裏行間永不湮滅，甚至她連書名都想好了——《她從哪裏來？》為此，她還為自己取了個筆名「吳娘惜」。相對於舞臺演出，小說可以藉由文字保存下來，讓後世的臺灣女子咀嚼她憂悲惱苦的養女生涯。但最終她還是決定用「王掌珠」這個名字，「王掌珠」（大戶人家的掌

〔註148〕施叔青：《三世人》，臺北：時報文化出版2010年版，第225頁。
〔註149〕施叔青：《三世人》，臺北：時報文化出版2010年版，第29頁。

上明珠）和「吳娘惜」（沒有母親疼愛的）之間構成的強烈對比形成了一種對於自身命運的深刻的嘲諷，同時也彰顯了她對於命運不屈的意志。日據時期，王掌珠決定用她習得的日文來撰寫這部自傳，甚至把連載發表的刊物都計劃好了。這篇自傳體小說的名稱、文體、語言，她都經過了反覆設想，不斷地斟酌推敲，但是到最後，她的滿腔抱負只能流於空談。由於王掌珠沒有受過正規教育，幾乎不識字，寫作自傳體小說對她來說簡直就是癡人說夢。但是，儘管這樣，王掌珠窮盡其一生，都在為這個能夠代表著臺灣命運的女性設計並述說著某種身世和認同的故事。

> 長大後，掌珠計劃以她的養女身份寫一部自傳體的小說，書名都想好了，拿起筆來，才發現識字有限，跟朱秀才學了幾年的之乎者也根本不夠訴諸文字，描寫受盡虐待的苦楚生涯。正在為辭不達意而煩惱，掌珠打聽出霧峰林家萊園舉辦夏季學校教漢文，還提供學員膳宿，掌珠認為這是充實漢文的大好時機，直至看到申請的學員必須具有中等學歷。從沒進過一天學校，自幼失學的掌珠，與萊園為期三年的夏季學校失之交臂，她的自傳體小說始終沒能寫成。〔註150〕

由此更可以看出，施叔青在「臺灣三部曲」這一歷史巨構的寫作中所潛隱的身份書寫的意圖：「她所代表的，是一種以小博大的逆向書寫。她抗拒的已不只是男性霸權傳統，她真正抵禦的是四方襲地而來的歷史力量。滔滔洶湧的巨浪，使歷史上女性的身份與地位完全遭到淹沒。沒有命名、沒有位置的弱小女性，從來就是注定要隨波逐流，終至沉入深淵。施叔青挺起一支筆出現在臺灣文壇時，使詭譎的歷史方向開始改流。」〔註151〕

在施叔青的生活和創作中，有個很奇特的現象：出生和成長於臺灣島，後來定居曼哈頓島，一度工作生活於香港島，再次回歸臺灣島，最後又定居曼哈頓島。可以說，她的行蹤一直和島嶼有關，所以，在審視其文學作品中的身份認同的時候，不應該忽略她的島嶼情結。同時作為遊走於世界各地，擁有臺灣視角、香港視角和大陸視角的施叔青，並且熟悉歷史，熟悉後殖民理論，她通過「臺灣三部曲」所要傳達的身份認同究竟是什麼？究竟具備著怎樣的深意？究竟要為臺灣人言說什麼？從生於斯長於斯的鹿港小鎮，到美國的曼哈頓，再到百年殖民地香港島，最後再回歸故土，無數次踏上祖國大陸的土地，其間領

〔註150〕施叔青：《三世人》，臺北：時報文化出版 2010 年版，第 219 頁。
〔註151〕陳芳明：《臺灣新文學史》（下），臺北：聯經出版 2011 年版，第 723 頁。

略中華民族傳統文化，體驗各種民間風物習俗，所見所聞，有對比有會意，有衝擊也有震撼，她也曾經和大批的中國當代作家對談，並將他們的作品介紹到臺灣。她一次次走入兩岸暨港澳庶民社會，深研中國戲劇和民間藝術，同時極力在歷史的罅隙中尋找那被主流文化所遮蔽抑或湮滅了的歷史遺存，並以一己之力為之言說並以文字留存。

至此，施叔青的歷史觀念已經清晰可見：「她對女性懷有理想的寄託，她對男性則有無限的期待。歷史的擘造，絕對不可能是單一性別或單一族群所建構，她注意到歷史的全面性與整體性。但對於權力在握者，她從不放棄諷刺批判；對於歷史受害者，她賦予更多的發言權。歷史上被貶抑的各種女性、原住民、同性戀，與被殖民者，她寬容而慷慨地讓他們重登舞臺，再度演出他們既定的角色。使長期被邊緣化的臺灣，終於在她的小說裏發出聲音。把香港三部曲與臺灣三部曲並置在一起，施叔青的邊緣戰鬥，開啟了一場史無前例的場面，歷史解釋至此獲得翻轉。」〔註152〕如果說《行過洛津》走出了遷移文學的第一步，施叔青企圖在更深層欲望的書寫中去捕捉傳統文化的幽靈，並將之作為臺灣人文化身份構成的起點和基礎的話，《風前塵埃》則是揭開瘡痍滿目的臺灣歷史，借由外來的眼光看取這一歷史的強行侵入所帶來的種種真假莫辨及其潛隱的歷史悲情，及至最後一部《三世人》，則經由多重視角和身份將近百年的風雲驟變歷史進行了精心地摹劃，在深入剖析臺灣各階層心靈史的基礎上，實現了對整個民族災難和精神創傷的救贖性書寫。與此同時，她也通過「臺灣三部曲」的書寫完成了極具挑戰性的自我身份認同和自我精神救贖。

〔註152〕陳芳明：《臺灣新文學史》（下），臺北：聯經出版 2011 年版，第 730 頁。

第二章 海峽兩岸暨港澳女性文學的 歷史書寫

　　近 30 年海峽兩岸暨港澳的女性文學歷史書寫中，女性出現在戰爭現場的描寫並不多見，女性文學正面描寫戰爭場面的也很少見，更多的時候，戰爭在女性文學中是一種時代的背景，是隱隱的生存的威脅，是深重創傷的心理根源，它有時候也是塗改不了的歷史謊言。陳芳明在《生命的繁華與浮華》中說：「歷史記憶往往把千瘡百孔的女性經驗全然排除。在女性還未到達爭取發言權的階段之前，所有的歷史都是由男性來建構。在男性史的記錄裏，充斥著救贖式、悲壯式的崇高情懷。他們感時憂國、悲天憫人，自然流露出格局開闊的英雄情操。但是，男性在發揚過剩的人道主義時，女性角色竟然在歷史記錄中碰巧都是缺席的，每位英雄背後的母親與女性，形象都是空白的、模糊的、無法命名。英雄尚且如此，則社會尋常的女性，她的情感、情緒、情慾、更不可能在男性史中留下任何蛛絲馬蹟。」〔註1〕故此，海峽兩岸暨港澳女性文學中的戰爭書寫恰恰是對於女性歷史現場缺席的應對和反駁，對於戰爭的關切和反思在女性文學作品中從未消失，它成為女性文學發掘人性、反思歷史的極為重要的載體。

第一節　戰爭歷史的反思

　　百餘年來的中國歷史、尤其 20 世紀上半期戰爭頻仍，甲午戰爭、鴉片戰

〔註 1〕陳芳明：《生命的繁華與浮華：寫在陳燁〈烈愛真華〉之前》，陳燁：《烈愛真華》，臺北：聯經出版 2002 年版。

爭、軍閥混戰、北伐戰爭、第一次國內革命戰爭、第二次國內革命戰爭、抗日戰爭、解放戰爭，臺灣二二八事件、抗美援朝戰爭、對越自衛反擊戰等等，還有更大範圍內的第一次世界大戰、第二次世界大戰，太平洋戰爭等。戰爭的發生有各種各樣的主客觀原因和必然性因素，戰爭的過程充滿血腥和離散，戰爭結束之後的國土一片瘡痍，戰後民眾的心理創傷久久不能復原。作為天生熱愛和平的人群，女性無一不譴責和痛恨戰爭帶來的災難，儘管男權英雄主義也曾拋出「戰爭，讓女人走開」這樣威武豪邁的壯言，但是，女人走到哪裏去呢？且不說戰爭一觸即發，很快就蔓延開來，女人根本無處可躲。甚至，罪惡的戰爭一旦爆發，女人就成為戰爭的替罪羊，成為戰爭的祭品，甚至成為人肉炸彈、成為慰安婦，成為災難最為深重的一群。

一、戰爭書寫的類型

關於戰爭的論述不計其數，現代漢語詞典上說：戰爭是民族與民族之間、國家和國家之間、階級和階級之間或政治集團與政治集團之間的武裝鬥爭。戰爭是政治的繼續，是流血的政治，是解決政治矛盾的最高的鬥爭形式。這個解釋把戰爭引向了政治，一切的戰爭都和政治密切相關，如果沒有政治上的鬥爭，也就沒有戰爭。那麼，什麼是政治呢？簡單地說，「政治，它指對社會治理的行為，亦指維護統治的行為。」一旦治理和統治發生問題，就要啟用政治的力量進行維護，其中包括發動戰爭。由此可見，戰爭與維護統治密切相關，也就是說，它和統治者之間利益的分配和爭奪有關。故而，有位德國著名軍事理論家認為：「戰爭不僅是一種政治行為，而且是一種真正的政治工具，是政治交往的繼續，是政治交往通過另一種手段的實現。」〔註2〕甚至，戰爭可以說是「迫使敵人服從我們意志的一種暴力行為」〔註3〕，正是在這個意義上，以政治為使命的人會在必要的時候發動戰爭，支持戰爭的人也會拼命謳歌戰爭，甚至在作品中渲染戰爭的正義與壯美，藉由戰爭的宣傳進一步維護和粉飾其利益集團的統治，甚至煽動普通民眾盲目地投入戰爭。第二次世界大戰時期的日本統治者就是如此。

本文上一章所談論的施叔青「臺灣三部曲」之二《風前塵埃》的取名就是

〔註2〕〔德〕克勞塞維茨著，中國人民解放軍科學院譯：《戰爭論》，北京：解放軍出版社 1994 年版，第 30 頁。
〔註3〕〔德〕克勞塞維茨著，中國人民解放軍科學院譯：《戰爭論》，北京：解放軍出版社 1994 年版，第 12 頁。

對狂熱的日本軍國主義的諷刺。其時，日本統治者為了戰爭的需要，甚至在普通民眾的和服上都要印上戰爭的印記，所以，施叔青借由日本平安朝詩僧西行和尚的句子「勇猛強悍者終必滅亡／宛如風前之塵埃」，用來諷刺當年日本佔領臺灣時期發動太魯閣之役的佐久間總督：「他和他篤信的『八紘一宇』帝國，終於在二戰戰敗後，一併成了風前之塵埃，成了人類歷史集體記憶裏的一座精神廢墟。」〔註4〕以佐久間總督為代表的戰爭狂熱主義分子，他們只注意到戰爭勝利所帶來的巨大的利益和榮譽，卻從來沒有想過為戰爭所付出的一條條無辜的生命，更不會顧及到女性為戰爭所付出的血淚和苦難。

　　無論從政治層面，還是從性別層面來看，戰爭都跟男人有難分難解的關係。戰爭為男人提供了釋放其荷爾蒙的機會，是男性表演勇敢、忠誠、義氣等男性特質的舞臺，甚至是全面展現其人性惡的舞臺。男性是戰爭的發動者，也是戰爭結果的擁有者，而女性不過是被動的承受者，無論是作為母親、姐妹、妻子、情人還是女兒的身份，她們無一例外地在戰爭中墜入苦難的深淵。正因為這樣，女性也才能夠更加冷靜地分析戰爭的殘酷本性，深入地描繪戰爭造成的創傷，真正地站在女性立場表達女性對於戰爭的厭惡和摒棄。

　　就兩岸暨港澳女性文學中戰爭書寫的類型而言，主要分為三種：一是正面的戰爭描寫，包括戰爭的場面、戰爭的進程等；二是將戰爭作為故事的背景來展開，整個敘事都是在戰爭的陰影下進行，凸顯戰爭對人及其人性、尤其是女人的生存、情感以及思想的影響；三是在反思歷史的意義上書寫戰爭，通過對戰爭的譴責表達特定的歷史和政治觀念。就兩岸暨港澳的女性文學來說，主要涉及的戰爭書寫有太平洋戰爭（抗日戰爭）、國共戰爭、臺灣「二二八事件」以及對越南的自衛反擊戰，大部分作品是將其作為背景進行人性和歷史的反思，其中既有戰爭年代，也有和平歲月，既有生存的痛苦，肉體的受難，也有靈魂的救贖。尤其是一些女性作家的大河小說之鴻篇巨製中有關於戰爭的描述：例如，宗璞的「野葫蘆引」系列、張潔的《無字》、張抗抗的《赤彤丹朱》、鐵凝的《笨花》、池莉的《凝眸》，晚近的則有女性軍旅作家姜安的《走出硝煙的女神》、項小米的《英雄無語》、裘山山的《我在天堂等你》、龐天舒的《生命河》、畢淑敏的《崑崙殤》；臺灣方面則有施叔青「臺灣三部曲」、齊邦媛的《巨流河》、龍應台的《大江大海一九四九》、陳玉慧的《海神家族》、蔡素芬的《燭光盛宴》，除此之外，還有較早時期的作家蕭麗紅的《桂花巷》《白水湖

〔註4〕施叔青：《風前塵埃·推薦序》，臺北：時報文化出版2007年版。

春夢》，李昂的《自傳の小說》等。

　　近年來，頻頻在大陸以華文出版其作品的嚴歌苓，在某種意義上，可以列入活躍在兩岸暨港澳的優秀女性文學作家範圍。之所以將嚴歌苓認定為「兩岸暨港澳文學共同體」內的作家，原因在於：一、嚴歌苓有著長期而深厚的中國生活經歷和中國生活經驗；二、嚴歌苓有比較多的時間旅居祖國大陸和中國臺灣、香港、澳門地區；三、嚴歌苓的作品主要是漢語寫作，再現的也主要是中國的生活和歷史；第四個方面，也是最為重要的方面，嚴歌苓用漢語書寫的中國故事，無論出版還是發表，抑或作品傳播和讀者接受，都以中國市場和讀者群為主。出於以上四個方面的原因，將嚴歌苓作品作為兩岸暨港澳女性文學的組成部分來討論是合理的。

　　嚴歌苓筆下的故事幾乎都發生在 20 世紀的中國的大地上，是戰爭書寫的一把好手，她對波瀾壯闊的 20 世紀中國革命、戰爭、政治運動等話題有著全新的歷史審視。她也很少正面描寫戰爭的過程和場面，但她個人曾經親身親歷過對越南的自衛反擊戰，並且她作品的歷史場域比較寬廣，所以在她筆下，不僅可以看到日本侵略中國東北的場景和故事，如《小姨多鶴》；還可以看到日軍侵略山西時農村女性的真實境遇，如《第九個寡婦》，同時還可以看到日本人佔領南京時燒殺姦淫的驚駭畫面，如《金陵十三釵》；也可以看到從上世紀 30 年代到 70、80 年代、具有充分的時間跨度、表現從戰爭到和平時期的人性和歷史書寫，如《一個女人的史詩》。從戰爭書寫的類型上來說，嚴歌苓的小說中既有正面的戰爭的描寫，也有作為背景的戰爭敘述，既有戰時人性的挖掘和暴露，也有對於歷史的反思和重估，是一個比較全面地進行戰爭敘事的作家。

　　「戰爭書寫」不僅僅限於描寫戰爭發展的過程，不只是將「整齊劃一但又千姿百態的和平軍營生活」、「充滿硝煙炮火但又彌漫著鬥智者精神氣息的戰爭」作為自己的具體表現對象〔註5〕。嚴歌苓曾經說過，「一個人的生活經驗，他的敏感程度，他對於苦難、他對於快樂、他對於愛情、他對於仇恨那樣的敏感」，造成了「一個人獨一份的告白」〔註6〕，這也正是嚴歌苓小說中的戰爭書寫具有特異性的原因之一。雖然在嚴歌苓眾多作品中表現戰爭的作品數量有限，但她出生於文藝世家，又曾任對越自衛反擊戰戰時特派記者，「近距離觀

〔註5〕周政保：《戰爭目光──戰爭或戰爭邊緣小說批評》，北京：解放軍出版社1998
　　　年版，第54頁。
〔註6〕嚴歌苓：《嚴歌苓談人生與寫作》，《華文文學》，2010年第4期。

察對越自衛反擊戰，死亡在身邊頻繁發生」〔註7〕，戰爭給她帶來了獨特的思考與生命感悟，正如蘇珊‧桑塔格所言，「女藝術家體驗死（自我、身體）而後生（作品）的時刻也正是她們以血作墨的時刻」〔註8〕，這些經歷促使她從一位舞蹈者轉型為作家，最終形成了她自己的戰爭書寫立場。

嚴歌苓筆下的戰爭書寫有著深厚的個人印記與明晰的個人立場。嚴歌苓的戰爭書寫既不同於徐貴祥般將戰爭上升到國家層面，她很少在文本中過多地強調或者辨識戰爭的正義與否，也很少在文本中明確侵略與反侵略的性質，更加少見對戰爭英雄的謳歌與對戰爭勝利的讚美，她的敘事基點放得很低，落筆在普通百姓在戰爭中遭遇到的困難、折射出的人性上。比如《金陵十三釵》就沒有戰爭場面的宏大敘事，作品圍繞著秦淮河畔的妓女與美國聖瑪麗天主教堂裏的女學生在抗日戰爭中的人生遭際展開；她的戰爭書寫也不同於白先勇式的客觀敘述，白先勇只是描述戰爭事實而不作道德評價，嚴歌苓作品的字裏行間卻隱現了她對於歷史、對於戰爭的觀點，「才多久啊？她們對槍聲就聽慣了，聽順耳了」〔註9〕，感慨時間之短，也是在感慨戰爭的殘酷。嚴歌苓對於戰爭的態度並非曖昧不明的，她曾自稱為「和平主義者」，她的價值判斷在其語言編織過程中顯示了出來。總之，嚴歌苓很少直面描寫戰爭現場和戰爭過程，她筆下的戰爭殘忍卻極少血腥，側重於戰爭對人、人性的影響，更多地展示戰爭對人的情感、精神的壓抑與傷害。

（一）作為「描寫主體」的戰爭書寫。在兩岸暨港澳女性文學作品中，作為「描寫主體」的戰爭書寫比較少，一方面源於女性直接參與戰爭的人數有限，另一方面女性文學本身更多地站在女性立場，而女性立場是反戰的，因此其對戰爭的殘酷血腥以及男權英雄主義盡可能迴避。但出於對人類的巨大的責任和擔當，女性作家也在嘗試通過這樣的題材表達出更為寬廣的歷史意識和世界意識。在這個意義上說，龍應台的長篇小說《大江大海一九四九》就是一部較為正面地表現戰爭的作品。小說以圖文並茂的方式再現了戰爭所造成的流離失所，家破人亡，也通過大量資料的搜集再現了戰爭的殘酷和血腥，小說特別寫到了1948年駭人聽聞的長春圍城事件，其中關於死亡人數、難民餓死、戰後各方人群對此事件的無知或者健忘等都有極為罕見的披露：

〔註7〕吳虹飛、李鵬：《嚴歌苓：我是很會愛的》，《南方人物週刊》，2006年第13期。
〔註8〕文紅霞：《落在胸口的玫瑰：20世紀中國女性寫作》，南京：南京大學出版社2009年版，第132頁。
〔註9〕嚴歌苓：《金陵十三釵》，北京：中國工人出版社2007年版，第23頁。

長春圍城，應該從一九四八年四平街被解放軍攻下因而切斷了長春外援的三月十五日算起。到五月二十三日，連小飛機都無法在長春降落，一直被封鎖到十月十九日。這個半年中，長春餓死了多少人？

圍城開始時，長春市的市民人口說是有五十萬，但是城裏頭有無數外地湧進來的難民鄉親，總人數也可能是八十到一百二十萬。圍城結束時，共軍的統計說，剩下十七萬人。

你說那麼多「蒸發」的人，怎麼了？

餓死的人數，從十萬到六十五萬，取其中，就是 30 萬人，剛好是南京大屠殺被引用的數字。

親愛的，我百思不解的是，這麼大規模的戰爭暴力，為什麼長春圍城不像南京大屠殺一樣有無數發表的學術報告、廣為流傳的口述歷史、一年一度的媒體報導、大大小小紀念碑的豎立、龐大宏偉的紀念館的落成，以及各方政治領袖的不斷獻花、小學生列隊的敬禮、鎂光燈下的市民默哀或紀念鐘聲的年年敲響？

為什麼長春這個城市不像列格勒一樣，成為國際知名的歷史城市，不斷地被寫成小說、不斷地被改編為劇本、被好萊塢拍成電影、被獨立導演拍成紀錄片，在各國的公共頻道上播映，以至於紐約、莫斯科、墨爾本的小學生都知道長春的地名和歷史？30 萬人以戰爭之名被活活餓死，為什麼長春在外，不像列格勒那麼有名，在內，不像南京一樣受到重視？〔註10〕

有關「長春圍城」的歷史記載確實難得一見，龍應台以學者的嚴謹查閱甄別相關資料，以文學家的情懷質疑歷史的缺漏，同時以哲學家的思辨去追問歷史的疑點，不可謂不尖銳，也不可謂不勇敢。面對這場慘烈的戰爭及其被消泯的歷史，後來人有責任和義務去重現當年的真實，而見證這一切的民眾，健在的已經為數不多，歷史猶如塵埃消逝在時間的隧道。故此，龍應台執意要還歷史一個真實，她不惜花費巨多的時間去翻閱各種資料，去走訪相關的歷史見證者、戰爭的參與者，只是為了能夠將人們帶入更深沉的對歷史的反思。除此之外，齊邦媛的長篇小說《巨流河》也有關於戰爭的較為正面的敘述，小說中也不乏慘痛的關於日軍頻頻發動轟炸的戰爭場面的描寫：

〔註10〕龍應台：《大江大海一九四九》，臺北：天下雜誌 2009 年版，第 167 頁。

日本將轟炸京滬、蕪湖、南昌的火力全部調來日夜轟炸武漢，
原本人口稠密的市中心只剩下許多高樓的斷垣殘壁，夜晚，沿著江
岸的火光徹夜不熄。戰機的數目多了，我們的空軍迎戰，打落許多
太陽旗日機，人們在死亡的威脅下，仍站在殘瓦中歡呼，空軍成為
最大的英雄。〔註11〕

　　在日軍戰機的轟炸聲中，難民一路逃亡，從漢口到湘鄉、從湘鄉到桂林、
從桂林到懷遠、最後經九彎十八拐進入四川，而轟炸時刻不停。1941 年 6 月
5 日，日軍夜襲重慶，市民死傷三萬餘人，8 月又開始進行日夜不停的疲勞轟
炸，市內飲水燈光皆斷，市民斷炊，無家可眠。日機轟炸沙坪壩，家裏的屋頂
被震落一半，鄰家農夫被炸死，他的母親坐在田坎上哭了三天三夜。當天晚上，
下起滂沱大雨，全家人半坐半躺，擠在尚有一半屋頂的屋內。那陣子媽媽又在
生病，爸爸坐在床頭，一手撐著一把大油傘遮著他和媽媽的頭，就這樣等著天
亮……《巨流河》展現了戰時民眾的生存狀況，既有患難家庭百事哀的淒涼，
又有國難當頭唯有共赴的慷慨。

　　大陸女作家宗璞的「野葫蘆引」系列長篇小說也涉及戰爭描寫，包括《南
渡記》《東藏記》《西征記》《北歸記》，歷時三十年終於全部出齊。《南渡記》
從盧溝橋事變寫起，日軍挑釁攻打宛平城，激戰之後中國軍隊撤退，明倫大學
歷史系教授孟樾及家人離開淪陷的北平，一路輾轉來到大後方的昆明。《東藏
記》寫從長沙遷到昆明的明倫大學師生，每日面臨著日機不停地空襲，走路時
都可以看見九架笨重的日本轟炸機排成三行。1943 年盟軍佔領了太平洋島
嶼，日寇垂死掙扎，桂林、柳州失陷，戰事更加吃緊。《西征記》寫大學師生
決定與昆明共存亡，不再搬遷。盟軍提供了大批新式武器和作戰人員，教育部
徵調大學生入伍做翻譯。1944 年 9 月 14 日殲滅殘敵克復騰沖，1945 年 1 月
28 日滇緬公路通車，1945 年 8 月 15 日日本投降，孟家隨明倫大學師生返回
闊別八年的北平。《北歸記》寫抗戰勝利，內戰又起，明倫大學師生返歸北平
後錯綜複雜的現實生活。卞之琳曾這樣評價《東藏記》：「就題材而論，這部小
說填補了寫民族解放戰爭即抗日戰爭小說之中的一個重要空白」〔註12〕，而
且，以知識分子群作為描寫的主要對象，就此認定宗璞的這一系列小說具有

〔註11〕齊邦媛：《巨流河》，北京：生活・讀書・新知三聯書店 2010 年版，第 49 頁。
〔註12〕卞之琳：《讀宗璞〈野胡蘆引〉第一卷〈南渡記〉》，《當代作家評論》1989 年
　　　　第 5 期。

民族史詩的價值亦不為過。

　　依題材而論，宗璞的「野葫蘆引」系列小說和齊邦媛的《巨流河》一樣描繪了抗日戰爭的大背景下，日軍轟炸、大學南遷，個人、家庭和民族的共同災難和集體遷移過程，兩部作品可以進行對照性閱讀。小說寫呂碧初親眼看見日本人在明倫大學校園裏殺人的恐怖場面：「遠遠見一夥日本兵拖住一個人，一面大聲嚷叫，把那人綁在操場的柱子上，那原來是掛彩旗用的。十幾個轉眼站好隊，一個一個輪著大喊，跳上去打。那人發出撕裂人心的喊叫，使得周圍的淒涼景色更添了幾分恐怖。」〔註 13〕寫昆明全城人跑警報的情景：「一有警報，全城的人便向郊外疏散，沒有了正常生活的秩序。過了幾個月，人們跑警報居然跑出頭緒來了，各人有自己的一套應付的方法。若是幾天沒有警報，人們反會覺得奇怪，有些老人還懷疑是不是警報器壞了，惦記著往城外跑。」〔註 14〕這裡不僅寫到戰爭的殘酷和威脅，戰爭對人造成的恐懼和摧殘，以及遺留的長期的心理陰影。由於宗璞的寫作受到傳統的宏大敘事寫法的影響，她的整個「野葫蘆引」系列裏洋溢著高漲的愛國主義熱情以及知識分子們「國家興亡、匹夫有責」的責任擔當，在一定程度上缺少更加確鑿的歷史史實、更加廣泛的生存真相以及更加多元的歷史反思。這些問題到了嚴歌苓的小說中就有了很大程度的改觀和提升，其作品不僅有作為「描寫主體」的戰爭書寫，而且這類戰爭書寫直面殺戮和暴行。

　　基於人道主義情懷，嚴歌苓小說立足和平主義者的立場，迴避了兩軍對壘交戰的場面描寫，她慣於描寫其中一方的作戰情況，作戰另一方的情形則被刻意隱去，在文本中以「隱形」方式存在，以此來側面展示戰爭的殘酷與血腥，又在一定程度上消解了由戰爭帶來的審美不適感。她正面描寫的「戰爭」並不具備宏大敘事的特點，如《金陵十三釵》中，「只見日本兵四個一排列起隊伍……他們一個躍進，刺刀已插在中國傷兵的胸口、腹內。第一排的士兵拔出刺刀，同時將倒下的中國傷兵扶起，第二排刺刀又上來」〔註 15〕，這是嚴歌苓小說中較為直接的戰爭描寫之一，她選取了日本軍人對中國戰俘慘絕人寰的施暴事件，正面敘述了行兇過程。嚴歌苓選取的是抗日戰爭中日軍佔據軍事優勢的時期，中日軍方的戰爭過程被替換成了日軍在中國境內的暴行，

〔註 13〕宗璞：《南渡記》，北京：人民文學出版社 2004 年版，第 148 頁。
〔註 14〕宗璞：《東藏記》，北京：人民文學出版社 2004 年版，第 2～3 頁。
〔註 15〕嚴歌苓：《金陵十三釵》，北京：中國工人出版社 2007 年版，第 77 頁。

面對手無寸鐵、從他們槍殺戰俘的槍下逃生的中國軍人，他們選擇了再次施暴。這場暴行發生在「南京大屠殺」這一震驚中外的流血事件背景之下，嚴歌苓秉持一貫的和平主義者的立場，將滿城硝煙的南京縮影為美國聖瑪麗天主教堂，將整個「南京大屠殺」慘案縮影為教堂裏的慘案。

　　嚴歌苓的戰爭書寫不執意求證戰爭的正義性，人道主義情懷使她將全世界民眾都納入心中。第二次世界大戰敵我雙方界限分明，反法西斯同盟聯軍在歷史上有其正義的一面。但是嚴歌苓不去計較誰是正義的、誰是非正義的，《小姨多鶴》中，嚴歌苓毫不客氣地將筆尖對準部分中國和蘇聯軍人，「槍響發自一夥中國游擊隊員。這是一種性質難定的民間武裝，好事壞事都幹」〔註16〕，她將自己的眼光聚焦在受困受難的民眾身上。這樣的「戰爭書寫」不同於傳統的戰爭小說，不以硝煙彌漫的戰場和戰鬥過程作為主要表現對象，不鋪敘戰爭的由來與結果，視點縮小至戰爭中的一隅，窺一斑而知全貌。「感情熾熱而昂揚」，「濃縮了詳細情節」〔註17〕是女性在書寫戰爭或者回憶戰爭記憶時重要的特點之一。比如早年茹志鵑的《百合花》，以一床被子為主要媒介，表現了在作戰大背景之下，兵與民的感人故事。包括嚴歌苓在內的女性作家，大多數不推崇宏大戰爭場面描述，不重視作戰現場和作戰過程的揭示，她們善於在戰爭背景下書寫她們自己的愛恨情仇。除此之外，張抗抗的《赤彤丹朱》、鐵凝的《笨花》、池莉的《凝眸》，姜安的《走出硝煙的女神》、項小米的《英雄無語》、裘山山的《我在天堂等你》、龐天舒的《生命河》、畢淑敏的《崑崙殤》等作品中也有相對正面的戰爭描寫。

　　（二）作為「敘事背景」的戰爭書寫。在兩岸暨港澳的女性文學中，更多的戰爭書寫是作為「敘事背景」而存在。臺灣女作家方梓的小說《來去花蓮港》是典型的將戰爭作為「敘事背景」進行描寫的小說，臺灣的悲情在於連年經歷戰爭的創傷，雖然有些戰爭沒有發生在臺灣本土，正如管仁健所說：「但我第一次讀《臺灣人四百年史》時就有了疑惑，四百年來的臺灣，經歷過歐洲的殖民政權如荷蘭、西班牙，也經歷過亞洲的殖民政權如日本，讓政權更迭的固然是戰爭，這一點是符合歷史的常規；但每次的戰場卻都不在臺灣，這一點就很弔詭了：甚至連交戰的軍隊，都沒有一方是來自臺灣。這種

〔註16〕嚴歌苓：《小姨多鶴》，西安：陝西師範大學出版社 2011 年版，第 9 頁。
〔註17〕〔蘇〕斯・阿列柯西耶維契著，呂寧思譯：《戰爭中沒有女性》，北京：崑崙出版社 1985 年版，第 6 頁。

另類的『境外戰爭』，在人類歷史上也該算是罕見。」〔註18〕儘管如此，臺灣的民眾卻蒙受著戰爭所帶來的重重威脅和災難。李昂《自傳の小說》借書中人物三伯父之口，描述了 1915 年「西來庵事件」中日本人屠殺臺灣人的慘不忍睹的情景：

> 那當時不用掃射，用刀砍。三伯父說。
>
> 日本兵實行「武士道」精神，用武士刀砍人頭。將莊腳人捆綁跪地，再從遠處手握長刀，吆喝著急跑上來，提一口氣刷刷刷揮刀砍，一排排人頭滾落地。砍人頭砍多了，銳利的武士刀也缺角魯鈍。
>
> 砍人頭像鋤大頭菜，一粒粒人頭，滿地四處亂滾，要對頭和身軀，都兜不在一起。三伯父說。〔註19〕

民間說法認為人死後只有埋全屍，才可以投胎轉世。日本兵故意將頭和屍身分開用不同的牛車載著丟棄。以下的文字可以說是史上最為觸目驚心的關於屠殺和死亡的場景了：

> 牛車走在崎嶇不平的山路，本就顛簸，山裏彎道、上下坡路又多，人頭堆得小山高，自然沿路像撒菜籽一樣，紛紛滾落滿地。山路狹窄，人頭無處滾，卡在路上，經後面滿載的牛車笨重巨大的車輪碾過，喀喀叩叩，像壓土豆（花生）油一樣。
>
> 車輪碾過一粒又一粒人頭，整條山路在斜坡、轉彎處花花雜雜一地，紅的是血白的腦漿黑的是長髮辮。有時車輪碾偏了，正壓到眼睛附近，兩粒眼珠圓圓滾滾，帶筋帶肉，啵一聲噴出來，射得老遠，弔掛在樹梢、草尖。〔註20〕

當然，敘事者「她」也聽到另一種同樣慘不忍睹的傳聞：「那些被砍下的人頭，在中部酷熱的夏天陽光曝曬下，很快生蛆長蟲，圓肥的大白屍蟲，爬滿人頭、牛車，甚且牛身上。趕牛車的人得一路清除牛身上的屍蟲，否則牛無論如何都不肯前行。幾個趕牛車的人雖用布巾重重蒙住嘴鼻，終敵不過屍臭紛紛不支倒地。」〔註21〕三伯父講述這些，並不是為了印證歷史或者喚回記憶，為的是最終對著他的侄女們說出這句話：「查某人生死事小，失節事大。自古

〔註18〕管仁健：《如死之堅強的「愛」》，石芳瑜：《花轎、牛車、偉士牌：臺灣愛情四百年·推薦序》，臺北：有鹿文化 2012 年版。
〔註19〕李昂：《自傳の小說》，香港：香港明報月刊出版社 2009 年版，第 84 頁。
〔註20〕李昂：《自傳の小說》，香港：香港明報月刊出版社 2009 年版，第 84～85 頁。
〔註21〕李昂：《自傳の小說》，香港：香港明報月刊出版社 2009 年版，第 85 頁。

烈婦烈女，哪個不是甘願求死以全名節，不願活著被侮辱。查某人最重要就是貞操。」〔註22〕當然，這也是三伯父開始講古的必備的開場白。

作為一部女性主義文本，李昂的《自傳の小說》在凸顯戰爭的殘忍和罪惡的同時，也凸顯了女性在戰爭中最為卑微的命運，無論是對於敵人還是對於家人，她唯一能做的自我保全就是自盡。所以，女性一直被教導各種有關保全名節的死法：危急時刻手邊又無裁衣縫紉剪刀、或廚房切菜菜刀，一頭撞牆，或撞柱子去死，是最被鼓勵的死法。就算沒有這種便利，也大可以跳水自盡、懸樑自盡或者咬舌自盡。女人不僅在男權話語之下沒有生存的選擇，更不用說在野蠻殘暴的侵略戰爭來臨時是如何地被摧殘致死了。李昂的小說不僅揭示了戰爭的血腥，而且直指戰爭中女性的命運、女性的被凌辱以及被死亡。「她的小說往往出現兩種聲音，一是故事主角，一是作者本人。她企圖要逃離男性歷史書寫的掌握，從而也可以逃避被收編、被扭曲、被醜化的陷阱。當她寫女性政治人物投身民主運動時，似乎也在複製著歷史上女性的命運。所謂民主運動，其實也充滿驚心動魄的權力鬥爭。她要質疑男性投入運動，究竟是追求民主，還是覬覦權力？人性的殘酷與慘烈，在她筆下暴露無遺。如果臺灣社會就要進入翻身階段，作為女人，也可以翻身嗎？」〔註23〕因此，李昂的女性書寫對民主政治、女性權力有雙重的深刻反思。

蔡素芬的《燭光盛宴》是一部交錯著歷史、性別、倫理議題並充分顯示作家創作野心的小說。小說不僅精心設計了一盒照片的懸念，設計了「雞尾酒、開胃菜、沙拉、湯品、主菜、甜點、飲料、在燭光之下」的西餐式情節結構，設計了海峽兩岸的歷史動盪，設計了愛情的詭秘，還特別強調了空間和時間的意味。敘述過程中不斷地顛倒時空，不斷地遺忘時空，不斷地將時空錯亂配置，這是 1942 年處在戰爭狀態下的重慶：

> 空襲仍然在戰區頻繁發生。重慶上空機群環伺，戰時首都充彌
> 與日軍纏鬥不休的氣息。尋常百姓為生活算計著節支度日的方式，
> 躲空襲成為一種生活習慣，苦中尋樂也是解放對未來焦慮的一種
> 方式，歌舞藝文表演者在他們的舞臺上為戰火撩撥希望的火花，擁
> 有財力的人藉海口城市運來的貨物滿足財富的實質享受，以刀槍
> 為配備的軍營裏的男人，不會放棄向人生尋樂的權利，沒女友的鑽

〔註22〕李昂：《自傳の小說》，香港：香港明報月刊出版社 2009 年版，第 83 頁。
〔註23〕陳芳明：《臺灣新文學史》（下），臺北：聯經出版 2011 年版，第 742 頁。

> 向花街柳巷，有女友的，亂世裏成就姻緣，亂世的驚慌失序讓許多
> 失去經濟力的女人，以身體的原始本能謀生，走入妓院或者走入婚
> 姻，無論哪一種，起碼都在大海裏抓著了一段浮枝，暫時沒有滅頂
> 之虞。〔註24〕

這同樣是關於戰爭的側面描寫，除此之外，這篇小說還描寫了戰時醫院傷病員的呻吟、逃難隊伍的劫後餘生、國民黨軍隊及其眷屬撤退到臺灣的倉皇及其上岸時的疲倦，都是較為典型的將戰爭作為背景的歷史敘事。方梓的長篇小說《來去花蓮港》則以一個女性移民的視角寫日本人佔領臺灣以後對花蓮的改造和建設：「花蓮港按文明喔！」初妹若有所感地喟歎著，想像著生番群毆、風颱地震、沒人想來的地方，經日本政府這樣的建設，已經遠遠超出她的想像：「猶記得阿賢告訴過她，好多年前日本人在花蓮港殺了很多番人，番人被逼退到山裏後，經常獵殺日本警察，割下頭顱一個個串在一條繩上，日本總督派遣軍隊、警察平定太魯閣的番人。初妹環視街上，來花蓮港廳這幾天一個番人都沒見過，她想起日前經過的太魯閣入口，他們都在山裏了吧。」〔註25〕初妹站在漢人移民的立場發言，她一方面認識到番人（原住民）遭受日本人殘酷地捕殺和追趕，另一方面也不得不承認：花蓮這個曾經人煙荒蕪的地方，在日本人的統治和管理下發生了難以想像的變化。當然，不能忽略這種變化中的殖民主義罪惡問題。作為從北部來到東部的移民，初妹不可能具備更強的民族意識，她看到的是花蓮社會的實際上的變化和進步。

作為一部移民史，尤其是女性角度書寫的臺灣島內的移民史，敘述者有著相對明確的歷史意識，儘管沒有正面表現任何一場戰爭，但其間接的作為敘事背景的描寫卻比比皆是。例如，小說寫到國民黨軍隊撤退到臺灣的情景：「騰雲試著努力學中國語，否則公學校的學歷，不上不下也只能如兄長一樣下田。看著村裏新湧進的中國軍人，宛如一群群的乞丐，讓騰雲更驚奇的是，這些打敗日本的中國軍人，完全不知道『水道』、『電火』是什麼，在村裏四處惹事，家家戶戶都把女兒藏起來。後來又聽說臺北發生二二八事件，一度讓騰雲厭惡得不想學中國話。」〔註26〕當然，騰雲的感受和體會只代表一部分臺灣庶民的想法，小說同時也寫日本人撤離臺灣的情景：

〔註24〕蔡素芬：《燭光盛宴》，臺北：九歌出版 2009 年版，第 155 頁。
〔註25〕方梓：《來去花蓮港》，臺北：聯合文學出版 2012 年版，第 136 頁。
〔註26〕方梓：《來去花蓮港》，臺北：聯合文學出版 2012 年版，第 265 頁。

　　　　安平看到臨近的日本人家沮喪地整理家當，準備搬回日本，每
　　　個人總是低首愁眉，完全是戰敗國民的樣子，和戰前的趾高氣昂相
　　　比實在懸殊。安平也注意到，即使要搬離，屋子清理得乾乾淨淨，
　　　並沒有破壞或髒亂的地方。這點日本人和中國人就有很大的差別；
　　　七年前，安平曾想到中國發展，心裏的祖國該是個泱泱文化大國，
　　　去到北京近郊探望從臺灣到這裡的朋友，眼前所見的景象讓他僅
　　　存的一點幻想全破滅。貧窮、髒亂，教他最不能忍受的是，想要謀
　　　得一職就得塞許多紅包，打通好幾個關卡。另外他見到郊外營隊毫
　　　無紀律，當地的居民抱怨連天，還有讓安平看不慣的是，小兵替營
　　　長一家煮飯洗衣，包括女人的貼身衣物。他問朋友是否這裡的軍紀
　　　就是如此？朋友的答案竟是：這很正常，小兵什麼都得做，煮飯洗
　　　衣算什麼？安平不解的是，軍人的職責應該是作戰而不是做飯。他
　　　想這樣的軍隊如何打勝仗？死了心的安平回到臺灣，認分地在看
　　　守所做事。只是他萬萬沒想到十年後，他在臺灣再度遇上這些士
　　　兵。〔註27〕

　　這裡，通過安平的視角描寫戰敗後日本人離開臺灣的情景，將日本人的
家庭和國民黨官兵的家庭進行了形象的對比，代表了當時某些臺灣人的觀點
和心態。同樣的事件和情景，在小說家陳燁的筆下卻是另外一番景象：

　　　　鞭炮聲再次在鎮上轟天炸地爆響了。

　　　　這一次，鎮民的眉梢一掃多年的積鬱，笑得嘴角離海海；大家
　　　奔相走告，鎮上三喜臨門囉。

　　　　「阿本仔終於被趕回去，以後，我們自己做主啦。」阿海伯在
　　　鎮所的門梁上，貼上大紅對聯，慶賀臺灣光復。〔註28〕

　　起先，大家都沉浸在光復的喜悅中。正如《來去花蓮港》中所述，本來對
國民政府接收臺灣，安平還抱著一絲回歸祖國的心情，然而看到一隊隊衣衫襤
褸的軍人，粗魯地佔用民房，有時強行搶取食物用品，也有婦女被強暴，和離
去的日本人截然不同，安平在北京痛惡的印象又回來了。然而，「沒多久，中
國語改成國語，就像之前日語也被稱為國語，因此，每當提到『國語』這兩
個字，初始素敏老以為是日語。其實語言對素敏並未造成太大的困擾；以前在

〔註27〕方梓：《來去花蓮港》，臺北：聯合文學出版2012年版，第276頁。
〔註28〕陳燁：《牡丹鳥》，高雄：派色文化1990年版，第59頁。

三義和阿姆說的客家語、日語,和阿婆只說客家語,來到花蓮港學會了河洛話,梅淑有時聽素敏和初妹用客語談話,也多少會說些客家話,現在又多了國語。」語言的變更和統治的變更緊密相連,關於這一點,施叔青在她的長篇小說《風前塵埃》中有專門深入的描寫。

至於臺灣人極其敏感的「二二八」事件,方梓在小說裏也進行了比較客觀的表述:「幾個多月後,整個事件被稱為二二八事件,廣播和公文發布著陳儀的公告,說明這個事件是暴民暴亂,也已平定,以及種種新的政策措施。幾個大陸來的同事開始肆無忌憚地批評臺灣人的種種劣行,也以佔領者似的高人一等的姿態對待安平,年資深而嫻熟事務的安平反成了雜役似的供他們驅使。」〔註29〕來自庶民的視角使得這部作品表達出與以往同類作品不同的聲音,而這種聲音也有利於人們從更多側面接近臺灣「二二八」事件的真相。發生於1947年2月28日的臺灣「二二八」事件,經歷了異常複雜的歷史記憶之封固、鬆動、流變、解構與重構的過程。大致說來,從1947年直到1980年代中期,歷經將近四十年的禁錮之後,一些「黨外雜誌」才開始公開質疑黨國詮釋系統中的二二八記憶圖像,由此開始重構臺灣歷史的悲情記憶。1987年,在野人士首度公開舉行二二八追思活動,臺灣作家吳濁流的自傳式作品《臺灣連翹》〔註30〕於同年出版,可視為「二二八事件」解凍的一個重要關口。1989年,臺灣首座二二八紀念碑設立於嘉義市,陳芳明主編的《二二八事件學術論文集》〔註31〕出版。同年,林雙不編選的《二二八臺灣小說選》〔註32〕出版,這是首部直接標示「二二八」專題的小說集;此外,女作家陳燁完成並出版長篇小說《泥河》〔註33〕,標誌著首部公開出版的二二八題材長篇小說。

但到目前為止,以「二二八事件」為主要題材的小說,仍以男作家作品為主。女性作家從各種不同的角度挖掘並建構二二八記憶,主要涉及「二二八事件」並出版的小說,除了《泥河》之外,還有蕭麗紅的《白水湖春夢》〔註34〕

〔註29〕 方梓:《來去花蓮港》,臺北:聯合文學出版社2012年版,第280頁。
〔註30〕 吳濁流:《臺灣連翹》,寫於1971年,完成於1974年。1987年由鍾肇政譯、臺北南方出版社出版。
〔註31〕 陳芳明主編:《二二八事件學術論文集》,臺北:前衛出版社1995年版。
〔註32〕 林雙不編選:《二二八臺灣小說選》,臺北:自立晚報文化出版1989年版。
〔註33〕 陳燁:《泥河》,臺北:自立晚報文化出版1989年版。
〔註34〕 蕭麗紅:《白水湖春夢》,臺北:聯經出版1996年版。

（長篇，1996）、李昂的《彩妝血祭》〔註 35〕（短篇，1997）以及《自傳の小說》〔註 36〕。蕭麗紅小說《白水湖春夢》是以「二二八事件」為背景，女主人公素卻的丈夫邱永昭是「二二八事件」的牽連者，被秘密殺害後多年才真相大白。小說以素卻角度的回憶側面展示了「二二八事變」前後的情景：

> 是二月春分前——
>
> 天氣變化無常，那幾日，也不知道為啥，永昭根本不愛講話，空氣沉悶，人的心情也一樣沉重！永昭平時不是這樣，她感覺：他像換過一個人來，一坐二點鐘，無半句話，和他講啥，堪若大夢初醒！〔註 37〕

凌晨三四點鐘，一陣拍門聲，三四個穿深色衫褲的人，闖入房來，她看著永昭被前夾後架的挾走。匆忙中，她找一件厚夾克給他，然後，她這世人沒再看到永昭！全書貫穿著佛教的啟示和領悟，尤其是人的生死，故而小說最後總結：海水是幾世代以來，所有有情生命，所流淌的目矢累積成……所有的生靈，在生、離、死、別，所流的淚，早就成了那片海水！與坊間本土運動所談的歷史事件背道而馳，完全不談苦難或者政治責任，卻只是追求如何獲得頓悟，掙脫苦難。這種書寫策略，意味著歷史意識已經不再那麼強烈，很大程度上削弱了作品的現實意義和批判價值。

　　同樣，在嚴歌苓筆下還存在另外一種作為「敘事背景」的戰爭書寫。這種戰爭書寫的具體表現對象不是戰爭本身，而是將進行中或結束了的戰爭作為敘述背景，刻意淡化戰爭在文本中的存在，敘述戰爭語境下人們的生存狀態。淡化並不等於缺席，小說中的人和事都受戰爭影響，戰爭潛藏在人物的生活中。比如《寄居者》中，當「我」和父親行走在黃浦江邊時，目睹了日本兵對於偷柴油者的施暴過程：地上那堆形骸一動不動，暗色的血從馬路牙子上傾瀉。雖然嚴歌苓並沒有直接表現二戰期間法西斯與反法西斯陣營的作戰過程，但是日本兵的暴行使得「戰爭」形象明晰化，只有在戰爭中並且戰爭中佔據優勢地位，才會在他國國土上氣焰囂張，其殘忍與血腥也就顯示出來。

　　在《金陵十三釵》中，作為「敘事背景」的戰爭書寫更為常見，戰爭體現在多次出現的「槍聲」中，從小說開篇到結束，「槍聲」是戰爭進行狀態中最

〔註 35〕 李昂：《彩妝血祭》，收入《北港香爐人人插：戴貞操帶的魔鬼系列》，臺北：麥田出版 2002 年版。
〔註 36〕 李昂：《自傳の小說》，香港：香港明報月刊出版社 2009 年版。
〔註 37〕 蕭麗紅：《白水湖春夢》，臺北：聯經出版 1996 年版，第 98 頁。

為直接的暗示。美國聖瑪麗天主教堂周圍一直圍繞著槍聲,「炮轟一直持續到中午」〔註38〕;解救了中國戰俘的埋屍隊想要進入教堂勢力範圍之內時,「不遠處響了兩槍」〔註39〕;甚至到了戰爭後期,炮火與罪惡也進入了這一塊「保護區」,孩子們在睡夢裏驚醒,「槍聲就響在院子裏」〔註40〕。「槍聲」一直徘徊在教堂附近,最後進入了教會,伴隨著槍聲,戰爭如影隨形,儼然成為了嚴歌苓小說中的「敘事背景」,在戰爭這一背景下,苦難、人性等問題遂成為其小說的敘事中心。

此外,戰爭因素還隱現在人民所遭受的苦難之中,苦難是戰爭造成的結果,與戰爭互為存在,受難對象卻常為生活在底層的普通百姓。崎戶村的村民因國家戰敗決定集體自殺,「土地淤透了血,成了黑色……血球,凝而不固,果子凍一般」〔註41〕,嚴歌苓不寫戰敗的士兵如何,寫的是戰敗方的國民悲壯的死;日軍佔據戰事優勢時期,十五歲的豆蔻在離開教堂之後遇上了掃蕩的日本兵,結果「被捆綁在一把老式木椅上,兩腿撕開,正對著鏡頭」〔註42〕,日軍喪失戰事優勢時期,蘇聯大軍又在日本國民的村落裏燒殺搶奪;猶太民族在二戰期間登陸時,日本兵便會戴著防毒面具,用刺刀撥拉開上海本地人的迎接隊伍,將各種殺蟲藥粉撒向猶太人,就像撒向一群具有強烈污染性和傳染性的毒蟲。普通民眾不享受戰爭帶來的任何便利,軍功不屬於他們,勝利果實也不屬於他們,在戰爭中討生活的他們,承受的更多的是戰爭帶來的苦難,苦難成為戰爭的注腳。

故此,戰爭淡化為「敘事背景」、退出敘事中心是嚴歌苓小說中「戰爭書寫」的常見的處理方式。嚴歌苓雖然很少正面描寫戰爭,描寫的也大多是戰爭一方的作戰行為,缺少兩方對壘作戰的敘述,但是戰爭在她筆下從來都沒有真正消失過,戰爭以及戰爭的影響存在於故事發展的方方面面,成為其小說中的「敘事背景」,以不同的方式隱現出來。而這樣的戰爭描寫並不是小說家的專利,臺灣女性散文家簡媜以她的散文書寫介入並再現了特定階段的歷史,如《天涯海角:福爾摩沙抒情志》〔註43〕,當然,她的書寫是一種女性的溫婉的

〔註38〕嚴歌苓:《金陵十三釵》,北京:中國工人出版社 2007 年版,第 19 頁。
〔註39〕嚴歌苓:《金陵十三釵》,北京:中國工人出版社 2007 年版,第 26 頁。
〔註40〕嚴歌苓:《金陵十三釵》,北京:中國工人出版社 2007 年版,第 64 頁。
〔註41〕嚴歌苓:《小姨多鶴》,西安:陝西師範大學出版社 2012 年版,第 6 頁。
〔註42〕嚴歌苓:《金陵十三釵》,北京:中國工人出版社 2007 年版,第 59 頁。
〔註43〕簡媜:《天涯海角:福爾摩沙抒情志》,臺北:聯合文學出版社 2002 年版。

族群關懷：「是她介入歷史書寫的里程碑，唐山過臺灣的移民史，往往是由男性來撰寫。她以溫婉的筆觸及臺灣的族群議題，強烈暗示這個海島才是所有移民的終級關懷。父系記憶具有母性情感，使移民史讀來纏綿悱惻，完全擺脫乘風破浪的陽剛性格。」〔註44〕

二、戰爭書寫中的人性內涵與救贖

　　作為某種人類極限環境和場景的呈現和設置，戰爭成為人性的一種殘酷卻有利的觀測點之一。無論是世界範圍的戰爭，還是族群內部的戰爭；無論是曠日持久的對峙，還是瞬息結束的戰鬥；無論是血肉橫飛的戰場，還是諜中諜的較量，戰爭帶來的最大威脅就是生死存亡的選擇問題，大到國家民族，小到個人和家庭，有時甚至沒有選擇。在個體的生命遭受威脅的時刻，人類的畏死的本能就暴露無遺，當戰爭的環境和情勢不允許有其他選擇的時候，生存下來成為個體唯一的本能訴求的時候，人與他人、人與家庭、人與族群、人與國家之間以及人與愛情、人與紀律、人與意志、人與道德之間的矛盾和對立就產生了，是保全自我還是保全他人？是保全自我的生命還是保全自我的名節？是成全國家民族還是個體的生命至上？是愛情、家庭、他人、國家高於一切，還是活著才是王道？圍繞著第二十二條軍規怪圈的選擇，人的真正本性於焉畢現，甚至沒有來得及作出選擇，個體的生命就於瞬間終止。

　　為了表現人性，嚴歌苓為她筆下的眾多人物設置了「戰爭」這樣的極致環境，比如抗日戰爭、解放戰爭，「在非極致的環境中人性的某些東西可能會永遠隱藏」〔註45〕，而在這些極致環境中，人性得到最大程度的考驗，「戰爭將人類的天性推向極端」〔註46〕，嚴歌苓書寫戰爭，也正是為了書寫戰爭中走向極端的人性。在小說中，她並不迴避人性的陰暗面，貪婪、欲望、醜惡是其塑造的一部分人物的人性特點，尤其是在戰爭背景之下，人性的扭曲與變異成為司空見慣的話題；但是，她也並不吝嗇於肯定人性，她筆下有很多人在戰爭中掙扎，完成了向善的轉變。此外，還有一類人，他們站在中立的立場上，凝視著戰爭中形形色色的人，形成了對於戰爭的獨特感知。

〔註44〕陳芳明：《臺灣新文學史》（下），臺北：聯經出版2011年版，第774頁。

〔註45〕舒欣：《嚴歌苓──從舞蹈演員到旅美作家》，《南方日報》，2002年11月29日。

〔註46〕陳嘉映等譯：《西方大觀念》（第2卷），北京：華夏出版社2008年版，第1639頁。

人性之「惡」是嚴歌苓小說戰爭書寫所要揭示的第一重人性，以憑藉侵略者身份亮相的日本兵為代表。「惡」首先體現在作惡上。對待戰俘，他們掃射屠殺，「上萬人變成一堆抽搐的血肉」〔註47〕；對待手無寸鐵的百姓，他們肆意踐踏，黃髮垂髫也成為他們眼中的「花姑娘」。真正的戰爭止於軍人，在這些人眼中，戰爭已經不再是戰爭，而是他們欲望的宣洩。「惡」其次體現在人性之險惡。戰爭使戀童癖這一「病態詩意」在「日本士兵身心內立刻化為施虐的渴望」〔註48〕，唱詩班女孩從遙不可及的天使變成了他們褻瀆的對象；在戰爭面前，蘇聯軍人也不可避免地顯示出他們的征服欲。由多鶴等日本普通百姓組成的遠征隊在逃亡途中遭受到蘇聯軍人的炮轟，子彈一排排地射向老弱婦孺，「動也挨子彈靜也挨子彈」〔註49〕；在二戰期間，從納粹手中死裏逃生的猶太人，要想方設法生存，因為他們一不小心就會被送到集中營，充當科學實驗的人形白鼠。戰爭為劊子手們提供了掩飾的外衣，人性在戰爭中扭曲變形，嚴歌苓雖無意在小說中大唱正義之歌，但從這「惡」之人性便可窺探出嚴歌苓對於戰爭的態度。

嚴歌苓小說戰爭書寫所要揭示的第二重人性是「向善」，以飽受戰爭苦難、在戰爭中顛沛流離的民眾為代表。之所以說是「向善」而非「善」，是因為這部分人在戰火中討生活的日子裏，逐步轉變，完成對自我和對他人的救贖，獲得了「善」的品質。以書娟為首的女學生們的「向善」與同住在教會裏的窯姐們相關。書娟剛開始是十分排斥趙玉墨們進入教會的，甚至因為與趙玉墨同是女兒身而厭惡起自己來，厭惡自己也同窯姐們有一樣的「身子、內臟以及這滾滾而來的骯髒熱血」〔註50〕，她甚至想拿著火鉗毀掉趙玉墨的臉；豆蔻的遭遇使這群女學生產生了第一次轉變，她們開始憐憫起同為女人的妓女們，同時也憐憫著自己；真正促使她們轉變的，是窯姐們挺身而出代替她們踏上必死之路，窯姐們在女學生眼中「真像一群不諳世事的小姑娘」〔註51〕，女學生們對窯姐們的態度徹底改變，是戰爭使她們拋棄了成見，同時也獲得了人性的救贖；窯姐們也同樣如此，她們不是自願走上妓女這條道路的，在人生的最後階段，她們脫下了妓女的衣服，穿上了女學生們的唱詩班大禮服，原本在教

〔註47〕嚴歌苓：《金陵十三釵》，北京：中國工人出版社 2007 年版，第 33 頁。

〔註48〕嚴歌苓：《金陵十三釵》，北京：中國工人出版社 2007 年版，第 65 頁。

〔註49〕嚴歌苓：《小姨多鶴》，西安：陝西師範大學出版社 2012 年版，第 11 頁。

〔註50〕嚴歌苓：《金陵十三釵》，北京：中國工人出版社 2007 年版，第 9 頁。

〔註51〕嚴歌苓：《金陵十三釵》，北京：中國工人出版社 2007 年版，第 90 頁。

堂內避難的她們選擇了犧牲,她們實現了自我救贖,與此同時,她們還實現了對女學生們的救贖。

在小姨多鶴逃亡的那條路上,也有著犧牲與救贖,有著人性的「向善」性質。在集體前進困難的情況下,自殺、殺嬰、殺弱的現象並不少見,年老體弱者「過河時往水裏一扎」〔註52〕,傷員們選擇自盡,女人們「把生病和太小的嬰兒們扼死」〔註53〕。嚴歌苓曾經說過,「弱者的強悍、弱者的寬容」平衡了「強者們的侵略性與破壞性」,修復了「強者們弱肉強食的殘局」〔註54〕,她對於這些戰爭中的弱者充滿同情和敬佩。

由於戰爭設置了極端的環境和殘酷的衝突,人性的美好就成為戰爭書寫中極為罕見也最精彩動人的部分。這樣的美好不僅表現在家庭親情、朋友之情、師生之情上,尤其是男女之間的真摯愛情的描寫成為最經典的文字。齊邦媛長篇自傳性小說《巨流河》不僅寫下了父母一代戰亂中顛沛流離、相濡以沫的情感,寫下了南下師生群策群力共赴國難的慷慨畫面,尤其是其中敘述者「我」和空軍飛行員張大飛之間驚心動魄的愛情描寫,讓人感歎戰爭中的愛情是那樣誠摯和純潔:

> 我們那樣誠摯、純潔地分享的成長經驗,如同兩條永不能交會的平行線。他的成長是在雲端,在機關槍和高射炮火網中作生死搏鬥,而我只能在地面上跑警報,為災禍哭泣,或者唱「中國不會亡」的合唱。我們兩人也許只是一點相同,就是要用一切力量趕走日本人。〔註55〕

就算是在這樣的戰爭中,自我的成長依然不息,甚至對「她」的一生有著重要的影響:

> 有一夜,我由夢中驚醒,突然睡不著,就到宿舍靠走廊的窗口站著,忽然聽見不遠處音樂教室傳來練唱的歌聲:「月兒高掛在天上,光明照耀四方……在整個靜靜的深夜裏,記起了我的故鄉……」那氣氛非常悲傷,我聽了一直哭。半個世紀過去了,那歌聲帶來的悲涼、家國之痛、個人前途之茫然,在我年輕的心上烙下永不磨滅

〔註52〕嚴歌苓:《小姨多鶴》,西安:陝西師範大學出版社2012年版,第10頁。

〔註53〕嚴歌苓:《小姨多鶴》,西安:陝西師範大學出版社2012年版,第13頁。

〔註54〕嚴歌苓:《波希米亞樓》,西安:陝西師範大學出版社2009年版,第245～246頁。

〔註55〕齊邦媛:《巨流河》,北京:生活·讀書·新知三聯書店2010年版,第93頁。

的刻痕。我日後讀書、進修、教書，寫評論文章時都不免隱現那月夜歌聲的感傷。〔註56〕

同樣作為臺灣作家，同樣描寫第二次世界大戰，陳玉慧的家族小說《海神家族》中的戰爭書寫帶有突破性的意義，它已經超越了大陸臺灣戰區，延伸到東南亞的婆羅洲。小說主人公的外公林正男因為精通飛行技術，也因為一直以來心懷飛行的夢想，被迫加入日本在菲律賓馬尼拉的飛行戰隊，由於來自殖民地的身份，也由於嚴謹苛刻的軍隊紀律，他的噩夢開始了，戰爭和死亡的恐懼像瘟疫一樣困擾他，連生死都不能自己選擇，精神上最大的負擔幾乎壓垮了他。直到高射炮打來，正行走在森林沼澤地上的他應聲倒下，煙火彌漫中，以為自己死了。等他們從山洞裏出來的時候，戰爭已經結束了好幾個月，這是恐怖而荒誕的戰爭書寫。

他昏迷了7天，在李的照顧下，整整7天後才醒來。李將他背到山洞裏，他們在那裡躲藏了好幾個月。他們不知道日軍已投降，第二次世界大戰已經結束好幾個月了。〔註57〕

在戰爭中還存在第三類人，他們不屬於戰爭雙方的任一陣營，《金陵十三釵》中的惠特琳女士和英格曼神父可為代表。惠特琳女士在這場大屠殺中患上了嚴重的精神抑鬱症，探視過受日本兵驚嚇的女學生們四年之後，她便選擇自殺。英格曼神父原本處於中立立場，在看見從日本兵槍下逃生的中國戰俘後改變了初衷，允許傷員在教堂內暫住，並逐漸看清了日本兵狡辯無賴的本質。如果說戰爭雙方的選擇都有著國家、歷史等影響因素，戰爭雙方陣營以外的選擇就顯示出了最真摯的人性，這種人性不受任何其他因素影響，只源於「同為人類」而已。這也正是嚴歌苓不同於張愛玲、不同於白先勇的地方所在，嚴歌苓的戰爭書寫不在形而上的層面探討戰爭本身的性質，不辯說戰爭是否正義，這不是作家需要交出的必要答卷，她敏銳地通過戰爭中人的表現來說出她真正想要說出的話。戰爭「是人與人類的本性獲得鮮明體現的一種特殊場所」〔註58〕，正是在這個意義上，嚴歌苓設置了戰爭這一特殊背景，以此來揭示人性。

由於兩岸暨港澳女性文學的戰爭書寫更多地是將戰爭作為背景來表現，所以對戰爭中人性的關注就更加側重、細膩和深入；又由於女性生活的範圍

〔註56〕齊邦媛：《巨流河》，北京：生活·讀書·新知三聯書店 2010 年版，第 90 頁。
〔註57〕陳玉慧：《海神家族》，南京：江蘇人民出版社 2010 年版，第 99 頁。
〔註58〕周政保：《戰爭目光——戰爭或戰爭邊緣小說批評》，北京：解放軍出版社 1998 年版，第 11 頁。

以家庭為主，所以她會在戰爭書寫中將筆觸更多地集中在關於普通人人性的描寫上。因此，女性文學中的戰爭書寫較少英雄主義的謳歌，也較少軍國主義的叫囂，也少國族主義口號的吶喊，更多的是懷著悲憫的情懷展示矛盾衝突的環境中普通人的柔弱、善良、悲憫、恐懼、絕望以及不得不如此之後的心理創傷和心靈異化。生與死的選擇成為戰爭書寫首先要面對的問題，要麼生，要麼死，沒有更多的選擇，一旦選擇了生，就必然會有更多的附加條件；而為了在戰爭中繼續存活下去，就必然要經受無數恐懼的折磨和死亡的威脅，必然要一次一次將人性中的膽怯和懦弱展現無遺。宗璞小說「野葫蘆引」系列小說不僅寫到戰爭所帶來的死亡的恐懼對整個民族的影響，更寫到了戰爭對個人的威嚇：「這人平素慣說大話，是個狂放不羈的人物，誰知一見這些武夫竟渾身哆嗦起來，站起要走。連說我是客人，偶然來的，偶然來的。因軍警未發話，他就貼牆站著，不敢動一動。」〔註59〕直到這些人都走開了，他居然還貼在那裡一動不敢動。這個本來狂放不羈的人物居然都被嚇成這個樣子，那些平日就膽小如鼠的人就不必說了。這些有關戰爭的細節描寫一方面說明日本人的殘暴對百姓的精神的摧殘，一方面也揭示出普通人在戰爭面前的貪生畏死的本能。

宗璞小說「野葫蘆引」也寫到了戰爭對普通人心理上所造成的創傷，其第三部《西征記》中描寫滇西小村的一個普通村民老戰，他有父母有妻子，過著日出而作日落而息的生活，但是，日本的入侵一夜之間改變了村民的生活和老戰的命運。為了阻擋日軍必須炸掉惠通橋，而老戰的妻兒就在橋上的轟炸中死去，親眼看見自己的親人在一聲巨響中消失，這對老戰造成了極大的刺激：「突然爆發出哭聲、喊聲，撼天震地，撕人心肺。這哭喊聲很快向空中飄散了，持續的時間並不長，人們要繼續戰鬥，老戰趴在江邊一棵樹下，昏迷了兩天。自己醒了，一步步捱到保山，又一步步捱到永平。無論問什麼，他只會說『我是從惠通橋來的』。」〔註60〕老戰的命運將會如何？失去了妻兒的老戰的心理創傷將怎樣平復？戰爭對人的摧殘由此可見一斑。

眾所周知，能夠言說的痛苦不算是真正的痛苦，還有那些不能言說的痛苦。臺灣「二二八事件」在很多年裏都是一個禁忌，直到臺灣「解嚴」之後才有相關的文字書寫。女作家陳燁的小說較為集中地書寫了「二二八」所造成的

〔註59〕宗璞：《南渡記》，北京：人民文學出版社2004年版，第204頁。
〔註60〕宗璞：《西征記》，北京：人民文學出版社2009年版，第84～85頁。

傷痛，這種傷痛不止於某一個體，而是整個家庭，甚至整個家族乃至整個族群，心靈的傷痛也不止於經歷苦難的那一代人，而且牽連到上一代和下一代，使得他們時時刻刻處在不能走出的人生噩夢中，或者處在永遠無法溝通的人性自閉狀態，或者處在一種永遠不能協調的對立爭執之中。陳燁的《泥河》開始寫作於 1984 年，1988 年連載於《自立晚報》，1989 年 3 月由《自立晚報》出版單行本，2002 年 4 月修訂後以《烈愛真華》重新出版。小說圍繞著以下多重關係書寫：首先是家族史與府城史的並列與疊合；其次是等待與救贖的母題；再次是濃霧、運河、白牡丹的意象與圖騰。小說女主人公城真華一直生活在愛情的創傷和痛苦的回憶中，她的生命籠罩在濃霧和運河的濃重氛圍裏，帶著深深的難以治癒的心理病症，常年默默坐在黑暗的客廳裏陷入回憶：

> 「你的心病太重了，讓我來醫吧？我比較客觀，可以幫你，好不好？讓我幫你，你會好起來的——」
>
> 「我的心病？」她不經意地問，「你倒說說看。」
>
> 「嗯，我們來對症，」馮疆說，表情認真、嚴肅。「你心裏有個結，打不開。所以，你一直苦苦和自己纏著，封閉你自己，別人無法進入，也無法幫助你。一般朋友就算了，可是，你的親人，他們不能不關心你，會因為你如此自苦而受苦，你瞭解吧？你封閉自己，等於拒絕他們的關心，這樣一來，他們會自暴自棄的。」〔註61〕

相對於「二二八事件」給予城真華的心理創傷，小說中所塑造的堂二姑形象更加令人同情，她的記憶一直停留在慘案發生的時刻，從來沒有走出。而且這麼多年以來，她不僅封閉自己的內心，而且封閉自己的身體，將自己的生命完全囚禁在歷史的血雨腥風當中：

> 他得意地咧咧嘴，轉向太師椅座那個呆滯僵坐的老女人，一本真誠說著：「我母親她說，堂二姑 30 年多年來過得很辛苦。她交代我傳話：請堂二姑多保重，有時，也不妨到外面去走走。還有，請堂二姑到臺北玩——」
>
> 「臺北城？」她怔了半響，又問：「你母親去臺北城做什麼？那裡……，那裡很危險啊。」
>
> 他愣了一下，覺得事不尋常。「臺北城——堂二姑，你說危險，有多危險？」

〔註61〕陳燁：《泥河》，臺北：自立晚報文化出版 1989 年版，第 158 頁。

「啊，你這後生，不知死活。那是座死城呵，連路人都不敢出外行走，……許多市參議員開了會，人就失蹤……。臺灣人在廣播電臺叫喊：爭取鬥爭的勝利……」她忽然緊抓椅把，身軀像惹了惡寒，猛烈顫抖。那喉嚨發出的聲音，嘎嘎咽咽，十分驚懼地叫著：「他們，不分是非黑白，機關槍就裂裂裂、軋軋軋……」

「二小姐，」老婦連忙趨近，輕拍她的皺折面頰。「你又做惡夢了……，醒一醒——」

「啊……。」

「堂二姑，沒有這回事。堂二姑——」他也嚇慌了，整個思維被一股莫名的恐懼侵擾著。〔註62〕

如果說城真華時時陷入歷史的噩夢的話，堂二姑的身世和經歷就更加令人震驚，她的生命在慘案發生的時候就定格了，她再也沒有走出當年的記憶，她沉在歷史的噩夢中再也沒有醒過來。研究者認為：「《泥河》暗指『歷史的泥沼』（包括當時與記憶雙重泥沼），當『歷史』成為一個深重的泥沼，『現實』也就陷在『歷史泥沼』的時點，時間射線無從順暢向前；因此，《泥河》的悲劇是跨世代的。」〔註63〕同時，「《泥河》書名即隱含豐富的空間意象，全書以府城地標物——運河——為舞臺定點空間而開展，演繹二二八事件之後府城大家族的淪亡史，含融著歷史意識、土地認同、政治批判與兒女情愛。《泥河》以今昔錯織的手法，透過記憶與夢境，使歷史記憶與現實情境互相滲透，達到『互文』的效果；現實的意象是召喚歷史記憶的媒介，而過去的歷史經驗，也是形構現實情境的基盤。《泥河》以這樣的小說布局展開記憶重構的艱巨工程，因而讀來一如解謎小說；小說中的二二八事件充滿神秘、禁忌、驚恐、鮮血、狂暴、絕望等意象，見證了1980年代中晚期，二二八事件在臺灣文學仍然是一塊記憶禁區，認識二二八事件，正猶如解謎小說一般隱暗曲折。」〔註64〕而解謎或曰解密陳燁《泥河》的關鍵，則在於探究殘酷的歷史在剎那之間所造就的傷害，以及這傷害在若干年禁閉中的不斷發酵及至不可救藥的過程，它已經成為民族的一種創傷性記憶，而治癒或者說自我救贖的唯一途徑只有

〔註62〕陳燁：《泥河》，臺北：自立晚報文化出版1989年版，第198頁。

〔註63〕楊翠：《以夢解謎，歸返母鄉——陳燁〈泥河〉中歷史意識與空間意象》，陳明柔主編：《遠走到她方》（上），臺北：女書文化2010年版，第161頁。

〔註64〕楊翠：《以夢解謎，歸返母鄉——陳燁〈泥河〉中歷史意識與空間意象》，陳明柔主編：《遠走到她方》（上），臺北：女書文化2010年版，第169頁。

不斷地重寫，在這個意義上，戰爭書寫對於人性的挖掘和反思而言，不僅具有表現的功能，而且具有救贖的意義。

兩岸暨港澳女性文學中戰爭書寫帶著明顯的心理和精神創傷，個人的創傷性記憶不但影響個人，還會匯入群體、民族以至國家的集體記憶中去，而民族和國家的創傷性記憶則會對個體的人產生影響。張志揚的《創傷記憶——中國現代哲學的門檻》在哲學的範疇中討論了個人記憶與民族記憶的關係和形而上意蘊，「所謂民族的苦難記憶或個體承擔的創傷記憶，說到底是各種形式的暴力——自然的人為的，惡的善的、理性的非理性的、政治的道德的、包括話語的——從個人的在世結構的外層一直砍伐到個人臨死之前的絕對孤獨意識，像剝蔥頭一樣，剝完為止，每剝一層都是孤獨核心的顯露。我把這種孤獨核心的強迫性意識叫做創傷記憶。……所以，這種創傷記憶作為過去時的斷口，界定著個人的現在時的生存限度，要麼個人終其一生跨不過去，要麼個人必須再創造自己的將來。」〔註65〕正因為個人的生存與民族和國家的存在息息相關，所以，對創傷性記憶根源的譴責就是對戰爭暴力的譴責，而對於一個要創造未來的無論是國家、民族、還是個體來說，必須對個體的創傷性記憶進行療逾式跨越。

三、戰爭書寫中的歷史觀照與反思

1980 年代之前中國當代文學中的戰爭敘事，要麼是站在正義的立場描繪戰爭的恢弘，刻畫英雄的豐功偉績、足智多謀以及運籌帷幄，要麼就是展現將領和戰士之間的親密關係，軍民之間的魚水之情，接下來就是對敵人的萬般仇恨及其秋風掃落葉般的殲滅過程。總之是從一個勝利走向另一個勝利，從一個輝煌奔向下一個輝煌，無論走到哪裏，都是百姓們的歡呼和雷鳴般的掌聲，都是歡迎的人群、鮮花和歌舞，英雄們露出了自豪驕傲的笑容。就是那些已經在戰爭中壯烈犧牲的將領或者戰士，也在喃喃說出他們對於未來世界的美好期盼後，放心地永遠地閉上了雙眼，離去的是那麼無憾，離去的是那麼平靜，有時候甚至離去的時候還帶著幸福的笑容。戰爭中敵我雙方人物完全臉譜化，概念化，英雄是美而可親的，敵人則是醜而兇殘的，戰爭中真實的人的生存、情感無從得知。

〔註65〕張志揚：《創傷記憶——中國現代哲學的門檻》，上海：上海三聯書店 1999 年版，第 161～162 頁。

　　晚近的戰爭敘事則開始著重表現戰爭中具體的人的存在，無論敵我，盡力鋪展他的內心世界以及圍繞在他周邊的各種關係和狀況，以凸顯其作為人的真實性。到了龍應台的《大江大海一九四九》，就已經不僅僅表現為凸顯戰爭中的人性，而是直接通過戰爭殘酷過程的描繪質問並聲討戰爭的罪惡。這是近年來比較少見的正面描寫國共戰爭的長篇巨製，而且這部作品不僅僅在於描寫戰爭，更多的是對戰爭的反思，對戰爭中歷史傷痛的反思。龍應台在小說的扉頁上寫著「向所有被時代踐踏、污辱、傷害的人致敬」，聲明這是一本獻給她的父母和先輩們的書：

> 他們曾經意氣風發、年華正茂；
> 有的人被國家感動、被理想激勵，
> 有的人被貧窮所迫、被境遇所壓，
> 他們被帶往戰場，凍餒於荒野，曝屍於溝壑。
> 時代的鐵輪，碾過他們的身軀。
> 那烽火倖存的，一生動盪，萬里飄零。
>
> 也正因為，他們那一代承受了，
> 戰爭的重壓，忍下了離亂的內傷；
> 正因為，他們在跌到流血的地方，
> 重新低頭播種，
> 我們這一代，得以在和平中，
> 天真而開闊地長大。〔註66〕

　　需要反思的不僅是人們的歷史健忘症，更重要的還在於小說通過細節描寫所披露的、國民黨之所以在戰爭中失敗的內在原因的反思。小說中有這樣一段頗為震撼的記載，敘說共產黨的軍隊和國民黨的軍隊在百姓心目中的地位及其受到的迥然不同的對待：國軍經過的村落，多半是空城，人民全部「快閃」，糧食也都被藏了起來。十八路軍軍長楊柏濤被俘虜後，在被押往後方的路上，看見一個不可思議的景象：同樣的路，他曾經帶領大軍經過，那時家家戶戶門窗緊閉，路上空無一人，荒涼而蕭殺。這時卻見炊煙處處、人聲鼎沸，大卡車呼嘯而過，滿載宰好的豬，顯然是去慰勞前線共軍的。他感到非常震驚：

〔註66〕龍應台：《大江大海一九四九·題記》，臺北：天下雜誌出版 2009 年版。

　　　　通過村莊看見共軍和老百姓在一起，像一家人那樣親切，有的
　　　　在一堆聊天說笑，有的圍著一個鍋臺燒飯，有的同槽餵牲口，除了
　　　　所穿的衣服，便衣和軍服不同外，簡直分不出軍與民的界限。我們
　　　　這些國民黨將領，只有當了俘虜，才有機會看到這樣的場面。〔註67〕

　　這樣的畫面經由國民黨軍官的親眼所見表達出來，確實顯示了共產黨在
國共內戰時期與民眾的魚水之情及其血肉聯繫。國民黨軍官連長林精武在負
傷逃亡的路上，甚至看見這樣的場景：幾百輛獨輪車，民工推著走，碰到河溝
或結冰的路面或深陷的泥潭，二話不說就把推車扛在肩膀上，繼續往前走，走
到前線去給共軍補給。老老少少成群的婦女碾麵、紡紗、織布，蹲下來就為解
放軍的傷兵上藥、包紮。因為窮人堅信：解放軍勝利了就可以分到田，就可以
翻身做主人，於是很多農民帶著對土地的渴望加入戰爭。這種景象在在說明，
共產黨已經贏得了民眾的最大支持，其所代表的利益就是百姓的利益。其最終
在國共內戰中能夠取得勝利也就理所當然。國民黨從大陸戰場一路潰敗，當
他們到達臺灣的時候，可以想見是怎樣的一種精神狀態和外在樣貌。小說以
1946 年春天二十三歲的臺灣青年岩裏政男的親眼所見為證：因為日本戰敗，
他恢復學生身份，決定從東京回臺北，進入臺灣大學繼續讀書。碰巧在基隆港
見證了國民黨軍隊登錄的那一歷史瞬間：

　　　　他搭上了一艘又老又舊的美軍貨輪「自由輪」，大船抵達基隆
　　　　港，卻不能馬上登岸，因為船上所有的人，必須隔離檢疫。在等待
　　　　上岸時，大批從日本回來的臺灣人，很多是跟他一樣的大學生，從
　　　　甲板上就可以清楚看見，成批成批的中國軍人，在碼頭的地上吃飯，
　　　　蹲著、坐著。在這些看慣了日軍的臺灣人眼中，這些國軍看起來裝
　　　　備破舊，疲累不堪，儀態和體格看起來都特別差。甲板上的臺灣人
　　　　你一句我一句開始批評，露出大失所望、瞧不起的神色。

　　　　這個時候，老是單獨在一旁，話很少、自己看書的岩裏政男，
　　　　突然插進來說話了，而且是對大家說。

　　　　「為了我們的國家，」這年輕人說，「國軍在這樣差的裝備條件
　　　　下能打贏日本人，是一件非常了不起的事，我們要用敬佩的眼光來
　　　　看他們才是啊。」

────────────────────

〔註67〕龍應台：《大江大海一九四九》，臺北：天下雜誌出版 2009 年版，第 185 頁。

岩裏政男，後來恢復他的漢名，李登輝。〔註68〕

這裡暫不評論李登輝後來的政治立場，但當年的李登輝確實是站在國民黨的立場、國家的立場說出這番年輕人的「真言」。不過，龍應台小說關於戰爭的歷史反思不僅僅在於以上對國民黨失敗原因的探究，其反思的另外一個面向是戰後國民黨在臺灣的統治。在臺灣，隨著太平洋戰場的緊張，殖民地的思想教育轉為積極。原來大家能唱愛哼的臺灣流行歌，一首一首填進了新詞，配上了進行曲的節奏，一一變成軍歌。「月夜愁」變成「軍夫之妻」，「望春風」變成「大地在召喚」。周添旺填詞、鄧雨賢譜曲的「雨夜花」，人們愛它的溫柔婉約，從水井唱到市場，本來是在表達一個青春女性的自傷和自憐：

> 雨夜花，雨夜花，受風雨吹落地。無人看見，暝日怨嗟，花謝
> 落土不再回。
>
> 花落土，花落土，有誰人通看顧。無情風雨，誤阮前途，花蕊
> 凋落要如何。

也藉由其作為流行歌曲的流傳廣泛和感染力強，通過旋律改譜、修改歌詞，遂成為表達歌頌戰爭的「榮譽的軍夫」：

> 紅色彩帶，榮譽軍夫，多麼興奮，日本男兒。
> 獻予天皇，我的生命，為著國家，不會憐惜。
> 進攻敵陣，搖舉軍旗，搬進彈藥，戰友跟進。
> 寒天露宿，夜已深沉，夢中浮現，可愛寶貝。
> 如要凋謝，必做櫻花，我的父親，榮譽軍夫。〔註69〕

無論是對戰爭中國民黨與大陸民眾人心向背的反思，還是戰後在臺灣統治策略的反思，龍應台小說中的戰爭書寫都指向對戰爭中的個體生命的關切，其中既包括戰鬥英雄，也包括戰俘，還有戰後淪為邊緣族群的外省人家眷。由於二次世界大戰蔓延廣泛，僅太平洋戰區就硝煙四起，創傷累累。國民黨士兵被俘虜後的命運更加淒慘：日軍在老虎橋監獄關了近千名國軍戰俘，每一百多人擠在一個大獄房裏，睡在稻草鋪的地上。每天戰俘由監視員帶到工地做苦役——建機場、挖防空洞、築防禦碉堡，和婆羅洲或者拉包爾的英澳戰俘，做的是一樣的事。而老虎橋的很多監視員也來自福爾摩沙。由於糧食不足，醫藥全無，大獄房裏的國軍戰俘不是死於飢餓就是死於疾病，

〔註68〕龍應台：《大江大海一九四九》，臺北：天下雜誌出版 2009 年版，第 235 頁。
〔註69〕龍應台：《大江大海一九四九》，臺北：天下雜誌出版 2009 年版，第 263 頁。

每天早上都有很多具屍體要抬出去。有人深夜逃亡被捕，獄卒把逃亡國軍弔在木柱上施以酷刑，令人心驚肉跳的哀嚎呻吟之聲，傳遍集中營。淒慘的叫聲還沒有走遠，外省第二代的臺灣生存就已經成為迫在眉睫的難題，他們不僅面臨著父輩戰爭的創痕，落戶臺灣的物質的困頓，同時更為嚴峻的是身份歸屬感的尋求、建立與獲得，他們被認為是不同於臺灣本土孩子的另外的族群：外省人。

> 但是我知道我和別人不一樣。一班六十個孩子裏，我是那唯一的「外省囝仔」，那五十九個人叫做「臺灣人」。我們之間的差別很簡單：臺灣人就是自己有房子的人。不管是大馬路上的香鋪、雜貨店，或是鄉下田陌中竹林圍繞的農舍，那些房子都屬於他們。你看，房子裏面的牆壁上，一定有一幅又一幅的老人畫像，祖父祖母的、曾祖高祖的。院子裏不是玉蘭，就是含笑，反正都開著奶白色的花朵，有包不住的香。
>
> 他們從不搬家。〔註70〕

關於族群的爭糾就此變得更加複雜。作為一個移民社會，歷史上臺灣的族群構成主要包括閩南人、客家人，還有原住民，現在由於戰爭的原因，大量的國民黨軍隊及其眷屬湧入臺灣社會，自然造成了族群之間的緊張關係。對於臺灣本省人來說，這些新湧入的「外省人」不僅是他們的統治者，而且搶佔了他們原有的各種資源；但對於這些新湧入的「外省人」來說，他們羨慕本省人在自然、文化和精神上的歸屬感，他們則什麼都沒有，沒有祖先，沒有歷史，也沒有自我想像的空間：

> 臺灣人，就是那清明節有墓可掃的人。水光盈盈的稻田邊，就是墳場。孩子們幫著大人抱著紙錢，提著食籃，氣喘喘走在窄窄的田埂上，整個田野都是忙碌的人影，拔草、掃墓、焚香、跪拜、燒紙……一刹那，千百道青煙像仙女的絲帶一樣柔柔飄向天空，然後散開在水光和淡淡的天色之間。〔註71〕

這種缺失的族群歸屬感不是矯情的表現，它是戰爭的遺存，是無可奈何的逃離。儘管在此之後全臺灣各地幾乎都搭建有供國民黨軍隊和工作人員的

〔註70〕龍應台：《大江大海一九四九》，臺北：天下雜誌出版 2009 年版，第 343～344 頁。
〔註71〕龍應台：《大江大海一九四九》，臺北：天下雜誌出版 2009 年版，第 344 頁。

眷屬居住和生活的特殊社區：眷村，但這依然不能緩解或者消弭他們的離散之情和放逐之感。「眷村」的存在雖然滋生了所謂的「眷村文學」，並以此之名留痕於文學史以及大歷史，但是，對於千千萬萬的眷村子女來說，他們原本可以在自己的故土、自己的家鄉、自己的祖先祖祖輩輩生活的土地上平靜安寧地過完一生，但是，戰爭改變了這一切。朱天心「眷村三部曲」（《想我眷村的兄弟》《古都》《漫遊者》）是對眷村生活的集中書寫和表現，小說不再滿足於記憶的重建，而是進一步去面對文化認同的挑戰。關於「外省人」及其「第二代」的問題，正如陳芳明所評價的：「對於『外省第二代』的稱呼，她從來不會接受。在大陸，他們被放逐；在臺灣，也同樣被放逐。就像她自己所說的困境：『國民黨莫名其妙把他們騙到這個島上一騙四十年，得以返鄉探親的那一刻，才發現在僅存的親族眼中，原來自己是臺胞、是臺灣人，而回到活了四十年的島上，又動輒被指為『你們外省人……』要理解她的文學思維，這段話是最好的詮釋。在國民黨、民進黨、共產黨的史觀裏，他們彷彿是不存在的歷史人物。這說明為什麼朱天心最美好的記憶，永恆地停留在一九八七年解嚴之前。」〔註72〕那麼，如果不是這場曠日持久的戰爭，一切又將會怎樣？

> 那種和別人不一樣的孤單感，我多年以後才明白，它來自流離。如果不是一九四九，我就會在湖南衡山龍家院裏的泥土上，或者淳安新安江畔的老宅裏，長大。我會和我羨慕的臺灣孩子一樣，帶著一種天生的篤定，在美術課裏畫池塘裏的大白鵝，而不是大海裏一隻小船，尋找靠岸的碼頭。〔註73〕

人們往往習慣於將個人的受難歸結為歷史的錯誤，歸結為戰爭的原因，但是，卻沒有進一步質疑戰爭因何而起？戰爭的合理性何在？沒有人為戰爭的殘酷所帶來的後果進行道歉，也沒有人為戰爭所付出的巨大犧牲進行賠償，甚至，他們沒有為戰爭寫下一份詳細的備忘錄，更不用說懺悔錄了。龍應台的質疑也就是在這裡，所以她既不說勝利，也不說失敗，她要追問和索要的是那些在戰爭中隕落的生命的價值和尊嚴：

> 太多的債務，沒有清理；太多的恩情，沒有回報；太多的傷口，沒有癒合；太多的虧欠，沒有補償……

〔註72〕陳芳明：《臺灣新文學史》（下），臺北：聯經出版 2011 年版，第 738 頁。
〔註73〕龍應台：《大江大海一九四九》，臺北：天下雜誌出版 2009 年版，第 344 頁。

> 太多、太多的不公平，六十年來，沒有一聲「對不起」。
> 我不管你是哪一個戰場，我不管你是誰的國家，我不管你對誰效忠、對誰背叛，我不管你是勝利者還是失敗者，我不管你對正義或不正義怎麼詮釋，我可不可以說，所有被時代踐踏、侮辱、傷害的人，都是我的兄弟、我的姊妹？〔註74〕

龍應台的這種發聲既是振聾發聵的，也是前所未有的。這對於她本人的寫作來說，也是一種不小的挑戰，時時刻刻，她都要面對著不同的選擇，但她仍舊遵循著自我的良知，在重重疊疊的歷史文獻資料中爬梳，希圖為那些湮滅在戰爭中的無辜的生命代言和發聲：

> 我清早上山，進入寫作室。牆上貼滿了地圖，桌上堆滿了書籍，地上攤開各式各樣的真蹟筆記，老照片、舊報紙、絕版雜誌。我是歷史的小學生，面對「林深不知處」的浩瀚史料，有如小紅帽踏進大興安嶺採花，看到每一條幽深小徑，都有衝動一頭栽入，但是到每一個分岔口，都很痛苦：兩條路，我都想走，都想知道：路有沒有盡頭？盡頭有什麼樣的風景？〔註75〕

故此，陳芳明這樣評價這部小說：「就歷史的深度來看，當然是停留在報導的層面，但是從心靈結構來看，她確實寫出了一個時代的傷與痛。龍應台不是女性主義者，其實她從來不信奉任何主義。恰恰就是因為沒有主義，才使得她的發言特別寬闊、超越、昇華。」〔註76〕和《大江大海一九四九》的寫作差不多同時，臺灣著名學者齊邦媛推出了她的長篇自傳性小說《巨流河》，同樣是對動盪不已的 20 世紀中個人、家庭和民族的創傷記憶書寫，同樣再現了那場毀滅生命的戰爭。但和龍應台不同的是，齊邦媛沒有這麼多的質問，反而是飽蘸著情感，寫下了她的父輩、她的戀人以及她這一代人對於國家和時代的情感，包括他們做出的巨大的犧牲。和龍應台不同的地方還在於，她不是將所有的歷史問題及其反思拋向外界和他人，而是把歷史的反思內化入自我的生命，這也就是齊邦媛的《巨流河》比龍應台的《大江大海一九四九》更加具有情感的力量、也更加能夠打動讀者的原因所在。

小說敘述者以第一人稱「我」的視角回顧了波折重重的大半生，從東北流

〔註74〕龍應台：《大江大海一九四九》，臺北：天下雜誌出版 2009 年版，第 355 頁。
〔註75〕龍應台：《後記　我的山洞，我的燭光》，《大江大海一九四九》，臺北：天下雜誌出版 2009 年版，第 357 頁。
〔註76〕陳芳明：《臺灣新文學史》（下），臺北：聯經出版 2011 年版，第 770 頁。

亡到關內、西南，又從大陸流亡到臺灣，個人的成長和家國的戰亂如影隨形，見證了一代人由於戰爭漂流到臺灣並落地生根的歷程。「我以為《巨流河》之所以可讀，是因為齊先生不僅寫下一本自傳而已。透過個人遭遇，她更觸及了現代中國種種不得已的轉折：東北與臺灣——齊先生的兩個故鄉——劇烈的嬗變；知識分子的顛沛流離和他們無時或已的憂患意識；還有女性獻身學術的挫折和勇氣。更重要的，作為一位文學播種者，齊先生不斷叩問：在如此充滿缺憾的歷史裏，為什麼文學才是必要的堅持？」〔註77〕

　　文學和歷史都反映時代，反映過去，「如果說歷史是理性客觀的記錄，那麼文學便是感性主觀的投射」〔註78〕，相對而言，嚴歌苓筆下的戰爭大多淡化為「敘事背景」，主要敘述的是這個背景之下人們的悲歡離合。敘事中心不在於對戰爭場景的直接表現，在文學創作中於客觀事實裏也加入了她個人的情感與看法，嚴歌苓的戰爭書寫的意義在於以一種探究歷史的姿態，還原了歷史記憶並提出了對當下的思考。嚴歌苓的戰爭書寫還原了歷史記憶，基於正確的歷史觀，從歷史依據出發，盡可能展現一個真實存在的歷史，不歪曲歷史真相。

　　一方面，《金陵十三釵》取材於抗日戰爭期間的「南京大屠殺」事件，這是一起震驚中外、真實存在的歷史事件。據《南京大屠殺史料集》記載，嚴歌苓創作靈感來源於《魏特琳日記》與《陷京三月記》，魏特琳即為《金陵十三釵》中來到美國聖瑪麗天主教堂給孩子們帶來安慰的惠特琳女士，嚴歌苓是在閱讀了《魏特琳日記》之後進行的創作，其創作的大部分素材基於魏特琳女士的日記。嚴歌苓小說中所記敘的事件也是根據真實事件改編而來，她家庭的遭遇和書娟一家的遭遇頗為類似，至少可以說，敘述者「我」與嚴歌苓在某些地方是重合的。嚴歌苓的創作態度顯示出她對於歷史的尊重，她的戰爭書寫還原了當時的歷史基本狀況；另一方面，《金陵十三釵》交叉著不同的敘述者與敘述聲音，每一個敘述者發聲時都有著充分的歷史依據。在小說中嚴歌苓多次安排敘述者，以全知視角強調歷史資料與歷史文獻，以增加敘述的可信度和真實度。如豆蔻被強姦時的慘狀、「行刑工具」等並不是嚴歌苓主觀臆想出來的，而是小說的敘述者「我」在參觀了 1994 年舉辦的「紀念

〔註77〕王德威：《如此悲傷，如此愉悅，如此獨特——齊邦媛先生與〈巨流河〉》，齊邦媛：《巨流河·後記》，北京：生活·讀書·新知三聯書店 2010 年版。
〔註78〕白先勇：《白先勇文集第 4 卷：第六隻手指》，廣州：花城出版社 2000 年版，第 78 頁。

『南京大屠殺』圖片展覽會」之後，以插敘的口吻敘述出來的，依據的是日本兵在輪姦了豆蔻後，出於變態心理所拍攝並流傳出來的照片；又比如聖誕夜事件，在經歷了這一場人生變故之後，書娟生怕自己會記錯或者忘記聖誕夜發生的事情，特意將它記了下來，而敘述者「我」就是根據姨媽的記載進行轉述的，並「爭取忠實於原稿」〔註 79〕，因而聖誕夜事件的敘述可信度就極大增加，這樣嚴謹的敘述態度更近乎對於歷史的還原，給讀者提供最接近真相的歷史。嚴歌苓曾經說過，她講述這個故事的目的在於「激活民族的集體記憶」〔註 80〕，從創作態度和敘述態度來看，嚴歌苓筆下的歷史還原度是很高的。

嚴歌苓小說中戰爭書寫的意義還在於以一種探究歷史的姿態，還原了歷史記憶並提出了對當下的思考。嚴歌苓參加過對越反擊自衛戰，真正直面過戰場上的鮮血與死亡，但是她記住的不僅僅是苦難，她成為了一名出於真心的和平愛好者。歷史已經成為過去，歷史的苦難也成為過去，嚴歌苓書寫底層普通百姓的悲歡離合，並非是想為苦難的書寫添加一筆，並非僅僅讓今天的讀者記住苦難。她認為，現今的人們對於歷史「缺乏深刻長久的反思，我們的民族不善於反思」〔註 81〕，所以她寫戰爭寫歷史，盡可能根據歷史遺留資料書寫歷史的真實，將歷史的真相揭開來給更多的人看見，而並非只是為了「凸現一段歷史的悲歡或是後世力圖還原歷史的困難和無奈」〔註 82〕。除了抗日戰爭、第二次世界大戰外，嚴歌苓的部分小說還取材自「文化大革命」時期，歷史題材是嚴歌苓喜愛的題材之一，對歷史的言說，「反覆的、不斷的記憶追尋實際上只是在尋找當下」〔註 83〕。正如雷達所言，「人民……需要從戰爭的史蹟中汲取新的詩情，需要從昨天、前天或更久遠的戰爭中，獲得新的思想力量、道德力量和精神力量」。〔註 84〕這樣的歷史態度是應該的，也是難得的。以探究歷史的姿態，嚴歌苓在其部分小說中加入戰爭因素，大部分情況下戰爭在其小說中都被淡化為「敘事背景」，對於小說敘事情節的搭

〔註 79〕嚴歌苓：《金陵十三釵》，北京：中國工人出版社 2007 年版，第 83 頁。
〔註 80〕郭洪雷：《執著於文本的批評》，北京：人民出版社 2015 年版，第 35 頁。
〔註 81〕嚴歌苓、木葉：《故事多發的年代》，《上海文化》2015 年第 1 期。
〔註 82〕陳曉輝：《當代美國華人文學中的「她」寫作──對湯婷婷、譚恩美、嚴歌苓等幾位華人女作家的多面分析》，北京：中國華僑出版社 2007 年版，第 5頁。
〔註 83〕莊園編：《女作家嚴歌苓研究》，汕頭：汕頭大學出版社 2006 年版，第 197 頁。
〔註 84〕雷達：《小說藝術探勝》，長沙：湖南人民出版社 1982 年版，第 277 頁。

建、敘事節奏的轉變、人性的揭示都起到了一定的作用，從而完成了對歷史的追尋，最終落腳於現實，提出了對當下現實的思考，其歷史觀、戰爭觀都是發人深省的。

同樣，嚴歌苓的長篇小說《第九個寡婦》《一個女人的史詩》以及《小姨多鶴》截取了上個世紀三四十年代到七八十年代的一段民間歷史和紅色歷史，並將人物主體分別賦予了中原農村的王葡萄、江淮小城的田蘇菲、流落東北的日本女子多鶴這三個大時代中的普通女性，作者將對愛情、人性、生存、命運的反思與其獨特的歷史視角勾連起來，在女性歷史、命運、人格及其性別關係的重塑中，以幽默和戲謔的口吻完成了對宏大歷史敘事的某種嘲諷和解構。正是由於女性「『由文化所決定的，在心理上已經內在化的邊緣地位』使她們的『歷史經驗完全不同於男人們』，把婦女寫進『歷史』，也許更多地意味著傳統的關於『歷史』的定義本身需要有所改變。」〔註85〕這可以在某種程度上一窺歷史真相，不但有助於女性歷史的挖掘和重建，而且豐富了對歷史的辯證性觀照。

鐵凝歷時六年完成的長篇小說《笨花》則將女性寫作的轉向軌跡帶嚮明朗：作者一反以往作品中關注女性命運、專注女性情感、拆解男性歷史和世界的基調，截取了清末民國初至 20 世紀 40 年代中期近五十年的歷史斷面，以冀中平原的一個小鄉村——笨花的生活圖景為藍本，在樸素、智慧和妙趣盎然的敘事風格中，講述了一位民間英雄人物向喜及其家族的歷史，將中國那段變幻莫測、跌宕起伏、難以把握的歷史巧妙地融於凡人凡事的日常生活流之中。這意味著鐵凝的寫作走出了性別關係的劇烈對抗狀態，在新的性別關係中審視歷史、敘述歷史、重塑男性，體現出某種性別和解的信息。王安憶的《遍地梟雄》描寫的是一個看似荒誕的江湖故事，梟雄與英雄，善惡僅一步之遙，韓燕來實在是她作品中「熟悉的陌生人」，也是女性寫作中前所未有的形象，這至少表明女性寫作在經歷了最初的激烈性別批判後對男性生存和生命的正視。

如果說韓燕來的出現還有些不期然，那麼，男性的重新在場和形象重塑在鐵凝的長篇小說《笨花》中得以完整實現。小說在近半個世紀歷史風雲的娓娓道來中，講述了一位民間英雄的傳奇——向喜及其後代向文成、向有備的

〔註85〕〔美國〕朱迪思‧勞德‧牛頓：《歷史一如既往？女性主義和新歷史主義》，張京媛主編：《新歷史主義與文學批評》，北京：北京大學出版社 1993 年版，第 203 頁。

故事,說是傳奇,卻並沒有虛飾和撥高,也沒有故意地藐視和醜化,雖然此小說有著濃重的《棉花垛》的複製痕跡〔註86〕。《棉花垛》探討的是女性命運與革命的關係問題,喬犧牲的時刻,大腦中閃過一系列的畫面:

> 這身子底下是俺家的舊炕席吧。喬想。
>
> 這身子旁邊是笨花壘的那「院牆」吧。喬想。
>
> 快蹬住上馬石往牆裏跳,跳呀。喬想。
>
> ……
>
> 有人聽見喬叫了一聲「老有」。
>
> 喬只見過老有,喬和老有都沒長大過。〔註87〕

與喬的命運形成對照的小臭子,無論做什麼都無法保全自己的性命,即將被國處以槍決之前還希冀著與他成就「同志式的友誼」,而作為革命代言人的國說:「用不著那麼拘謹吧。戰爭中人為什麼非要忽略人本身?他鬆開自己的手,扭頭看小臭子。小臭子還是小鼻子小眼,可胸脯挺鼓,正支著衣服,一個領扣沒繫,惹得人就想往下看。國想,要是再上手給她解開一個呢,人距離人本身不就不遠了嗎。」小臭子的不自知在於這樣的隱喻主題:革命使沒有成長者永遠不能成長,那在間際中扭曲地成長著的也必將失去成長的可能。鐵凝說:「我是中國人,在三垛的寫作中,我也本能地願意以完成『第三垛』來結束對這三種至今還維繫著人類生存的物質的思考。或者換句話,我思考的是在這些物質注視下的人類景況。」〔註88〕鐵凝一再強調三垛在主旨上的連貫性,《青草垛》中的十三苓沒有正面出現和得到描寫,她依然是不可忽略的主人公,她完好地出走與被毀壞地送回隱喻著對經濟社會的文化批判。但其還原歷史的自覺以及對歷史中性別關係的重新審視仍然不失為一個新的突破。

因此,鐵凝的《笨花》既不同於孫犁的《風雲初記》對紅色革命歷史的莊重敘寫,也不同於《棉花垛》所體現出的對主流歷史中女性命運的反思和懷疑,而是屬於女性寫作對斷代歷史及其人物的重新敘述。向喜一生娶了三個老婆:同艾、二丫頭順容和女藝人施玉禪。小說沒有描寫向喜在三個女人之間的周旋,更沒有描寫女人之間的勾心鬥角,女人和男人之間的錙銖必較,女性不

〔註86〕程桂婷:《未及盛開便凋零》一文中對《笨花》後半部中與《棉花垛》的雷同之處有相當詳細的分析和尖銳的批評,《當代文壇》2006 年第 5 期。

〔註87〕鐵凝:《棉花垛》,《鐵凝文集 1·青草垛》,南京:江蘇文藝出版社 1996 年版,第 116 頁。

〔註88〕鐵凝:《鐵凝文集 1·寫在卷首》,南京:江蘇文藝出版社 1996 年版。

再把男性視為一種感情寄託，而把男性當成一種親人間的惦念。作者有分寸地寫出這個男性歷史人物的同時，也如實地寫出了其起源和歸宿的民間性、卑微性以及男權思想的根深蒂固——這不能不說是鐵凝創作的突破，也不能不說是男性形象經歷醜化後的一次從容的「便裝」出場。

第二節　自傳話語的嬗變

作為女性寫作中最具個體意識和敘事權威的創作形式，女性自傳性小說〔註89〕一直受到女性寫作者的倚重。中國現代女性文學的發軔即以一批充滿濃鬱個人風格的自傳性小說為標誌，1990 年代以來海峽兩岸的女性自傳性小說更是不約而同地以犀利而僭越的方式實現了對男權敘事話語的衝擊和顛覆。經歷了性別敘事的高潮之後，女性自傳性小說在新世紀迎來她敘事話語的多元化嬗變。李昂的小說《自傳の小說》〔註90〕、陳玉慧的家族小說《海神家族》〔註91〕、陳燁的自傳小說《半臉女兒》〔註92〕和家族小說《烈愛真華》〔註93〕、齊邦媛的自傳《巨流河》〔註94〕相繼出版，再加上臺灣新世代女作家郝譽翔的《逆旅》、鍾文音的《昨日重現》《在河左岸》、陳雪的《橋上的孩子》《陳春天》等自傳色彩濃鬱的小說，在在昭示女性自傳性小說的書寫已經達臻新的書寫高潮和敘事層面。幾乎就在同時，大陸作家宗璞帶有自傳色彩的「野葫蘆引」〔註95〕系列之《南渡記》《東藏記》《西征記》《北歸記》陸續出版並

〔註89〕關於「女性自傳性小說」，學界有著不同的概念表述，有的研究者稱之為「女性自傳體小說」，有的研究者則稱之為「女性半自傳體小說」，區分的標準在於是否嚴格使用第一人稱敘事。但事實上，使用第一人稱敘事的未必就是自傳體小說，而使用非第一人稱敘事的也未必就不是自傳體小說。本文使用「女性自傳性小說」這一涵蓋性較寬且表述較為客觀的概念來指代下文涉及到的這些由女作家創作的帶有明顯自傳色彩和女性主體意識的小說。

〔註90〕李昂：《自傳の小說》，香港：香港明報月刊出版社 2009 年版。

〔註91〕陳玉慧：《海神家族》，南京：江蘇人民出版社 2010 年版。

〔註92〕陳燁：《半臉女兒》，臺北：平安文化 2001 年版。

〔註93〕陳燁：《烈愛真華》，臺北：聯經出版 2002 年版。

〔註94〕齊邦媛：《巨流河》，北京：生活‧讀書‧新知三聯書店 2010 年版。

〔註95〕「野葫蘆引」係宗璞的長篇自傳性系列小說，包括《南渡記》《東藏記》《西征記》和《北歸記》四部，除 1987 年出版的《南渡記》之外，《東藏記》《西征記》《北歸記》在新世紀陸續出版，《東藏記》榮獲第六屆茅盾文學獎。本文採用的版本分別為《南渡記》（人民文學出版社 2004 年版）、《東藏記》（人民文學出版社 2004 年版）、《西征記》（人民文學出版社 2009 年版）、《北歸記》（人民文學出版社 2019 年版）。

獲獎，張愛玲創作於海外的自傳小說三部曲〔註 96〕《小團圓》《雷峰塔》和《易經》也分別在臺灣和大陸兩地首次出版，凸顯海峽兩岸暨港澳女性自傳性小說的出版和接受盛況。

一、自傳書寫的話語類型

上述作品的敘事都發生在 20 世紀，特別集中在 30 到 40 年代這一血雨腥風、顛沛流離的歷史時段，但每部小說書寫戰亂中的家國和自我的方式又表現出極大的不同。1950 年代出生的李昂在《自傳の小說》中以自身的政治、性別和情感經驗敘寫 1901 年出生的謝雪紅傳奇的一生，當「二二八」運動的風雲人物謝雪紅因為偶然逃到大陸的時候，恰逢剛剛畢業的齊邦媛隻身到抵臺灣，《巨流河》敘寫的是作者如何由東北故土流亡到南京、漢口、樂山再到臺灣執教的歷程。相關地，宗璞的《東藏記》敘寫明侖大學的知識分子及其家屬從北平流亡到昆明，既抒發了知識分子的節操與情懷，也描繪了他們對民族國家和北平故鄉的憂患和牽念。掙扎奔突於日軍炮火下，1928 年出生的宗璞和 1924 年出生的齊邦媛在家國敘事的書寫上卻表現出某種同一中的差異。同樣是 1950 年代生人的陳玉慧，書寫的則是臺灣從日據時期到解嚴時期的家族歷史。共處於這個時代，1920 年出生的張愛玲在敘寫自我和家庭故事時，敘事話語竟又截然不同。

明顯地，李昂的《自傳の小說》採用的是一種極端而犀利的性別敘事話語。小說在鋪敘謝雪紅人生的時刻，不時穿插「我」成長過程中所受到的來自三伯父為代表的根深蒂固的男權話語規訓中種種關於女性妖魔化的訓誡和律令：詭異驚恐的虎姑婆的故事、狐狸精的故事、「魔鬼仔」的故事、「二形」故事；過往女人深處險境中的種種自毀方式：撞牆咬舌、剪刀刺心、菜刀自刎、跳水自盡、懸樑上弔、剔目割鼻等以免受辱；還有老妓皮城門降敵的至高秘法邪術，女人是禍水的種種例證……然後再以謝雪紅經歷、思想和行動的種種對之形成深刻的顛覆，其間穿插影射種種性的、政治的、國家族群身份的迷惘與

〔註96〕 所謂「張愛玲自傳小說三部曲」，嚴格說來只是自傳性小說而已，包括張愛玲寫於 1970 年代的中文小說《小團圓》、1960 年代中期的英文小說《雷峰塔》和《易經》，它們在作者去世 10 多年後歷經曲折先後在臺灣和大陸出版。後兩部由臺灣學者趙丕慧翻譯。本文採用的版本分別為《小團圓》（北京十月文藝出版社 2009 年版）、《雷峰塔》（北京十月文藝出版社 2011 年版）、《易經》（北京十月文藝出版社 2011 年版）。

確認話語，以女性自我的書寫質疑和顛覆既往之歷史和記憶：不可靠不信任，呈現出一種極其酷烈和極具顛覆性的女性主義話語方式。例如，關於王昭君、文成公主等：「外交便是送有身份的女人（這身份還並非真正血緣的尊貴，是受封追加的頭銜與位置），當然還一定是美麗的女人，到鄰國君主（可以是貴族、敵人）的床上。」〔註97〕再如，對於秋瑾：「而要到很多年後，我們才終於瞭解，秋瑾進入我們的小學課本，成為我們效法的女性楷模，並非因為她推動了『男女平權』、辦女報、她的女性悽婉特質；而是因著她愛國，作為革命烈士，並不惜『壯烈成仁』。」〔註98〕

　　類似的性別話語比比皆是，李昂在《自傳の小說》中反覆地強調：縱使謝雪紅的名字常常在街談巷議中出現，她的存在意義也只是大人在嚇唬小孩時的類似狼外婆的虎姑婆的重要詞彙，沒有人真正知道謝雪紅是誰和意味著什麼。現在，始終對謝雪紅進行男權話語妖魔化的三伯父去世了，儘管「我」已經不可能再從他那裡知道有關謝雪紅的種種，但卻可以在新的敘事話語中重述「我」心中的謝雪紅──不僅意味著從歷史的瓦礫堆中打撈女性歷史，還意味著以女性敘事話語重建女性歷史。小說開始於三伯父的死訊傳來，結束於送三伯父靈柩上山，三伯父意味著一個時代，也意味著一個世界，三伯父生命過程的結束也意味著傳統男權話語的被埋葬。小說的結尾，「我」終於按捺不住多年壓抑於胸而未能表達的女性心聲：謝雪紅，要找尋的又豈只是你的一生？你的一生、她的一生，女人們的一生。

　　相對於男人所擁有的天然的法定的話語權，長久以來女人的聲音微弱而匱乏，就像小說中隱匿於月光叢林下尋求著人的口封的狐狸精，它乞求轉化為人的話語權從何獲得？歷史沒有記載。但是，經過一生無盡的曲折、誤解和殘酷的折磨、鬥爭，沒有上過小學也沒有讀過中學的謝雪紅，甚至沒有正式學過寫字的51歲的謝雪紅，在1952年以後開始有意寫她一生的自傳。對於傳統男權話語來說，具有雙重顛覆的意義，李昂的小說固然以謝雪紅自傳《我的半生記》作參考，但她在親身經歷過謝雪紅所經歷的地理、情感和政治場域後，她以決然反叛的姿態為她所理解的女性立言。李昂從歷史、文化、政治等的邊緣化角度出發，以庶民文化與鄉野傳奇的敘事策略挑戰「殖民主義─精英主義」和「資產階級─民族主義」主流價值觀的歷史敘述，書寫底

〔註97〕李昂：《自傳の小說》，香港：香港明報月刊出版社2009年版，第199頁。
〔註98〕李昂：《自傳の小說》，香港：香港明報月刊出版社2009年版，第121頁。

層女性角度所呈現的臺灣歷史，探討庶民女性與國家認同、歷史集體記憶之間辯證性的關係。「《自傳の小說》正視百年來臺灣女性所受到的性別歧視和民間傳說文化，李昂選擇以稗官野史與歷史記憶並置作為歷史架構，一方面引述男性歷史中『再現』的謝雪紅傳述，一方面引論鄉野俗談中女妖的神話，探索對被視為『淫女』謝雪紅的父權思維建構，指出民間傳說在父權架構下對女性規訓與教育養成的威嚇，並透過小女孩的質疑來凸顯父權文化中既定的性別思維宰制，更進一步以謝雪紅優游於男性歷史之外的經歷，來顛覆男性的集體記憶，具有解構威權歷史詮釋的意涵。」〔註99〕這也是李昂小說性別／政治敘述的意圖所在。

事實上，李昂在寫作《自傳の小說》的同時，根據她追隨和考察謝雪紅生命足跡的經歷寫下了自傳體散文《漂流之旅》，這部作品雖不在本文研究之列，但作為兩部可以對照閱讀的自傳性文學作品，李昂在小說扉頁的一段話確實起到很好的提示作用：叫「自傳」的小說充滿虛構，而遊記裏卻有自傳色彩。這意味著小說隱在的線索所記敘的個人生命和情感是真實的，顯在的謝雪紅革命生涯的經歷卻存在著很大的虛構空間，尤其在對謝雪紅革命與身體、政治與欲望的書寫中顛覆了之前的各類謝雪紅評傳，凸顯了李昂個人的情慾與欲望表達。這不僅是李昂挑戰真實與虛構的界限的努力，也是對於女性歷史的新的建構。

相對而言，《巨流河》更接近一部知識分子敘事類的傳記，其中人物、事件和大量的圖片的真實發生和存在可以證明這一點，但王德威在《後記》中認為，《巨流河》之所以受到矚目，不僅是一本自傳，「本身不也可以是一本文學作品？」〔註100〕誠然，這部小說的敘事話語和《東藏記》有諸多的相似和接近，都是以時代巨流中的人事變動為背景，勾勒出特定人群流離失所的生存和悲歡，如果說《東藏記》更多地在民族國家的話語底版上聚焦形形色色知識分子的表情和靈魂，那麼，《巨流河》更多的是著眼於離亂年代中家庭的悲歡尤其是個人的經歷與情感。小說從作者的生之多舛寫起，全家如何離開瀋陽經北平輾轉投奔在南京的父親，七七事變之後，又如何一路經漢口、湘鄉、桂林、

〔註99〕 王鈺婷：《歷史的細語：論〈自傳の小說〉、〈看得見的鬼〉中庶民文化與鄉野傳奇的運用》，陳明柔主編：《遠走到她方》（上），臺北：女書文化 2010 年版，第 127 頁。

〔註100〕 王德威：《巨流河·後記》，北京：生活·讀書·新知三聯書店 2010 年版，第376 頁。

懷遠入川,在戰亂中讀完了中學和大學,並於 1947 年一個偶然的機會赴臺任教。圍繞著人生的跋涉,悉數摹寫了祖母、外公、母親以及兄妹的家族生活,與東北流亡子弟張大飛的人生交集以及他們之間潔淨至誠的情感,與朱光潛和錢穆的忘年交往以及對其靜穆澄澈人格的崇敬,成為小說感人至深的情節。齊邦媛的書寫不僅為印證今生,也為那個並未遠去的時代立此存照,少了些錚錚誓言,多了些知識分子的清明自省。

特別需要提到是,《巨流河》所敘寫是兩代人的歷史,父親齊世英是齊邦媛在《巨流河》中所要描寫的重要人物。齊世英青年時期即成為東北為數很少的擁有官費海外留學經歷的軍界精英,在支持郭松齡反對張作霖的起事中失敗,後來加入國民黨,開設學校、創辦雜誌,目睹和參與國民黨的種種最終卻選擇與之分道揚鑣。齊邦媛心目中的父親務實而傲岸,溫和而潔淨,一生命運大起大落,卻始終保持著英挺的書生情懷。小說寫南京大屠殺後父親與家人劫後相見:他環顧滿臉惶恐的大大小小孩子,淚流滿面,那一條潔白手帕上都是灰黃的塵土,如今被眼淚濕透。在這個意義上,《巨流河》是「一場女兒與父親跨越生命巨流的對話」。〔註101〕

因為多年來兩岸政治文化睽違所造成的有效距離,也因為耄耋老年的人生領悟,小說的敘事話語顯得頗為冷靜平實、公允客觀,「以最內斂的方式處理那些原該催淚的材料。這裡所蘊藏的深情和所顯現的節制,不是過來人不能如此。」〔註102〕一邊是掙扎於炮火中的中華民族:「整個八月,在與南京、漢口並稱為三大火爐的重慶,仲夏烈日如焚,圍繞著重慶市民的又是炸彈與救不完的燃燒彈大火,重慶城內沒有一條完整的街,市民如活在煉獄,飽嘗煎熬。」〔註103〕一邊是無有完卵的家族:

> 有一日,日機炸沙坪壩,要摧毀文化中心精神堡壘;我家屋頂被震落一半,鄰家農夫被炸死,他的母親坐在田坎上哭了三天三夜。我與洪嬋、洪娟勇敢地回到未塌的飯廳,看到木製的飯盆中白飯尚溫,她們竟然吃了一碗才迴學校。當天晚上,下起滂沱大雨,我們全家半坐半躺,擠在尚有一半屋頂的屋內。那陣子媽媽又在生病,

---

〔註101〕 王德威:《巨流河・後記》,北京:生活・讀書・新知三聯書店 2010 年版,第379 頁。

〔註102〕 王德威:《巨流河・後記》,北京:生活・讀書・新知三聯書店 2010 年版,第376 頁。

〔註103〕 齊邦媛:《巨流河》,北京:生活・讀書・新知三聯書店 2010 年版,第86 頁。

必須躺在自己床上，全床鋪了一塊大油布遮雨，爸爸坐在床頭，一
手撐著一把大油傘遮著他和媽媽的頭，就這樣等著天亮……〔註104〕

　　衰敗的家，破敗的國，無數這樣的家就掙扎在這樣的國中，生死與共，休
戚相關。「半個世紀過去了，那歌聲帶來的悲涼、家國之痛、個人前途之茫然，
在我年輕的心上烙下永不磨滅的刻痕。」〔註105〕《巨流河》中家族和民族的
敘事模式在許多地方合二為一，難分彼此。

　　和《巨流河》類似，大陸作家宗璞的《東藏記》在民族國家的話語底版上
聚焦形形色色知識分子的表情和靈魂。小說敘事以呂氏家族為基點，在北平呂
清非老人為尊長的家族序列中，鋪展開來的是他的大女兒呂素初及其丈夫嚴
亮祖一家、二女兒呂碧初及其丈夫孟弗之一家、三女兒呂絳初及其丈夫澹臺勉
一家的人物譜系，其中又包括呂清非的續弦夫人、本家侄孫及其女兒，嚴家兒
女嚴穎書、嚴慧書，孟家兒女峨、嵋和小娃，澹臺家兒女澹臺玹、澹臺瑋，再
加上孟弗之的外甥衛葑及其夫人凌雪妍，明侖大學的教師及其家人構成了小
說的全部知識分子群體。而呂清非老人出身於安徽世家，少年中舉，青年參加
同盟會，因劫獄被革去功名。曾當選國會議員，中年喪妻，眼見國是日非，遂
覺萬事皆空，變賣田產到北平依靠女兒，最終因拒絕出任偽職而自盡。他的不
凡身世和卓然觀念為書中諸人定下了人生基調：國是面前毅然取捨；同時也使
得《東藏記》的敘事模式由家族層面順利過渡至民族——國家層面。

　　從某種意義上說，《東藏記》與中國傳統自傳文學有一定的內在精神契
合。小說所採用的話語亦是宗璞小說啟蒙話語的延續——早在50年代小說
《紅豆》中已經開啟的、於家國巨變之際捨棄個人愛情以求報效國家的知識分
子話語，在《南渡記》《東藏記》《西征記》和《北歸記》中有了更為完整、全
面和系統地展開。小說所選取的歷史時段、所聚焦的時代巨變、所描述的知識
分子群落、所勾畫的帶有個人自傳色彩的家庭圖景以及各個家族成員的家國
情懷和愛恨情仇都帶有時代風潮中集體敘事話語的特徵。深受中西方文化薰
染並有著良好家庭教育背景的宗璞一直生活在知識分子中間，她自己也經受
了時代的滄桑巨變和建國後知識分子命運的一次次考驗，並在虔誠地不斷進
行自我改造，所以，在宗璞的小說敘事話語中，特別明顯的是20世紀以來中
國知識分子的啟蒙話語。

〔註104〕齊邦媛：《巨流河》，北京：生活・讀書・新知三聯書店2010年版，第86頁。
〔註105〕齊邦媛：《巨流河》，北京：生活・讀書・新知三聯書店2010年版，第90頁。

　　在這種話語中，位於核心部位的是一種信仰——近代以來知識分子對國家、民族的奉獻精神，秉承一種知識分子人格：誠實、正義、有責任感，突出表現為個人理想的高尚、靈魂的純潔。《東藏記》中，天真可愛的小娃、清澈無邪的嵋、高傲乖戾的峨、賢惠恬靜的碧初等等，既有史詩品格的恢弘深厚，又有個性鮮明的惟妙惟肖，宗璞要表現的就是知識分子共赴國難的一種精神，一種心態。它滲透、體現在戰亂、遷徙、飢寒、生死等無常嬗變之中：孟弗之深夜攜妻聽炮，呂老爺子含恨全名，李家姑娘逃難路命喪車廂，孟家兒女臘梅林長大成人，凌雪研芒河岸畔魂歸清波，澹臺瑋炮火聲中以身報國……這裡有活潑俊美、聰明上進、心懷天下的年輕人，有戰亂流離中憂時傷世、著述不輟的學者教授，有賢德美麗、任勞任怨、不忘國恥的教授夫人：

> 　　我教育孩子們要不斷吹出新時調。新時調不是趨時，而是新的自己。無論怎樣的艱難，逃難、轟炸、疾病……我們都會戰勝，然後脫出一個新的自己。
>
> 　　臘梅林是炸不到的，我對臘梅林充滿了敬意，也對我們自己滿懷敬意。我們——中國人！我們是中國人！〔註106〕

　　因此，和《巨流河》中獨立而清晰的個人知識分子聲音不同，宗璞小說中類似這樣直接或間接的人物內心表白都是以民族國家的榮辱考量作為自身人格精神塑造的最高標尺，並在此標尺的衡量和取捨中不斷擺脫舊我，塑造新我。作為一個女性，宗璞小說中的性別話語基本上處於隱匿狀態，她更多地是通過家族命運的轉折所達致的國家民族認同來傳達她的知識分子話語，「是生活的體驗而不是性別意識讓她在書寫家國的時候，表現了一點男性知識分子不一樣的性別痕跡。」〔註107〕儘管其筆下的人物有著明顯的理想主義色彩，但絲毫不影響敘事的邏輯和情感的真實，並由此體現出宗璞小說從「為歷史人物立傳」到「為時代心聲立言」〔註108〕的美學昇華——而這也構成了宗璞和齊邦媛在歷史書寫中的重要差異所在。

　　顯然，陳玉慧《海神家族》的「家族—民族」的日常生活敘事具有更多的文學性，或許人類學家、民俗學家甚至語言學家也能在這篇奇異的小說中尋找

〔註106〕宗璞：《東藏記》，北京：人民文學出版社2004年版，第45頁。

〔註107〕陳順馨：《1962 夾縫中的生存》，濟南：山東教育出版社 2002 年版，第 300 頁。

〔註108〕肖鷹：《宗璞文學立言——讀宗璞的〈西征記〉》，《人民日報》2010 年 12 月 30 日。

到更多研究的興趣和佐證。小說以一直陪伴在「我」身邊的兩尊神像「順風耳」和「千里眼」作為敘事線索，在這兩位媽祖副將的神啟之下徐徐展開家族三代女人的命運。小說開宗明義，在封面和扉頁的顯著位置標明這是「我家族的故事，臺灣的故事」。它幾乎在正寫家族女人外婆三和綾子、母親靜子、心如阿姨和我的或堅忍或暴烈命運的同時，敘寫了家族男人外公林正男、叔公林秩男、父親二馬和我的丈夫的或傳奇或荒唐的歷史。同時，正像祖父的離奇失蹤一樣，小說處處設置懸念，充滿著生命的熱望和命運的不可知，形成敘事上的神秘繽紛。

不僅如此，這還是一個奇特的家族：外婆是日本琉球人，外公是臺灣人；母親是臺灣人，父親是隨國民黨軍隊撤退到臺灣的來自安徽的外省人；「我」是臺灣人抑或「外省人二代」？在逃離臺灣飄蕩多年嫁給德國人之後，「我」終於又回歸和認同了故鄉臺灣。所以，隱晦的家族敘事只是《海神家族》的敘事外殼，內裏包含的則是「一個孤獨的島嶼講述一個父親缺席的臺灣寓言」，無論是對媽祖的頂禮膜拜，還是血緣關係的多元混雜，最終表達的仍是「對家族種種愛恨情仇的描摹，影射了整個臺灣的命運。三代人近百年的不堪往事，也凸顯了邊緣群體對『我是誰，我屬於誰』命題的焦慮和思索。」〔註 109〕同樣是「家族—民族」敘事，同樣出自臺灣作家之手，同樣有著自我身份的尋求，《海神家族》表現出立足民間、再現日常生活的歷史文化訴求和敘事話語特徵。

毫無疑問，在論及台港澳暨海外華文文學時無論如何都繞不過張愛玲，因而，困擾「張學」界多年的「自傳三部曲」的面世遂成為探討女性自傳性書寫的有力個案。《小團圓》《雷峰塔》《易經》採用的是一種兼具個人和家族模式的日常生活敘事：《雷峰塔》從幼年寫到逃出父親的家投奔母親；《易經》寫香港求學到戰爭中香港失守，返回上海。本來這兩部小說最初是一個整體，因為太長才被張愛玲分為兩部。《小團圓》寫的則是回到上海後與胡蘭成的戀情以及後來在美國的生活片段。儘管這三部作品在時間上頗為連貫，但由於創作時分別以英文和中文寫出，所以小說中的人名並不一致，除張愛玲好友炎櫻（比比）外，其他人物悉數換了名字，儘管如此，人物身份卻是一一對應絲毫不爽。張愛玲作品中的世界是她日日生活其中極其熟稔的世界，對於敘事者來說沒有任何秘密，但對讀者來說卻無處不充滿私密的、欲說未說的隱語——那些

〔註 109〕陳玉慧：《海神家族》封底，南京：江蘇人民出版社 2010 年版。

個人的隱痛與創傷，家人的齟齬與醜聞，家族的榮耀與羞恥。

於是，在其自傳性散文中隱而未彰、在早前小說中穿上了虛構外衣的家人首先在《小團圓》中依次以真身現諸筆端，讀者不必費力即可將其一一對號入座，原來他們之間有著那麼多的不滿甚至仇恨：九莉和蕊秋之間、和楚娣之間、和父親與後母之間、和之雍之間，和九林、燕山、荀樺之間，同時悉數揭出和其他各種人之間的各種關係。舅舅和母親沒有血緣關係，弟弟也不是親弟弟，母親和姑姑在金錢上互相指責但又有同性戀嫌疑，姑姑居然和表侄亂倫，舅舅娶小老婆並生了孩子卻只瞞著舅媽一個人，伯父死了許久伯母還蒙在鼓裏……家族裏三緘其口的私密事件，幾乎件件披露。如是還不明白的話，在《雷峰塔》和《易經》中幾乎就又重述或者說強調了一次，《異鄉記》則是《小團圓》的補充，把那後續的三美團圓的華麗緣的故事又講述了一遍。在家族敘事的意義上，《小團圓》就是張愛玲的《紅樓夢》，在時代的敗落中，沒有一個人是最後的贏家。

表面上看，國家民族的敘事話語與張愛玲的小說似乎毫無關係——雖然我們並不據此認定張愛玲不關心時事和她身外的生活。實際上，在日本人蠶食鯨吞的時代，愛國心也成為道德上的壓力，儘管從小在離群索居的家庭長大，卻也無法躲開。下面的字句是張愛玲作品中極為少見的正面表達：

> 時代要求人人奉獻犧牲。對於普世認為神聖的東西，她總直覺反感，像是上學堂第一天就必須向孔子像磕頭。愛國心也是她沒辦法相信的一個宗教。和一切宗教一樣，它也是好東西，可是為它死的人加起來比所有聖戰死的人還要多。她也不是和平主義者，只是太喜歡活著。〔註110〕

此處傳達的依然是張愛玲式的冷靜甚至漠然，其中依然顯見那個孤標傲岸的自我，那個醉心在日常生活中不被任何說教所誘惑的九莉、琵琶抑或張愛玲。因此，從陳玉慧的《海神家族》到張愛玲的「自傳三部曲」，日常生活話語構成女性自傳性小說「自我—家族—國族」敘事的重要一翼。

除此之外，臺灣作家陳燁藉由《半臉女兒》的所進行的自傳書寫：「赤裸裸面對過去，面對自己也曾經惡毒的傷害了愛他的人，跳脫以往那種躲在小說背後，透過人物、事件的包裝、變形來訴說內心的隱暗面；在一次次建構生命史時，編制新的意義之網，經由凝視，得到體悟，可謂以書寫敘事治療，最重

〔註110〕張愛玲：《易經》，北京：北京十月文藝出版社2011年版，第290頁。

要的意義是：與自己和解。讓過往那個拘禁在『妖怪城堡』的小女孩，得以重見天日。」〔註111〕因此，「這本自傳，是陳燁重繪心靈地圖的代表作，也是重新取得『自我詮釋權』的重要里程碑。」〔註112〕作為臺灣作家陳雪的首部自傳體長篇小說，《橋上的孩子》主要講述一個很會說故事的女孩的故事，敘寫女性殘破錯亂的記憶與身世；《陳春天》則是陳雪的另一本自傳體長篇小說，是一篇透過「原諒父親」而讓陳春天「尋回自己」重新回家的自我心靈書寫。

　　William C. Spengemann 在《自傳的形式》（The Forms of Autobiography）中將自傳分為三種：自我說明的歷史性的自傳、自我分析的哲學性自傳和自我表現的文學性的自傳。臺灣學者陳玉玲對於文學自傳也曾進行相關的詮釋：文學性自傳揭示了「想像力」、「虛構」、「意象」等文學技巧在自傳中所展開的空間，還進一步指出：自傳小說把作者內心的感受、欲望、認知，透過想像力的虛構營造，以情節的安排、意象的運用，投射在文本中，形成內在心理與文本情節的結合，從而加深自我內心的揭示。「因此，女性自傳體小說是女性進行『自我詮釋的論述』時所再現的『女性生命文本』，亦即是以女性的個體生命為主體進行論說的創作文本，此處所謂的主體並不單指物質世界的個體存在，更深層的指涉在於話語論述的主體性建構。」〔註113〕故此，「《橋上的孩子》和《陳春天》同時作為自傳體小說，以通過對個體存在的強調和性別經驗的獨特性，透過『再現瘋狂』、『再現母親』、『再現父親』等基調、複調與變調相互揉合之後多重呈現的書寫策略，不僅徹底瓦解與顛覆傳統男性話語中心，更在重構女性主體的同時，開拓出女性豐饒而多元的生命圖景。」〔註114〕

　　鍾文音以小說和散文兩種體式書寫的家族記憶和個人成長歷程和所謂「大河小說」有著本質的區別，她更著重在瑣碎的日常生活和庶民記憶中構建另外一幅臺灣的上河圖。「在鍾文音的文學中曾匯聚過兩條臺灣大河，一條是

〔註111〕張靜茹：《重繪心靈地圖：陳燁〈半臉女兒〉的生命史書寫》，陳明柔主編：《遠走到她方》（上），臺北：女書文化2010年版，第217～218頁。

〔註112〕楊翠：《以夢解謎，歸返母鄉——陳燁〈泥河〉中歷史意識與空間意象》，陳明柔主編：《遠走到她方——臺灣當代女性文學論集》（上），臺北：女書文化2010年版，第218頁。

〔註113〕張瑛姿：《解構男性／重構女生——試論陳雪〈橋上的孩子〉、〈陳春天〉再現女性生命文本的書寫策略》，陳明柔主編：《遠走到她方——臺灣當代女性文學論集》（上），臺北：女書文化2010年版，第234頁。

〔註114〕張瑛姿：《解構男性／重構女生——試論陳雪〈橋上的孩子〉、〈陳春天〉再現女性生命文本的書寫策略》，陳明柔主編：《遠走到她方——臺灣當代女性文學論集》（上），臺北：女書文化2010年版，第271頁。

流經《昨日重現》的濁水溪，另一條則是淌流於《在河左岸》的淡水河，一南一北的兩條河竟在她的文學中匯流，為她的文學挹注養分，成為她回溯個人生命史和家族史的舞臺場景。」〔註115〕這正如她自己在《昨日重現》中所說：「我在城市寫城市。我在大城寫小調。我在右岸寫左岸。我在破碎寫完整。我在熱鬧裏寫孤獨。我在紀實裏寫虛構。我在模糊中寫清晰。我在痛苦中寫快樂。我在家族裏寫個人。我在開放裏寫封閉。我在幻滅里寫存在。我在遺忘裏寫記憶。」〔註116〕透過這一組組的矛盾書寫企圖建構生命中的平衡和真實。

二、自傳書寫的敘事類型

　　一般的傳記性小說往往採用第三人稱全知敘事，也有一些小說以第一人稱全知敘事貫穿始終，前者保證了歷史記憶的客觀性和時間的先後序列；後者則強化了小說主人公的在場感。在女性自傳性小說中，人稱也成為其對傳統傳記性小說進行顛覆與改寫的重要手段之一。「接近九〇年代的世紀末，女性作家的挑戰更上層樓，她們不僅書寫情慾而已，而是更進一步，對男性的歷史記憶進行質疑和逼問。」〔註117〕陳芳明的論述同樣適用於90年代以來的大陸女性寫作，甚至可以說，新世紀兩岸女性寫作不僅不約而同地採取凌厲激烈的自傳性小說形式，而且顯示出多元化的敘事模式，敘事人稱也從以第一人稱敘事為主，走向單人稱、雙人稱、多人稱的多種人稱敘事方式，創造性地使用集體型敘述聲音，進一步加強和豐富了女性敘事的權威表達，挑戰男性歷史，建構女性記憶。

　　作為一種嘗試，集體型的敘述聲音是指這樣一種敘述行為：「在其敘述過程中某個具有一定規模的群體被賦予敘事權威；這種敘事權威通過多方位、相互賦權的敘述聲音，也通過某個獲得群體明顯授權的個人的聲音在文本中以文字的形式固定下來。」與作者型聲音和個人型聲音不同，「集體型敘述看來基本上是邊緣群體或受壓制群體的敘述現象」，而且，這種聲音「可能也是權威最隱蔽最策略的虛構形式」。〔註118〕由此可見，集體型敘述聲音或者表達了

〔註115〕 王慧珍：《溯流而上？順流而下？——試論鍾文音文學中的「漂流」意象》，陳明柔主編：《遠走到她方——臺灣當代女性文學論集》（上），臺北：女書文化2010年版，第304頁。

〔註116〕 鍾文音：《在河左岸》，臺北：大田出版2003年版，第36頁。

〔註117〕 陳芳明：《後殖民臺灣——文學史論及其周邊》，臺北：麥田出版2002年版，第170頁。

〔註118〕 〔美〕蘇珊‧S.蘭瑟著，黃必康譯：《虛構的權威》，北京：北京大學出版社2002年版，第23頁。

一種群體的共同聲音，或者表達了各種聲音的集合，創建這樣一種敘述聲音，可使之與女性社會群體意識的創建聯繫起來，最終實現女性寫作內部突破的協和與同一，最大程度地實現女性的敘事權威，因而為前衛的女性作家所嘗試和實踐。

李昂曾談及她的寫作意圖：「我一直想找尋一種有別於過去編年史、事件陳述方式的政治小說寫作，並試圖探討女性與權力、政治的書寫關係」，《自傳の小說》又是一部怎樣的女性自傳性小說？其中的矛盾正如她自己所謂：「如果是『自傳』，又何以『一部小說』？『自傳』又何以能由人代筆創作？『小說』又何以能成為『自傳』？因而，究竟是誰的自傳？誰的小說？」〔註119〕因此，《自傳の小說》選取了多軌式的敘事手法，從「我」對童年時三伯父講的恐怖故事的敘述開始，分別以第三人稱和第一人稱的「我們」切入對謝雪紅命運的展示，正是沿著謝雪紅的足跡，感應著個人的情感需求，李昂在多軌式的敘事人稱中還原了一個完全不同的謝雪紅，撼動了男性歷史書寫的常規，也動搖了男性歷史記憶的穩定性與權威性。在書寫謝雪紅命運的同時，不斷地返回到「我」（這個臺灣女子）兒時所受到的各種歷史、政治、道德、倫理與文化的規訓和恐嚇，互相映照，互相對質，於是她的自我獲得拯救：「我明白到我同時活著兩種人生：我自己的生活，以及，謝雪紅多姿多彩的一生。」〔註120〕除此之外，還將謝雪紅所投身其中的革命所引起的群眾的誤解甚至妖魔化進行了祛魅還原，表現了李昂對作為曾經的臺灣民運的積極參與者所受到的打擊與傷害的自我療傷。這種不斷變換的人稱實際上具備了多重的話語權力，在一定程度上彰顯了女性敘述聲音的權威。

另外，《海神家族》的敘事人稱也極其獨特，呈多棱鏡般翻轉變換。小說先以第一人稱「我」和「你」從海外返歸臺灣尋根開始，慢慢切入家族歷史的回憶，與此同時，「我」與「你」保持著敘事上的對話狀態。接下來逐次轉入外婆綾子的第三人稱敘事、外公林正南、叔公林秩男的第三人稱敘事、母親靜子和心如阿姨的第三人稱敘事、父親二馬的第三人稱敘事，還特別設計了母親靜子的第一人稱敘事。在這些第三人稱敘事展開的過程中又不時插入「我」的第一人稱敘事，到小說結束的時候，敘事人稱已將「我」和「你」合併為第一人稱敘事的「我們」。由於不斷地變換人稱和視角，每個人物的經歷和心理都

〔註119〕李昂：《自傳の小說・序》，香港：香港明報月刊出版社 2009 年版，第 5 頁。
〔註120〕李昂：《漂流之旅》封底，臺北：皇冠出版社 2000 年版。

得到不同側面的書寫和觀照，尤其是「我」和「你」的有效呼應和融合，從而使讀者獲得一個較為立體的認知，更重要的還在於小說以群體發聲的方式獲取了某種敘事權威，極大地增強了敘事的真實性。

相關地，宗璞的《東藏記》雖然主要採用第三人稱全知敘事，敘事視角也在不斷變化當中。例如，第一章以碧初一家為主，以中年女眷的視角凝視戰時昆明生活。第二章則以嵋的學校生活為主，以少年的視線實現對戰時生活的觀照。其次，小說敘事人稱也在不斷變換，在不同的章節以不同於正文的字體插入多人的第一人稱獨白。碧初的第一人稱獨白《炸不到的臘梅林》，表達對北平城裏過世父親的追念，對弗之、素初、峨、嵋、小娃的掛念操勞，最後將家的顧念化為對於國的堅守。這一長長的第一人稱獨白，無疑會使敘述者的權威凸顯，接下來小說依次穿插了凌雪妍的獨白《流不盡的芒河水》、大衛‧米格爾的獨白《流浪猶太人的苦難故事》、衛凌難的《衛凌難之歌》，分別從女兒對父親、妻子對丈夫、子女對國家和兒子對父母四重情感角度傳達出對於國家民族的「捨小生而取大義」的赤子情懷。由此，通過群體賦權的心聲表達或者邊緣的個體發言實現了一種初步的集體型敘事聲音。

不難看出，五四時期的女性寫作更多地借用書信、日記、他人的故事等形式通過第一人稱來抒發女性的個體意識，這一方面體現了世界範圍內女性寫作的傳統，另一方面也表明當時女性寫作在敘述方式上的簡單幼稚。新時期女性自傳性小說多採用第三人稱，在表達女性的自我意識方面有所顧忌。而在 1990 年代的女性自傳性小說中，第一人稱敘事者、作者和小說主人公在某種程度上已經重合，於第一人稱敘事之外，還採用了第二人稱敘事「你」、第三人稱敘事「她」和複數人稱「我們」的交替使用，較為豐富和多元。新世紀以來，兩岸女性自傳性小說則延續了 1990 年代的敘事特徵，在敘事人稱和視角方面進行了更為新穎豐富的嘗試，在集體型敘事聲音和多人稱視角方面凸顯出女性自傳性小說敘事的不斷突破和走向成熟。

三、自傳書寫的時間與空間

經典的傳記理論認為：「自傳作家的主要任務就是呈現兩種關係：一、我與別人的關係；二、我與時代的關係。」〔註 121〕這意味著傳統的自傳體小說在歷史大事件的座標系中開始個人的敘事歷程，正如陳芳明所說：「坊間流行

〔註 121〕趙白生：《傳記文學理論》，北京：北京大學出版社 2003 年版，第 35 頁。

的傳記文學，大多出自男性手筆。他們的個人記憶往往必須與歷史重大事件銜接起來，也證明男性權力的一脈相承。無論他們的意識形態與政治立場是何等歧異，一旦牽涉到自傳或回憶錄的書寫時，都不能忘情於他們是如何與時代精神或重大時刻有著密切聯繫關係。」〔註 122〕但是，女性自傳性小說從一開始就表示了對所謂歷史大事件的不信任不靠攏姿態，她從自我的生活世界——一直以來為宏大歷史敘事所遮蔽的日常生活敘事開始言說。

新世紀兩岸女性自傳性小說，無論是對往事的回憶，還是在真實與虛構之間的取捨，都致力於擺脫傳統男性傳記的因果關係論，不再側重於事件發展的先後順序，不再梳理記憶的來龍去脈，她們拼貼破碎的記憶，在潛意識、意識流、看似雜亂無章的敘述中顛覆男性傳記傳統的穩定性與合法性，展示個人情感，打撈女性記憶。於是，在她們的書寫中，時間表現為一種不確定的存在，而記憶更是靠不住的東西。《自傳の小說》中的謝雪紅由一個沒有名字的臺灣女子，賣身葬父，給人做媳婦仔，從夫家逃跑，到個人創業，再到一個偶然的機會去了上海，並在上海開始接觸革命，遂被委派到俄國學習，學成後先後到日本、臺灣進行革命活動，二二八事件後再逃往上海並在大陸終老。

小說敘事突出的是空間意識，每一地的情感和身體經驗，結合著其革命際遇進行書寫，而時間的概念在這裡相對模糊，其人生中重要的轉折既沒有時間的記載，也沒有歷史資料可以憑依，發生在其生命歷程中的那些 20 世紀的戰爭和革命更沒有提及，甚至可以說，李昂是在女性而不是革命者的立場上書寫謝雪紅的傳記。顯然，作者所要撰寫的既不是一部謝雪紅回憶錄，亦非謝雪紅革命大事記，在真實的人物謝雪紅所經歷的個人與時代的巨大空間裏，李昂將小說的虛構功能發揮到極致，集中表現了李昂本人對女性、政治、身體與革命的個人看法。其作為女性自傳書寫的巨大的顛覆性正如陳芳明在評價陳燁小說時所說的：「男性的時間觀念是透過道德、倫理、人格、傳統等等抽象的思考作為線性的延續。道德、法統之類的繼承關係，構成男性歷史的主軸。這種事件觀念，乃是男性權力相互傳遞的秘密伎倆。女性書寫一旦崛起之後，男性的時間意識立即遭到前所未有的挑戰。因為，女性已經能夠理解，男性對於時間的定義，絕對不可能屬於女性。要挑戰道德權力式的歷史書寫，女性開始以空間意識進行書寫，偏離男性支配的軌跡。她們探索自己的肉體，

〔註 122〕陳芳明：《後殖民臺灣——文學史論及其周邊》，臺北：麥田出版 2002 年版，第 153 頁。

開發自己的情慾。以空間的肉體對抗時間的國體；以空間的情慾對抗時間的情操。肉體與情慾才是真實的，而國體與情操則全然屬於虛構。」〔註123〕而陳燁的小說《泥河》則因其「空間敘述」的建構被稱為「第一本『關於女性書寫家族與政治的歷史記憶』的長篇著作」。〔註124〕

　　同樣，臺灣小說家郝譽翔在其自傳性小說《逆旅》中也表現出對空間意識的強烈認知，而其對父親的記憶正是藉著強烈的空間感而非時間感來實現的。基於女性的特殊感知和個人的切身經歷，郝譽翔的父親記憶和家連在一起，但無論於家還是於父親，在她筆下都是生澀腐敗的，甚至帶著死亡的氣息。作為曾經的山東流亡學生的父親，並沒有引領作者去作家國苦難和民族傷痛的回顧與書寫——像齊邦媛在《巨流河》以及宗璞在「野葫蘆引」中所做的那樣，充滿對父輩的敬仰和民族災難的感喟，當然，這兩部小說也是空間意識勝過時間意識。在齊邦媛和宗璞的書寫中，正義、氣節、崇高、犧牲甚至風骨等字眼恰恰是國家父輩歷史描述的關鍵詞，而在新生代作者郝譽翔的小說中，歷史似乎隔斷了，這歷史非但沒有想像中那樣崇高和昇華，歷史也沒有帶來嚮往的樂觀願景，流亡、死亡、離家、遺棄、遺忘才是她真正想表達的歷史經驗，父親的歷史是被多重政治境遇放逐的歷史。實際上，這樣的放逐的悲感在齊邦媛的父親身上也有相當充分的體現，只是她的表達比較蘊藉。

　　甚者，陳玉慧的《海神家族》敘事則只有人稱沒有時間，或許是為了彌補，作者在扉頁列了一個簡單的從1911年到2001年的臺灣大事時間表，但這個時間表的真正作用與其說是提醒和強調時間，倒不如說是瓦解和遺忘時間。更甚者，張愛玲的《小團圓》系列作品中根本就沒有標出任何時間，在她的人物世界和記憶時空中，不需要時間，一天如同一年，反之亦然。她的記憶也不連貫，因而敘事都是閃念型的，以回憶或者拼貼為主。來來回回反反覆覆的就是那幾座在她記憶中永遠不老的城市：天津、上海、香港還有溫州。對於史書記載的歷史，張愛玲的唯一的表情或許只有嘲弄。總之，新世紀兩岸女性自傳性小說是通過對時間／歷史意識的瓦解和空間／城市意識的強化，來建構屬於女性的生活記憶和歷史觀念。

　　一般而言，女性自傳性小說的興盛和女性寫作者的生活經歷、個人體驗和

〔註123〕陳芳明：《生命的繁華與浮華：寫在陳燁〈烈愛真華〉之前》，陳燁：《烈愛真華》，臺北：聯經出版2002年版。
〔註124〕陳燁：《尋索人間歷史的真相》，《烈愛真華·改版自序》，臺北：聯經出版2002年版。

精神訴求有關，但由於時代話語的變遷和歷史語境的差異，女性自傳性小說的內在訴求會發生微妙的變化。20 世紀女性自傳性小說的發展經歷了五四、新時期和 90 年代三個創作高峰期，在個人主義的啟蒙話語時代、民族革命的集體話語時代、打破禁錮的思想解放話語時代和社會經濟轉型的消費話語時代，其個體意識和敘事權威隨時代話語的變更表現出強弱的不同和高低的差異，而新世紀海峽兩岸女性自傳性小說敘事話語多元化的嬗變過程，在某種程度上意味著女性寫作在女性意識挖掘、性別關係重建和個人身份認同等方面所進行的深入反思和多重探索，同時也正在形成新的敘事傳統。但傳統不是一成不變，傳統的形成過程在於不斷的新變中的匯聚和凝結。這裡論及的女性自傳性小說，從不同的層面、以各自不同的敘事話語顯示了對傳統的承繼以及革新，因此所謂傳統本身也構成當下多元化敘事的表現形式之一，它們將共同組成和推動女性自傳性小說新的格局和嬗變。

四、自傳書寫與自我拯救

其實，從遇羅錦的《一個冬天的童話》開始，個人化書寫的時代就已經初步開始，並在 90 年代的女性寫作中結出了碩果。真正的個人化書寫不僅包含著生活經歷上的真實性、包括著個人情感的真實性，更重要的在於它終於掙脫了窠臼，以第一人稱、以真實的姓名堂爾皇之地出現在文本的敘述之中，這可以說是女性寫作的革命，雖然目前我們並沒有充分認識到此舉的重要性。也就是說，這樣的寫法雖然不是嚴格意義上的自傳，但它有著同自傳一般無二的真實性，只不過其敘述更加凸顯個人的情感和內心的活動，以及許多意識和潛意識的活動與表現，所以毋寧稱之為自傳性的小說。90 年代林白《一個人的戰爭》和陳染《私人生活》相繼出現，「一個女人說出自己生活的隱秘會怎樣呢？世界將被撕裂開。」〔註 125〕完全私人化的書寫不僅對男性文化中心的世界進行了前所未有的撕裂，並在撕裂的快感和空間中建構了女性自我的身體認同，這是一種撕裂中的建構，而男性文化中心的現狀決定了此種建構只能在撕裂中進行。

吉登斯在《現代性與自我認同》中談及自傳體對女性寫作者的諸種功用，用來闡釋 90 年代的自傳體小說完全適合，而且在自我認同的確定性和有效性上

〔註 125〕蘇珊・S. 蘭瑟著，黃必康譯：《虛構的權威》，北京：北京大學出版社 2002 年版，第 161 頁。

同樣適用。首先是反抗現狀的功能，這裡的現狀尤其著重在女性「第二性」性別的文化現狀：「對於女性自傳作家來說，問題在於，一方面，作為唯一可行的文學方式去抵禦男性自傳的壓抑，另一方面，去描繪對於男人而不是對於女人來講純屬幻想的、符合女性理想的困難。」〔註126〕這就意味著自傳體寫作是女性表現自我以及和維護自我認同的最為恰當的形式，也是最為有力的形式。

其次是對女性自我的治療作用：「治療是一種成長的過程，也是必須涵概個人生活可能經過的主要轉變的過程。記日記或者進行觀念的或實際的自傳寫作可以推薦為超前思維的手段。……無論日記自身是否具有明顯的自傳形式，『自傳的思維』是自我治療的中心因素。對於個人生活連貫感的發展，歷史是一種主要的手段，它有益於逃避過去的束縛和敞開未來的機遇。自傳作者一方面盡可能地回溯其早期的生活經驗，同時也為涵概未來的潛在發展設立路線。」自傳是對過去的校正性干預，而不僅僅是逝去事件的編年史。通過自傳的寫作，「反悔的心態得以平復」。「寫作自傳式的材料的基本目的，就是幫助個體自身應付過去……」，〔註127〕其另一方面是「校正情感經驗的演練」。寫自傳的人通過賦予特定情節新的意義、情感和解決方式，在文中設想出她的願望中事件發生的理想狀態。對於女性寫作中的自傳體而言，其治療作用在於使經受和飽含著焦慮與創傷性經驗折磨的「女性自我」，通過記憶書寫緩解焦慮，或者在重新書寫中平復創傷，以至忘卻焦慮和創傷所帶給她的心靈和道德上的沉重而永久的摧殘和愧疚，從而使女性自我得到精神上的拯救。

再次，在自我拯救的基點上著力於自我認同的建構。作為連貫的現象，自我認同設定一種敘事，把自我敘事改變成鮮明的記述。為了維持完整的自我感，日記和自傳的寫作是中心的推薦物。歷史學家普遍接受，只有在現時代才發展了自傳（和傳記）的寫作。當然，絕大多數出版的自傳都是讚美生命或者傑出人物的成就：它們作為一種方式，把這些人的特殊經驗從大眾中烘托出來。「這樣看來，自傳作為整體的個體獨特性的更為邊緣的特徵。然而，自傳，尤其由個人通過寫作成非文字方式記下的、有關個體所創造的、廣義闡釋自我歷史，事實上在現代社會生活中都處在自我認同的核心。像任何其他的正式敘事一樣，它必定需要人的加工，並且作為理所當然的事務召

〔註126〕芭芭拉·約翰遜：《我的怪物／我的自我》，張京媛主編：《當代女性主義文學批評》，北京：北京大學出版社1992年版，第98～99頁。
〔註127〕〔英〕安東尼·吉登斯著，趙旭東、方文譯：《現代性與自我認同》，北京：生活·讀書·新知三聯書店1998年版，第82頁。

喚創造性的投入。」〔註128〕在創造性的投入中，女性的自我認同感在自傳體的寫作中得到維護，並且能夠使其自我認同獲得連續性和完整性。

第三節　家族敘事的建構

　　女性文學從自傳體小說發展到家族書寫是順理成章的事情，甚至自傳體書寫當中也不可避免地涉及到家族敘事，而家族敘事中也必然有敘事者本人的視角貫穿，或者第三人稱全知敘事。從女性自我到母系家族譜系的梳理和歷史傳承，女性寫作對性別歷史的一脈進行想像性的發掘和書寫，女性曾經被壓抑的歷史真相不僅浮出歷史地表，並且得到了重新塑造。與此同時，女性文學的家族書寫在一個較長的歷史時段和相對寬闊的空間場域中，表現出對大歷史書寫的某種補充和改寫，就是在這女性立場上的補充和改寫中，可以見出女性家族史的歷史建構與傳統歷史敘事的差異。如果說大歷史著眼於宏大主題和宏大話語的敘事，那麼，女性家族史的歷史書寫則在時代政治和歷史的夾縫中尋覓另外一種表達的可能。這正如香港作家西西在自述中闡述的她關於寫作中的歷史觀念的理解：

> 西方史學家把歷史解釋為「組合的記憶」（History is organized memory）。晚近若干英美女性主義者把 History 一字拆讀，引申出所謂「歷史」就是男性霸權中心的產物，換言之，即是偏頗的、他的記憶；揚言須另塑 Herstory 一字，以示抗衡。我呢，從寫作的角度著眼，卻似眾裏尋它千百度，忽而重逢，禁不住說聲 Hi，story：故事，你好。〔註129〕

　　這既是理解西西作品的入口，同時也為解讀女性視角的家族史書寫提供了新的思路：正是這種植根於弱勢性別的、關於日常生活的敘述展示了更為多元的觀測歷史真相的角度，以及重構被宏大敘事原則所刪除和遮蔽的某種史實的可能。除了上一節所論述到的部分自傳體作品在本節還要從另外的角度重新加以論述之外，近 30 年兩岸暨港澳女性文學的家族史書寫蔚為壯觀：鐵凝的《玫瑰門》、王安憶的《紀實與虛構》、張抗抗的《赤彤丹朱》、徐小斌的《羽蛇》、趙枚的《我們家族的女人》等，以及之後出版的張潔的《無字》、

〔註128〕〔英〕安東尼·吉登斯著，趙旭東、方文譯：《現代性與自我認同》，北京：生活·讀書·新知三聯書店 1998 年版，第 87 頁。

〔註129〕西西：《故事裏的故事·序》，臺北：洪範書店 1998 年版。

陳燁的《泥河》、陳玉慧的《海神家族》、鍾文音的《昨日重現》《在河左岸》、郝譽翔的《溫泉洗去我們的憂傷》、陳慧的《拾香記：1974～1996》、黃碧雲的《烈女圖》，包括張愛玲自傳體小說三部曲之《小團圓》《雷峰塔》《易經》等。

一、女性歷史的尋找與建構

　　女性寫作者長篇巨製的家族書寫使人們看到女性在完全不同的歷史場域中所表現出的人性的恣肆舒展以及對愛情的執著從容，她們優游地穿梭於黑色或紅色的歷史時段，將女性的寬容與狹隘娓娓道來，以文學的形式重塑了歷史的女性和女性的歷史。接續著上個世紀的女性家族故事，張潔的《無字》講述了作家吳為及其家族三代女性掙扎於整個 20 世紀的充滿動盪和悲劇的婚姻故事，對男性的自私和虛偽進行了體無完膚的揭示和嘲弄，同時對女性自身的怯弱和虛榮進行了深刻的剖析和反省。徐小斌的《羽蛇》則講述了始自清朝末年一個多世紀中家族五代女人曲折跌宕的命運故事，使女性家族史的構建在時空跨度及思想含量上臻於極至。如果說這兩部女性小說專注於女性家族史的構建和梳理，在某種程度上表現出對男權中心主義文化的抵制和消解，真實而客觀地審視特殊年代的男人和女人，以儘量平和的歷史眼光將掩埋於歷史塵埃中的複雜的人性、豐富的心靈進行了某種還原，其審視歷史的特殊視角帶給人程度不同的震撼。不但顛覆了男性的話語霸權，而且對男性書寫的歷史進行了徹底的改寫。以不完全列表的方式將 90 年代幾位作家的女性家族小說作一對比，可以非常顯明地看出在女性的歷史構建過程中那些性別自覺的成分、以及受制於個人的自我認同所表現出來的侷限。

項　目 作　者	家族小說	母系／ 父系歷史	認同模式	敘述視角	敘述聲音
趙　枚	《我們家族的女人》	母系歷史	社會認同模式	全知視角	（前） 個人型聲音
張抗抗	《赤彤丹朱》	母系＋父系歷史	社會認同模式	全知視角	作者型聲音
鐵　凝	《玫瑰門》	母系歷史	性別認同模式	全知視角	作者型聲音
王安憶	《紀實與虛構》	母系歷史	性別認同模式	個人視角	個人型聲音
張　潔	《無字》	母系歷史	性別認同模式	全知視角	作者型聲音
徐小斌	《羽蛇》	母系歷史	性別認同模式	全知視角	作者型聲音

　　儘管同為女性家族敘事，其間卻有著明顯的不同：在趙枚和張抗抗的作品中，女性自我還是社會認同的價值模式，表明其女性寫作自覺程度的欠缺；雖然趙枚的作品是個人型的敘述聲音，但和張潔與張辛欣的作品一樣屬於（前）個人型聲音；在對女性歷史的構建上，張抗抗的作品也還是父系與母系歷史並舉，雖然更著重的是母系，但顯然其女性立場不如其他作品明顯。而在鐵凝、張潔和徐小斌的女性家族小說中，其母系歷史理念、性別認同模式、敘述視角和聲音都取得了完全的一致性，表明其女性寫作的充分自覺。王安憶的《紀實與虛構》有些特殊，作者對家族歷史的重建方式進行了更為全面的嘗試，將個人的歷史與家族的歷史即小說中紀實與虛構的部分交替進行。在自我認同的不同階段和模式中，女性寫作表現出了明顯不同的敘述方法，即從寫實—虛構—自傳的顯豁歷程和文體特色。在這樣的三個層次中，敘述者的聲音基本上呈現為三種類型：缺席的敘述者、隱蔽的敘述者和公開的敘述者，從缺席到隱蔽再到公開顯示著女性寫作敘述的權威的逐漸強大，而這強大又和女性自我認同感的實現以及認同越來越趨向自我本體有著緊密的呼應關係。

　　特別需要提到的，在女性家族書寫文本中，關於個人創傷性經歷的描寫對於女性歷史的重建具有相當重要的作用，這種創傷性經歷的描寫構成女性歷史尋找的一個組成部分：

項　目 作　品	作　者	女性自我	創傷性經歷
《流水30章》	王安憶	張達玲	因小時寄養在外與母親有極大隔閡
《大浴女》	鐵凝	尹小跳	對母親不滿五歲時將小妹推向死亡
《一個人的戰爭》	林白	林多米	因抄襲被電影廠取消錄用
《私人生活》	陳染	倪拗拗	父親的殘忍和暴虐
《羽蛇》	徐小斌	羽	因父母的冷落而誤將弟弟殺死

　　這種創傷性經歷是既往的女性寫作所不敢直面的痛楚，是女性寫作中被重重壓抑和包裹起來的難言之隱。這些經歷影響了她們的性格和命運，甚至某些創傷性記憶漸漸沉澱為其潛意識的一部分，對其人格的發展與建立造成不可逾越的障礙。可以看出，王安憶、鐵凝、林白、陳染、徐小斌等女性寫作中的創傷性經歷與個人的成長經歷有關，給女性自我帶來終生道德上的譴責或者無盡的愛的缺失，這必然給自我帶來多重的焦慮，包括道德上的和行為

上的。《一個人的戰爭》以近乎自傳的形式描繪了林多米成長期的一次致命性創傷，而她年輕的生命在這一突發事件後幾乎被完全擊倒。這次創傷使林多米從希望的頂峰墜入潰滅的谷底，轉眼之間完成由天堂到地獄的飛降，這成了林多米一生中都無法撫平的創傷和無法自足的道德虧欠。

> 我聽不見任何別的聲音，除了那兩個可怕的字，看不見任何別的事物，曾經躍動閃耀的電影畫面消退成一片灰白，我既不餓又不渴，既不累也不困。我不明白為什麼會這樣，彷彿被一種力量置放到一隻碩大的真空玻璃瓶裏，瓶外的景致在無聲流動，我既聽不見也看不到。

> 所有的光榮和夢想，一切的輝煌全都墜入了深淵，從那時起直到現在，我還是沒有從陰影中升脫出來，我的智力肯定已經受到了損傷，精神也已七零八落，永遠失卻了十九歲以前那種完整、堅定以及一往無前。〔註130〕

《羽蛇》中的創傷性經歷則是：羽小時候畫了一張關於雪的非常美的圖畫，準備送給來接她的爸爸和媽媽，但是爸爸和媽媽不但沒有來，而且因為新生的小弟弟徹底地把羽給遺忘和拋棄了，於是羽在媽媽的咒罵之後掐死了那小核桃皮一樣的小弟弟，徹底地淪入了自我救贖的地獄。在她年幼無知的行為舉止中，只有一點是無比清晰的，那就是「我的媽媽不愛我」，在一次次的救贖中，父親仍然是她潛意識中的愛戀對象，但這並不足以彌補她的深重創傷，她渴求的仍然是母親的愛和認同，在經歷人生種種劫難之後，在臨近死亡的時刻母親終於接納了她，但卻並不一定是真正的接納。羽的經歷與《流水 30 章》中張達玲的境遇頗為相似，女性自我終其成長的整個歷程都是為了獲得母親的認同，以至於鐵凝《大浴女》中的尹小跳為了懲罰母親的背叛而間接殺死了自己的妹妹，這一創傷性記憶在逃避審判的漫長的成長歲月中久久無法克服。

就個人意義而言，女性自我必得背負著沉重的集體或個人創傷邁向自我建構之途，而無論創傷的造就者與根源是國家、社會、文化、父親、母親抑或個人，都來源於成長中的自我對理解、同情和愛的呼喚。張潔《無字》中吳為的精神焦慮和最後的發瘋與其創傷性經驗不無關係：「不論吳為怎樣拒絕做一個奴才，從兩歲開始，她的脊樑骨就彎了，從此再沒有直過。從兩歲開始，人

〔註130〕林白：《一個人的戰爭》，南京：江蘇教育出版社 1997 年版，第 121～122 頁。

人也都成了她的主子。她不但是奴才的女兒，分明也是了一個小奴才。不論誰給她一點點關愛，也許是無意，也許根本不是關愛，她都覺得那是賞給她的而不是她應得的。而且等不及來世，恨不得今世就『變作犬馬當報還』，全部、馬上、匆忙地獻出自己，讓施捨的人覺得她好一個『賤』。」〔註131〕兒時的創傷性經歷影響了她的一生：「其實她所有的胡作非為，一些小事上的聲色俱厲，包括她的張揚，不過是色厲內荏的小技，以掩蓋她對弱肉強食法則的恐懼，企圖向自己證明，它們從來沒有在人格上、精神上對她構成過威脅……」〔註132〕直至敏感卑微人格的形成。

從精神分析的角度來看，創傷性經歷是焦慮的一個重要來源，弗洛伊德在《文明與缺憾》中說：「焦慮存在著雙重起源：它一方面是創傷性因素的直接後果，另一方面是預示將要重演創傷性因素的信號。」〔註133〕可見，在焦慮與創傷性因素的關聯上確實存在著可以探討的深度空隙。他在《精神分析引論》中又說：「一種經驗如果在一個很短暫的時期內，使心靈受一種最高度的刺激，以致不能用正常的方法謀求適應，從而使心靈的有效能力的分配受到永久的擾亂，我們便稱這種經驗為創傷的。」〔註134〕而一個人的生活結構會因為創傷性的經驗而根本動搖，從而使人喪失生氣和活力，對現存的生活不再產生興趣，永遠沉迷於痛苦的回憶中。創傷性的經歷一旦發生就意味著其沉澱為個人的創傷性經驗，從而在人的一生中起到制約作用，它和焦慮一起阻礙著個人自我認同的實現。並且，對於歷史的女性而言，她的創傷性除了個人經歷之外，還來自於她「第二性」的性別身份：「身陷這些女性自我毀滅的故事——我們常常把這些故事同我們自身混淆起來——包圍之中，婦女又怎麼能體驗創造呢？」〔註135〕

同樣，女性的第二性特徵往往被看成巨大的傷口的隱喻，而在兩性的性行為之中，「它不是快樂地噴射，而是對撕裂的反應。皇宮婚床上的血跡似乎又暗示著婦女的顏料和墨汁乃是痛苦的創傷生產出來的一個男性權威的副產品。如果藝術創造力與生理上的創造力有聯繫的話，那麼對婦女來說，對寫

〔註131〕張潔：《無字》（第二部），北京：北京十月文藝出版社 2002 年版，第 213 頁。

〔註132〕張潔：《無字》（第二部），北京：北京十月文藝出版社 2002 年版，第 214 頁。

〔註133〕弗洛伊德：《文明與缺憾》，合肥：安徽文藝出版社 1996 年版，第 214～215 頁。

〔註134〕弗洛伊德：《精神分析引論》，合肥：安徽文藝出版社 1996 年版，第 216 頁。

〔註135〕蘇珊·格巴：《「空白之頁」與女性創造力問題》，張京媛編：《當代女性主義文學批評》，北京：北京大學出版社 1992 年版，第 174 頁。

作靈感的恐懼與對被侵入、被姦污、被佔有、被破壞、被毀滅這些所有被動之我的防線被粗暴侵犯的恐懼是同一體驗。」〔註 136〕縱觀世界女性文學史,「瑪麗·伊麗莉白·柯勒律治認為自己的嘴唇是一個靜默的創傷;夏洛蒂·勃朗特在躊躇滿志時,總感到一種秘密的、來自心靈深處的創傷的折磨;艾米莉·狄金森在詩中把自己或寫成被囚禁的王后,或寫成一隻受傷的鹿。女作家常常對她們才華的顯現感到恐懼。」〔註 137〕同時,作為女性,她還承擔著屬於國家和民族的共同的創傷性記憶,一個充滿了創傷性的時代必然會產生創傷性的個人,而創傷性的個人在背負著雙重的創傷性經歷成長時,她對自我認同的需求就更加迫切,而自我認同的實現無疑也更加困難。由個人到民族,創傷性的經歷都是難以平復的,即使時間過去了,創傷癒合了,但創傷性經歷的記憶將永遠不會消失,它沉澱為個人甚至民族的集體無意識中的一部分。

於是,女性文學中的性別歷史重建就在這樣的創傷性記憶的起點上開始。女性要完成自我重建,就必須對生理性的、精神性的和文化性的焦慮與創傷性進行治療和跨越,有時候,跨越是難以實現的,像《無字》中的吳為,她對自己的一生進行了徹底的反思,也沒有跨越兒童時期留下的創傷性經歷,而陳染和林白的文本、尤其是自傳性文本的書寫本身就是對創傷性經歷和記憶的治療和彌補。但這並不意味著焦慮和創傷根本無法跨越,人必須有面對自我的勇氣,對於自我來說,它的成長是終生的,而一個拒絕對自我的焦慮和創傷進行跨越的人格是不完備的人格,也是一個沒有成長的人格,即如弗羅姆所說:「只要提供了合適的條件,物理的生長便可靠自身開始,相反,精神領域的生長卻不能自發地發生。它需要生產性的活動賦予人的情感和理智於自我的發展永遠是不完善的,即令是在最好的條件下,也只能實現人的部分潛能。人總是在沒有充分生長之前便溘然長逝。」〔註 138〕而一個不能跨越自我的焦慮和創傷的人便是在沒有充分生長之前就夭折的人。

而治癒創傷性記憶的另外一種方式就是將其藝術化,即以藝術的氣息和光韻將意識深處照亮的方式來建構女性記憶。這裡的意識是指女性自我廣闊

〔註 136〕 蘇珊·格巴:《「空白之頁」與女性創造力問題》,張京媛編:《當代女性主義文學批評》,北京:北京大學出版社 1992 年版,第 174～175 頁。

〔註 137〕 蘇珊·格巴:《「空白之頁」與女性創造力問題》,張京媛編:《當代女性主義文學批評》,北京:北京大學出版社 1992 年版,第 175 頁。

〔註 138〕 〔美〕埃里希·弗羅姆著,萬俊人譯:《自為的人》,北京:國際文化出版公司 1988 年版,第 78 頁。

的集體無意識，它是無垠的黑暗地帶，是「冰山的一角」之外的絕大部分所沉浸於其中的浩瀚海洋。其敘述策略在於：女性記憶一度被掩埋在廣闊的黑暗中，現在被女性寫作帶向敞亮。林白個人化小說中所回憶和描繪的記憶所攜帶著的光韻和氣息，也幾乎完全與本雅明所推崇的普魯斯特回憶中的氣息相似：「女大學生當時正在研讀普魯斯特的《追憶似水年華》，她跟隨普氏看到了古時候凱爾特人的信仰，他們認為那些死者的靈魂都附在某些事物上，比如一頭牲畜，一株植物，一種無生命的東西上面。」〔註 139〕林白的作品中有一種非常罕見的光量的藝術，可以稱之為「氣息」（aura），這一詞在本雅明的《發達資本主義時代的抒情詩人》中被作為一個關鍵詞提出。在本雅明看來，「氣息無疑是藝術最後的守護神了」。它對立於感官的訓練，把人直接帶入過去的回憶之中，沉浸在它的氛圍之中。同時，氣息賦予一個對象「能夠回頭注視」的能力，從而成為藝術品的無窮無盡的可欣賞性的源泉。而現代機械文明帶來的震驚卻能使「氣息」四散。本雅明是在「意願記憶」和「非意願記憶」的意義上使用這個詞的，他認為：「『意願的記憶』並不能幫助人們重建自我形象，把體驗同自我的經驗世界聯繫起來，在『成為有意識的過程中』，『過去一點痕跡也留不下來』……這樣，普魯斯特便把『非意願記憶』作為與之對立的因素引入意識與潛意識的對立之中。在他看來，潛意識的內容是『非意願記憶』的材料，比如在一種氣息帶來的感受中，過去的時光浮現在人的面前。」〔註 140〕本雅明把普魯斯特的寫作理解為「在當今的條件下綜合地寫出經驗的嘗試」。本雅明強調這種努力的艱巨性，因為如今「用經驗的方式已越來越無法同化周圍世界的材料了。技術手段不斷擴大意願記憶的領域，在技術對自然的侵犯中，人只有在形象後才能找到一種真實內容，用柏格森的話說，便是一個補償性的自然。但在積極的意義上，它卻是重建自我形象的源泉。本雅明以一種深刻的同情領悟了普魯斯特的勞動的意義，在他來說，能否把握住過去的事情，把握住一個活的自我形象是能否在這個時代有意義地生存下去的關鍵。」〔註 141〕作為一種信念，普魯斯特畢生致力於一種技巧，以便把那些浸

〔註 139〕 林白：《記憶與個人化寫作》，《林白文集 4・空心歲月》，南京：江蘇文藝出版社 1997 年版，第 239～240 頁。

〔註 140〕 〔德〕本雅明著，張旭東譯：《發達資本主義時代的抒情詩人》，北京：生活・讀書・新知三聯書店 1989 年版，第 21 頁。

〔註 141〕 〔德〕本雅明著，張旭東譯：《發達資本主義時代的抒情詩人》，北京：生活・讀書・新知三聯書店 1989 年版，第 21 頁。

透了回憶的往事再現出來。當他逗留在潛意識中的時候，這些回憶曾以它們的方式影響了他的沉思。本雅明說，「氣息的光暈無疑是非意願記憶的庇護所。它未必要把自己同一個視覺形象聯繫起來；它在所有的感性印象中，只與同樣的氣息結盟。或許辨出一種氣息的光暈能比任何其他的回憶都更具有提供安慰的優越性。因為它極度地麻醉了時間感。一種氣息的光暈能夠在它召喚來的氣息中引回歲月。」〔註142〕林白作品中的女性記憶深入過去，並帶著光韻從過去的黑暗中浮現出來：例如，女孩多米猶如一隻青澀堅硬的番石榴，結綴在 B 鎮歲月的枝頭，穿過我的記憶閃閃發光。

　　類似的表述比比皆是，這些充滿著質感和光彩的敘述語言是獨屬於林白的。至少可以作三個方面的分析：就林白敘述語言的創造性而言，她以極其純淨的語言將一種本真的生命狀態呈示出來，是一種沒有沾染過多的文化和技術污染的文學語言。就記憶內容本身而言，林白以她純淨的語言再造了女性的歷史，這歷史也是沒有沾染男性中心文化的污染的。就其與本雅明「光暈」的藝術相關性而言，既是一種非意願記憶的結果，又是對於自我完整性的維護，同時也是對現代技術社會破碎感、分裂感的有意抵制。總之，林白的記憶建構是獨特的，穿越了漫長的黑暗的女性歷史隧道，以奪目的光韻和色澤使之呈現在敞亮中，用照亮的方式使女性的歷史記憶重建。而這一追魂奪魄的記憶猶如精靈，一次次穿越在異度時空，像「火焰和寶石」，像「永恆的光」，像「永不消失的閃電」，像「潔白輕盈的花瓣」，像「月亮的光澤」……集中了世間最純淨最真切的美好，也顯示了藝術想像最極致的美感。而「我只有在那黃色的光線之外，凝望囚禁在時間深處的影像了。」又道破其虛構的本質，「一個人在多大程度上是記憶的產物，有什麼樣的記憶就是什麼樣的人，找到記憶就會知道自己是誰了。豆豆在混亂的日子裏經常像一個哲學家一樣發問：『我是不是一個人？』『我怎麼會在這裡？』『我在這裡幹什麼？』」這是對記憶中自我同一性的追問，是本質的追問，也是永恆的追問。這說明創傷性的經歷使她沉迷在記憶之中，但又絕不甘心於這樣的記憶事實，所以不斷地借助於各式各樣的人物，不斷地在他們身上重複成長的歷史，是虛構也是對自我的重構，也是在戲謔的解構中建構。

　　無論是王安憶作品對女性歷史的獨特建構，還是鐵凝在女性歷史建構中

〔註142〕〔德〕本雅明著，張旭東譯：《發達資本主義時代的抒情詩人》，北京：生活・讀書・新知三聯書店 1989 年版，第 156 頁。

對女性自我的審視與反思，抑或林白的女性記憶傳統的重新發現，都表明：記憶作為女性敘述歷史的方式與其個人的自我認同有著密切的關係。莫里斯・哈布瓦赫在《論集體記憶》中談道：「我們保存著對自己生活的各個時期的記憶，這些記憶不停地再現；通過它們，就像是通過一種連續的關係，我們的認同感得以終生長存。」〔註143〕這意味著女性寫作對記憶的重建實際上是進一步實現自我的認同感。如果說張潔、張辛欣的女性寫作中的記憶只是實現自我的救贖的需要，那麼，王安憶和鐵凝的女性寫作中記憶的構造，顯然已經與所謂公共的社會記憶拉開了距離，從女性生活的個人經歷和特定空間著手，自我認同感得到了真正確立和加強。最具有說明性的是陳染和林白的記憶書寫，對於這一代作家而言，其自我認同的指向是完全自我化的，直接指向作為自我存在的物質實體——身體，對於自我的身體而言，記憶則是完全個人化的。也就是說，從張潔、張辛欣到王安憶、鐵凝再到陳染、林白，記憶一步步實現了對整體的社會歷史的逃離而終於歸回到自我經驗和想像的領域。這正如莫里斯・哈布瓦赫所說：「在某種程度上，沉思冥想的記憶或像夢一樣的記憶，可以幫助我們逃離社會。……然而，由於我們的過去是由我們慣常瞭解的人佔據著，所以，如果我們以這種方式逃離了今天的人類社會，也只不過是為了在別的人和別的人類環境中找到自我。」〔註144〕女性記憶的重建以及這重建的記憶所顯示出來的光韻和意味，正是關聯於其特定的自我認同模式。

二、國族歷史的填補與豐富

海峽兩岸暨港澳的女性家族小說不僅以創傷性記憶的書寫來打撈女性歷史，並將此作為歷史重建的起點，同時將女性的創傷性記憶進行藝術化處理，以藝術的光韻被照亮的方式重建女性歷史的審美，從而通過自我的書寫達到自我救贖的目的。除此之外，女性的家族小說還在某種程度上填補著宏大歷史敘事的空白，彌補了宏大敘事的不足，並對宏大敘事的缺漏進行細節性的修正和豐富。鐵凝的《玫瑰門》、張抗抗的《赤彤丹朱》、趙枚的《我們家族的女人》張潔的《無字》等以 20 世紀的中國革命作為背景，更加強調的是女性在革命中的角色、定位和作用，展示了革命歷史題材宏大敘事所不曾觸及或者語焉不

〔註143〕〔法〕莫里斯・哈布瓦赫著，畢然、郭金華譯：《論集體記憶》，上海：上海人民出版社 2002 年版，第 82 頁。
〔註144〕〔法〕莫里斯・哈布瓦赫著，畢然、郭金華譯：《論集體記憶》，上海：上海人民出版社 2002 年版，第 87 頁。

詳的女性的生存和情感世界，一方面展示了女性在革命和戰爭中被消隱掉的聲音，另一方面也描繪了女性在革命歷史話語中被取消了的主體，同時站在女性的性別立場，將女性的情感、欲望、女性和女性之間的姊妹情誼進行了重新書寫，使得 20 世紀的歷史敘述更加豐富和多元。

　　相對於大陸女性家族小說歷史敘述的性別話語，臺灣、香港女性家族小說已經由情慾的書寫主題轉向更加多元的歷史書寫和政治書寫。尤其是海外華文女性文學中的家族書寫越來越個體化，敘述者不再滿足於單一的歷史敘述和歷史記憶，並強力突破傳統家族書寫的話語模式，以極具個人化的敘事內容、敘事手法和敘事語言完成了對大歷史的某種文字顛覆，參與到新的歷史敘述和建構之中。這正如臺灣學者張瑞芬所言：

　　　　作為一種抵拒男性父權的聲音，女性家族史的書寫，就當代廣
　　義的華文文學而言，從美國華裔譚恩美《喜福會》、《接骨師的女兒》，
　　到嚴君玲《落葉歸根》，香港作家黃碧雲的《烈女圖》，大陸女作家
　　張戎《鴻》、虹影《飢餓的女兒》與王安憶《紀實與虛構》，在在體
　　現了近年來女性書寫主題從情慾到歷史的過渡。〔註 145〕

　　這裡提到的女性家族小說有海外作家的、香港作家和大陸作家的，唯獨沒有提到臺灣作家的相關作品。事實上，臺灣作家以自傳或者家族小說的形式，補正史之不足甚至修正史之謬誤並不在少數，而且越到近年越有顛覆原有歷史敘述的趨勢。龍應台的《大江大海一九四九》、齊邦媛的《巨流河》、陳玉慧的《海神家族》、郝譽翔的《溫泉洗去我們的憂傷》等都有對 20 世紀中國歷史書寫的重要介入，不僅對歷史進行補充性書寫，而且對歷史進行質疑和反思，表達了女性書寫歷史建構的意圖。這裡僅以陳燁的《烈火真華》、陳慧的《拾香記：1974～1996》和黃碧雲《烈女圖》為例，說明女性家族小說對傳統歷史敘事的多元化補充和豐富。

　　以家族小說《泥河》、自傳小說《半臉女兒》享譽臺灣文壇的陳燁一再蛻改其小說語言結構，由濃麗而素樸而簡潔、深銳。1988 年秋末，陳燁接受《落山風》電影導演黃玉珊的提議，把她在 1986 年獲新聞局優良電影故事優選獎的《金黃之旅》故事大綱，改編成電影劇本《牡丹鳥》，並在此基礎上於 1989 年仲夏改編成同名長篇小說。小說一改其一貫的沉鬱敘事風格，以明快、溫馨、環環相扣的故事手法，鋪陳出兩代三角情愛的糾葛與衝突。分析其根據

〔註 145〕張瑞芬：《國族‧國家‧女性》，《逢甲人文社會學報》2005 年第 10 期。

家族小說《泥河》改編成的《烈愛真華》，必須先從《牡丹鳥》的故事說起。小說依託少年時期鄉土社會圖景的在場、遠離與尋歸背景，圍繞著情愛的失落、破碎、重逢、找尋和回歸主題，描繪了兩代人的愛恨糾纏，其人物關係模式也圍繞著三個男人和一個女人的婚戀故事進行。美少女許嬋娟喜歡上了年輕的醫生郭純夫，村裏的年輕人黃金水則喜歡嬋娟，而嬋娟在艱囧的生活中，被迫嫁給了富有的陳家少爺，她對陳家少爺的冷漠使得陳家逐步走向敗落。後來自己不得不外出打拼謀生時，巧遇已經成為成功人士的黃金水和他的兒子，自己的女兒書琴和黃金水的兒子之間又產生了愛恨糾纏，同時還涉及另外兩個兒子的故事。最後，許嬋娟再次被迫回歸故鄉，在對往日生活的回顧與清理中找到自我精神的救贖與回歸。故事採用歷史時間、城鄉空間的倒敘與穿插手法，以嬋娟的回鄉開啟故事的敘述：

> 一切看起來就像 30 年前——許嬋娟透過略微模糊的車窗，怔怔地凝視。那顯出強韌生命力的土地，仍然飄動著如此熟悉的氣味；她深深吸進一口鹹腥澀濕的空氣，感覺到血脈汩汩翻騰起來。
>
> 彷彿她又看到那些勞動的鎮民，汗水掛在他們黝黑的臉上，粗硬的皺紋，厚實的老繭。還有海灣那密密麻麻插殖的蚵架，男人們升坐竹排摘回蚵串，姑娘們成群聚在曬稻埕上剝蚵；那時候，她總是眾姊妹圍拱的中心，一切的點滴細碎心事，便在哪一粒粒蚵肉被剝離蚵殼的剎那，紛紛流漾在每個少女的心頭。
>
> 四十多年前的阿嬋娟，是怎樣的風光哪……〔註146〕

當年困苦的家庭生活、聲淚俱下的母親的軟脅迫，使得嬋娟離開了自己喜歡的戀人。冷漠無愛的婚姻，沒有親情的家庭，日日冷面以對的家人，不僅傷害了丈夫，也深深傷害了嬋娟的孩子們，以至於在他們的成長過程中出現了各種各樣的問題。小說不僅描寫了當年的婚禮的排場和風俗，也涉及到日本撤出臺灣時村民的反應，也有歷史巨變之下黃金水的發家史，既有丈夫苦悶的內心獨白，也有父親去世時女兒的感受。小說著重描寫了女兒書琴由於童年的不幸家庭記憶所導致的心理變異，也正面展開了母女之間的衝突，最終促成了嬋娟的反思，並通過返鄉的方式進行自我的懺悔和心靈的救贖。《牡丹鳥》和蕭麗紅的小說《千江有水千江月》、蔡素芬的小說《鹽田兒女》有著較為接近的敘事模式，表達著隱隱的對臺灣鄉土社會和鄉土生活的追懷，是又一闋

〔註146〕陳燁：《牡丹鳥》，高雄：派色文化 1989 年版，第 1 頁。

臺灣土地的世家變遷的輓歌，同時兼有對臺灣歷史政治的省思。

《泥河》的故事原型則和《牡丹鳥》接近，一個常年枯坐在黑暗房間裏的僵屍幽靈般的老女人，在她衰弱的生存力所導致的迷蒙的回憶中，不時穿插進其子女、丈夫、情人和父母等的家庭生活場景，但這個看似老套的故事被置換成「二二八事變」前後的歷史背景之下，所有人物的坎坷經歷及其精神創痛和心理變態就都和大歷史的巨變產生了分拆不開的關聯。比起《牡丹鳥》敘事語調的相對明朗，《泥河》的語言淒厲晦澀，場景也較前鬱悶沉滯。小說主人公為府城名門之後的女兒城真華，主要涉及的人物有城真華的丈夫林炳家，林炳家的堂弟林炳國、林炳家的堂兄林炳城，還有城真華的大兒子林正森、女兒林正瑤、小兒子林正焱，以及女兒的男朋友馮疆，此間愛恨糾纏，敘事風格忽而沉滯如死水，忽而瘋狂如野風。

但當《泥河》改寫成副標題為《赤坎故事》的長篇家族小說《烈愛真華》時，不僅對以上的家族故事脈絡進行了豐富，而且強化了故事發生的歷史背景和地理空間。正如陳燁在《改版自序‧尋索人間歷史的真相》中所說：「我幾乎陷在家族黯史和府城淪落的交叉地帶，每日每夜對著累累的浩繁史料歎息不已。桌上、牆上攤訂著光緒到明治、大正、昭和的十八張府城賭徒、職業分布圖、城郭移遷圖，這些美麗的滄桑背後，有太多太多無解的迷思；」〔註147〕時隔十年，小說在《泥河》原有故事的基礎上，增加了《楔子：真華姑娘》、第一章《霧濃河岸》、第二章《泥河》、第三章《彼岸的麗景》，基本保持原有內容，將一部血淚慘斑的臺南世家變遷史打造成一部「關於女性書寫家族與政治的歷史記憶」的鴻篇巨製。

> 在臺灣的女作家中，陳燁是最早幾位的歷史挑戰者。挑戰權威，甚至是挑戰男性，始終是陳燁書寫的力道。凡是熟悉陳燁風格者，都知道她的雙軌策略，一是情慾書寫，一是歷史書寫。情慾書寫的策略，在於徹底解放女性的身體；而歷史書寫，則在於積極卸下女性精神的枷鎖。從事如此龐大的書寫構成，需要勇氣與智慧。陳燁毫不遲疑展露這種身段，直逼男性權力的核心。〔註148〕

陳燁在 1989 年即已出版《泥河》，是臺灣女作家直接以長篇小說所書寫

〔註147〕陳燁：《尋索人間歷史的真相》，《烈愛真華‧改版自序》，臺北：聯經出版 2002年版。

〔註148〕陳芳明：《生命的繁華與浮華：寫在陳燁〈烈愛真華〉之前》，陳燁：《烈愛真華》，臺北：聯經出版 2002 年版。

「二二八事件」的第一人，不僅具有文學史意義，而且以獨特的意象結構造就了女性書寫的特色。今夕交錯的時間、記憶與夢境的融合、政治批判與兒女情長，人物場景的「互文」效果等，打造一個充滿神秘、禁忌、驚恐、血腥、狂亂、瘋癲、死寂、恐怖的「二二八」記憶，也側面見證了 1980 年代中晚期臺灣普通寫作者對「二二八事件」的禁忌。因此，陳燁將之稱為「家族黯史」，隱藏著關於臺灣歷史的同樣的卻不便言說的指認。特別值得注意的，陳燁不僅以「泥河」空間作為敘事的主軸，而且在時間上也採取了頗為特異的編年方式──以庶民的「紀年」對抗強權的「紀年」。小說採用主要人物炳國在日記中的紀年方式，先是以「昭和」紀年，輔之以農曆紀年，轉以「中華民國」紀年，輔之以「西元」紀年，再轉以「公元」紀年，此紀年方式的轉換，顯示出炳國的認同變化的曲線。然而，「二二八事件」前夕，炳國日記的紀年再度改「大中華民國」為「公元」紀年，顯示出其對導內局勢的另一種思考。而陳燁恰恰是通過炳國的對紀年方式的一再更改，反映出作為女性敘事者的陳燁本人對臺灣處境與前途的看法：

> 陳燁選擇二二八事件、輔以五〇年代白色恐怖黯史作為小說主題，等於是在挑戰這二十年來男性努力建構的歷史記憶。生命中存在太多的繁華與浮華，歷史記錄也充塞太多的幻影與幻滅。陳燁筆下的真華，拉開「赤坎故事」的歷史序幕。編年，原是男性歷史撰寫權的重要依據。而今，陳燁式的歷史編年，以跳躍的記憶與飛躍的想像，重組戰後初期的臺灣記憶。世俗故事中的悲歡離合，才是珍視生命寄託的所在。女性聲音終釋放出來，男性歷史的那份莊嚴看來是如此張皇失措了。〔註 149〕

而且，對於陳燁的創作來說，比她的自傳和家族書寫更加耐人尋味的，是她對於這段痛史的反覆不斷地重寫和改寫，各個不同命名的文本之間的「互文」現象顯示出陳燁的多重執念：一是家族的悲情過往，二是個人童年的創傷，三是儘管反覆書寫卻始終沒有走出的精神的夢魘。當 2012 年 1 月，臺灣媒體傳出陳燁因患抑鬱症而自殺的消息的時候，讀者和研究者也才終於明白，她最後還是以一種不得已的方式終結了她的書寫，獲得了身體和精神上的雙重解脫。這也意味著，歷史的陰霾血腥在母親一輩身上所造成的痛苦，

〔註 149〕陳芳明：《生命的繁華與浮華：寫在陳燁〈烈愛真華〉之前》，陳燁：《烈愛真華》，臺北：聯經出版 2002 年版。

經由某種不知名的方式遺傳到她的身上，而她從來就沒有終止對這一困局的追問，她反覆地不斷地改寫她的臺南家族故事，而愈是書寫愈是沉浸其中，她最終也沒有從傷害和苦痛中走出，只能以生命的自我了斷來終結她對於曾經殘酷血腥的一段歷史的控訴。

極其驚人地相似地，香港作家陳慧也以同樣的方式構建了一個寓言般的家族故事，只不過死亡的並不是作為敘述者的作者，而是故事裏的年輕女孩九香，九香以年輕的死亡為香港的歷史劃上了一個特殊的標記。回歸前後，香港普通民眾的香港意識層層疊疊湧起，街談巷議，嘈切繽紛。一眾作家也因應著普遍的民眾心理，結合個人體驗和感悟，或打撈梳理、或描畫繪製各不相同的香港歷史脈絡和圖景。惟其生活經歷、基本立場和情感指向的不同，對於香港歷史的觀念和把握也隨之迥然不同。

陳慧，原名陳偉儀。祖籍福建，1960 年代出生於香港，1980 年代加入電影編劇行列，其間參與編寫多部電影劇本，也曾為香港電臺電視部編寫劇集。曾任香港演藝學院電影電視編劇講師。先後出版《補充練習》《四季歌》《人間少年遊》《愛情戲》《我和她的二三事》《女人戲》等作品集，長篇小說《拾香紀》獲第五屆香港中文文學雙年獎小說組獎項。短篇小說代表作有《日落安靜道》，寫一個從小生活在殯儀館內的女孩，父親是靈車司機，看慣了死亡，跟各種各樣的死人見面，所以不怕死，但也沒有愛，後來離家出走遇到了秦先生，終於得到溫暖和關懷。這時她的父親卻死了，她參加完父親的葬禮，重新回到當年出走的地方放聲大哭。故事原型似乎來源於西西《像我這樣的一個女子》，西西筆下的那個殯儀館化妝師女孩因為特殊的職業以及身上的特殊氣味，將要永遠失去她的戀人，不同的是，陳慧小說裏的樂霞則找到了她的歸宿。《拾香記》是陳慧的長篇小說代表作，她在《拾香記·後記》中開宗明義，交代寫作動機：

　　《拾香紀》的構思來自一九九七年六月。一九九七年六月，我
在香港，城市的躁動沿著地表傳給了我，我坐立不安，張口卻無言。

　　二十九日，我的「母難日」，殖民地上的最後一個晴天。

　　30 日，天開始下雨，我動筆寫《事》。

　　後來發現，《拾香紀》是我生命中的一樁大事。〔註150〕

《拾香記》以連城一家的故事，印證香港半個世紀的歷史，「作者無意寫歷史的驚濤駭浪，只滿足於竊語家族的私隱，實則以一種民間的敘述策略，補

〔註150〕陳慧：《拾香紀·後記》，香港：七字頭出版社 1998 年版。

『正史』之闕。」〔註 151〕而實際上，陳慧的歷史書寫的野心並不僅僅在於補充歷史，而是在於以人物的逝去來埋葬一段曾經奮鬥和輝煌過的歷史。小說主人公連城和宋雲一共有十個兒女，分別取名大有、相逢、三多、四海、五美、六合、七喜、八寶、九傑、十香，這些名字和連家在香港遍地開花的生意網絡相繫——四海辦館、五美時裝、六合百貨、七喜士多、八寶製衣、九傑運輸、十香酒家。其中每個人都是一種香港命運或一段香港歷史的見證者和隱喻體，甚至每一個人的出生時間都與香港歷史大事件有著某種神奇的聯繫，而且每一個人的人生大事似乎也都受到了香港歷史大變動的影響和牽連。

先來看這些子女出生的時間：大有出生於一九五〇年十月五日，這天是香港主要媒體《新晚報》創刊首發；相逢出生於一九五二年一月一日，大陸邊境始設檢查站，兩邊的人不再能夠自由入境和出境，因而男孩的名字就叫相逢；三多出生於一九五三年六月三日，前一天是英國女王加冕的日子，這一天彌敦道上會景巡遊，導致交通停頓；其間穿插內地轟轟烈烈的三反五反運動，連城的父母皆被鬥死。這年十二月二十四日，深水埗大火，連城撿來一個約莫兩歲的孩子，就是四海，一九五四年三月三日，「四海辦館」在莊士敦道開業。同年九月三〇日五美出世，這年的聖誕節，由美國人入貨的「五美時裝」開張。一九五七年十二月三十一日，港督葛量洪任滿離港，這一天是連城宋雲結婚十週年的日子。一九六三年夏天，六合出生，正逢香港大旱，「六合百貨」在一九六三年十月十七日開業，這一天也是中文大學開幕的日子。林黛在一九六四年七月十七日晚上自殺，七喜在七月十八日出生。接下來是一九六五年的「銀行擠提」風波，大馬票中彩，天星碼頭絕食，一九七〇年五月四日，八寶出世。同年九月，大有考入香港大學。「八寶製衣廠」在十月開業。一九七一年九月一日，大有、相逢娶了馬家姐妹。

第二代的故事還沒有完，第三代的故事已經開始。相逢的女兒曼容，在一九七二年八月三日出世，那一天海底隧道開放通車。九傑比曼容大不足兩個月，一九七二年六月十八日出生，恰逢香港「六一八」事件，大有的兒子可升在一九七三年六月二十七日出世，香港股市下跌，同年七月二十一日三多出嫁，嫁的人是個李小龍謎，而李小龍剛好在七月二十日晚上暴斃。戴卓爾夫人在北京人民大會堂門外跌了一跤的那個晚上，相逢又添了一個女兒，連城為她取名上姿。一九八三年底，大家都在談論「前途問題」，導致超級市場發生

〔註 151〕 蔡益懷：《想像香港的方法》，北京：中國社會科學出版社 2006 年版，第 315 頁。

搶購事件，接著就是暴動。連城六十二歲生辰前夕，恒生指數升上三千點，創下歷史新紀錄，連城意態飛揚：「記下這個日子——一九八七年六月四日。」三個多月之後，恒生指數不停向下跌，跌，跌，終於跌停市。

> 一九八九年的蟬，鳴叫得份外轟烈，從五月到十二月。秋深，會在暮色裏看到樹下一堆一堆的蟬屍，我細細檢閱蟬屍，恍若似曾相識。〔註152〕

敘述者對特殊時間段的特別政治寓意進行了有意識的強化，很多的時間和場景，讀者似曾相識。一九九零年一月一日，連城說曰光之下，再無新事，宋雲的神經開始出現問題，然後失憶。詭譎的是，宋雲的失憶是有選擇的失憶，她只記得過去的種種委屈和痛苦，遺忘了過去所有的美好和快樂，連城開始帶著她在香港遍地尋找過去的生活痕跡，以喚回曾經的記憶。這裡的象徵意味非常明顯，不僅傳遞了香港民眾對香港前途的擔憂和恐慌，而且成為銘刻地方記憶和建構香港歷史的開始，因此舉凡香港的電影、地鐵、隧道、書局、招牌、商鋪、以及流行歌曲，都在敘述者津津樂道之列，正是在尋找記憶的過程中，那些曾經伴隨著香港人生活的日常生活場景、流行文化事件悉數來到眼前。年輕短命的十香扮演了全知敘事者的角色，對於家族和香港的歷史無所不知，無所不曉，也正因為這知曉和瞭解使她的命運更多了一層悲情，小說敘事較為隱晦含糊，對於十香如何結束她年輕的生命？什麼原因？甚是語焉不詳，但也或許是故意隱去不說。

明顯地，《拾香記》以連家最小的孩子十香的早夭來永久地銘記香港的歷史：1974～1996。

> 我，
> 連十香，
> 生於一九七四年六月五日，
> 卒於一九九六年十一月二十五日。〔註153〕

僅有二十二歲，年輕的美好的年華，實際上這也是作者心目中最美好的香港歷史的載體，十香的生日正是連城的四十九歲誕辰。十香說她是最幸運的：

> 連城一直都說我的命好。十個孩子裏我的命最好。他們出生的年月裏，有些極旱，有些大風大雨，四海甚至是火裏來的，只有我，

〔註152〕陳慧：《拾香紀》，香港：七字頭出版社1998年版，第56頁。
〔註153〕陳慧：《拾香紀·題記》，香港：七字頭出版社1998年版。